淡如

迂蓬 著

陕西新华出版传媒集团
太白文艺出版社

图书在版编目（CIP）数据

淡如 / 迂蓬著. -- 西安：太白文艺出版社,
2020.7（2023.2重印）
　ISBN 978-7-5513-1743-6

　Ⅰ.①淡… Ⅱ.①迂… Ⅲ.①散文集－中国－当代
Ⅳ.①I267

中国版本图书馆CIP数据核字(2020)第058033号

淡　如
DAN RU

作　　者	迂　蓬
责任编辑	张　鑫
封面设计	王　洋
版式设计	董文秀
出版发行	陕西新华出版传媒集团 太白文艺出版社
经　　销	新华书店
印　　刷	三河市嵩川印刷有限公司
开　　本	787mm×1092mm　1/16
字　　数	210千字
印　　张	15.75
版　　次	2020年7月第1版
印　　次	2023年2月第5次印刷
书　　号	ISBN 978-7-5513-1743-6
定　　价	49.80元

版权所有　翻印必究
如有印装质量问题，可寄出版社印制部调换
联系电话：029-81206800
出版社地址：西安市曲江新区登高路1388号（邮编：710061）
营销中心电话：029-87277748　029-87217872

淡如浆水

(前言)

　　一直以为，形容说话做事无聊、淡而无味的程度可以说"如陕西浆水面的浆水"，还很想不通。浆水不淡啊？不但不淡，还很酸，所以才有清口、解暑、去腻的功效。直到写这篇前言时，才拍腿大笑，原来淡如浆水的浆水指的是浆布料的面浆水。哦！这个浆水是真的淡，如果浓的话，浆出来的布料就难以收拾，还容易产生折痕。

　　我的这本集子，我就叫它《淡如》了，取意就是淡如浆水，因为这本集子里的文字，都是我自己在2012年因工作调动到陕南后，业余时间对自己生活的一些记录。对我而言，就是一本生活日记，里面很多人和事，只有我自己感兴趣，愿意一遍一遍地翻阅回忆。而对于外人，这些事可不就是淡得跟浆水一样，毫无趣味。

　　我是一个非典型的农家子弟。为什么说是非典型农家子弟呢？因为在20世纪70年代，孩子的户口是随母亲的，我父亲是企业干部，而我的母亲是农业户口，我和姊妹们的户口就都是农业户口。母亲在农村有口粮地，就这样，我们随父亲在单位所在地就学、生活，农忙时节还要回老家耕种，所以我把这样的农民称呼为非典型农民。其中甘苦我就不多说了，大约那个年代过来的人都知道那是一种什么样的生活状态，也都知道"黑人黑户"这个历史时期特定名词的含义。这里我提起这一段生活，只是对我这本集子里有些情绪的抒发做一个注脚，以便很多

20世纪70年代以前的人读后能理解到我一些细微的感触。

　　也是托父亲的福,我后来得以招工,跳出农门,成为一名铁路工人。我因有过艰苦的农村生活经历,倍加珍惜这份工作。经过努力,一步一步地走过这近三十年,成家立业,在大城市也有了自己的窝。如今,尤其在明月高照的夜里,在这个我以前只在广播里、书籍里知道的城市里,在自己家的阳台上静坐时,我总是清晰而恍惚:我现在拥有的这一切,是真实的吗?房间不用开灯,凭明月的光辉就能看清一切。我在我的领地梭巡,抚摸着屋里的一切,甚至靠在卧室门框上,看着熟睡的妻儿,总觉得这是一个不愿意醒来的美梦!是的,如果这一切都是梦幻,我愿意沉沉睡去,不愿意醒来,我怕一醒来又要面对吃不饱的日子,还要在数九寒冬给田地里堆肥,炎炎夏日在麦地里收割。

　　也就是每每有这样的回味时,使我更加对自己经历过的日子心怀感激。我觉得我生在70年代是个多么好的时间段,即使经历了劳苦,却不至于伤身。又赶上社会高速发展的时代,享受到各种红利。这些经历,是80后、90后缺失的,2000年以后出生的人不可想象的。这种经历,让我有了应对困难的能力,也让我懂得珍惜当下美好的生活。所以,在我这本集子的文字里,更多的是对这种情绪的记录。

　　当然,这本集子里更多记录的是我由陕北调到陕南工作后的一些事情,还有一部分是对我成长过程中,一些个人喜爱的歌曲的诠释。总之都是个人的一些小情小调,当下不会成为市井传诵的流行,未来也不可能成为书架上的经典,真的只是我情绪的真实记录,如果恰好不引起阅读者的反感,我就心满意足了。爱好写作的人,都想写出传世的典籍,名扬千古。我也那样幻想过,但我更加了解自己是没有那样的才气的。我把我写的文字叫作文,就像小学生的作文,记录我一切淡如浆水的事情。我记录的喜怒哀乐都已过去,我看了后,只是能在脑海里回想起当时淡淡的印痕,合上书,吧嗒一下嘴,这过去的一切,可不就是淡如浆水!

目录

第一章 低眉敛

003　　张岭的风
005　　河向西流
007　桃花红　菜花黄
011　　紫了桑葚
015　　安康的雨
018　　六过凤凰
021　　回到商洛
026　　旬阳太极城
030　　西城阁的月
033　　流水的鱼
037　　清澈的县河
039　双乳之间盛开的荷花
043　　黎坪的雪
046　　记忆当下的美好

千金散尽　　049

第二章　有所思

与文学巨匠的一面之缘　　055

睡在母亲身边

——不只为了母亲节　　057

遍插茱萸　　061

生命中的麦客　　066

眼妈的油泼辣子　　068

冷露无声　　071

失落的校园　　074

清照　　078

管道升　　082

致青涩的年少　　085

走！去喝场大酒　　088

走在咸亨酒店前的阳光里　　091

链接　　094

故园　　097

我的房　你的床　　101

不赶趟　　104

因为爱情　　108

第三章　闲曲意

请跟我来　　115

119	特别的爱给特别的你
122	一生所爱
126	是不是这样的夜晚才能够这样地想起你
128	都是思念
130	红豆
133	领悟
135	十年
136	等待着别人给幸福的人
138	同桌的你
141	背包
144	冬天里的一把火
147	外婆的澎湖湾
149	味道
151	我不愿意
152	我的中国心
154	大中国
158	我是一只小小鸟
160	有空来坐坐
163	又能怎样
165	再回首
167	一无所有
170	红日
173	存在
176	鲁冰花

鹿港小镇　*179*

泡沫　*182*

青苹果乐园　*184*

机器灵　砍菜刀　*187*

水手　*192*

第四章　玩心起

美玉是怎样炼成的　*197*

文玩核桃　*206*

且谈国学　*212*

悟空　*216*

养壶即为养命　*219*

得"礼"不饶人　*224*

浅说喝茶　*229*

第一章
低眉敛

第一章 低眉敛

张岭的风

　　张岭，安康汉江北高地也，汉江一桥正对小径直上即达。其地势突出，居民攘攘，生意盎然。

　　安康环城皆山，汉江蜿蜒穿城而过，安康地方狭窄，潮闷无风。及至酷暑，溽热之苦更甚于平原。唯张岭一地，因地势凸起，成为风口。入夜，岭上灯火通明，人影幢幢。趁夜谋生之食肆，摊位相连，如潮如涌。约二三好友，驱车上岭，寻一洁净排档。四五盘小菜，七八瓶啤酒。开怀畅饮，放浪形骸，汪洋恣肆。

　　安康民风，秦头楚尾，食肆多售卖川辣，因一江的润泽，长食不觉燥意，更兼祛湿功效。涮锅烧烤，烟气缭绕，灯影恍惚，尽显万丈红尘之喧闹。

　　举目四望，红男绿女，或矫情，或稳重，或据案大嚼，或浅吟低笑，或挥拳吵闹，因此时此地，使人不觉吵扰，但觉盛世风华，身处其时其地，白日俗务压力，随风散了。

　　感慨目睹高档酒楼街肆盛筵，金水横流，奢靡排场，酒桌上推杯换盏，莫不是违心应酬；酒桌下相互倾轧，谁不为己设防。及至宴后，争抢埋单，推来搡去。飘摇归去，身心俱疲，不知美食味道，只觉酒臭恼人，无半点乐趣，尚戚戚于有无失礼言行，会否影响仕途商务。恍然入睡，噩梦频仍，夜半惊醒，虚汗不止，如鼠如盗。

　　然上张岭之食客，呼朋结友，鱼龙混杂，均是优游食客，去案牍劳形滞闷，解一日劳作困乏。清风送爽，饭菜飘香。坦坦然，荡荡然，花己劳作之资，聚友畅言欢笑，无一时不畅，无一事挂怀。清风淡酒，感怀人生，虽有酒醉狂语，清风拂过即消。人生淡淡，暂忘利来利往。虽无富贵，也能身静心安，于暑热之地，享凉风驱燥，在人情熏染中，挽知己好友醉归。人世快意，此为一乐。

张岭之风，平平淡淡；唯看过往，身心安宁。莫待身陷囹圄，方悟清风夜灯之下，街市熙闹之中，最是淡泊快活之乡。

河向西流

进入秦巴山区的腹地,一个叫黎坪的景区,一如秦巴山区的风景一样,山是青的,水是绿的。漫山的苍翠,叫一路盘旋走来的我,都有些审美疲劳了。

坐在景区门口的石头上,觉得自己有点醉氧的感觉,懒洋洋地把身子沐浴在春日的阳光下,四肢百骸仿佛是透明的。人,有点漂浮在温水中的舒畅。

山里,有水,就是好的。苍凉坚硬的石块间,流淌着清澈的溪水。河边有着原生态的农家、古旧的老宅子,如果不是这偶尔路过的三三两两农人和牛羊,眼前的山水就是一幅静止的水墨画。

一山的苍黛,一水的环绕,水,竟然是奔波向西的。溪谷之间,都是巨大的花岗石,都被奔流不息的溪水冲刷分割得形状各异。因此也就有了鹿跳峡、天书峡、红尘峡这样的景致。层级不一的瀑布和深沉的潭水,如串在丝线上的彩石珠子,变幻出奇诡的颜色。把手浸入水中,冰凉刺骨的寒,驱走了一身的俗气,头脑里、身板里,无形地涌起一股清气。人,醒得脱俗了。洗脸、濯足,都是必要的课程。乐山乐水之间,仁、智的收获也温暖了每日奔波谋生的辛劳,淡化了那怨念深重的焦躁。

河水向西流,如一把温柔的刀,切割着阻拦她步伐的石头,依然倔强地向西流淌,坚持着自己的方向。我想,她是知道自己只要流出大山,终将会汇入大河,奔腾至海,只是,流淌得更努力,路程更远,花费的时光更久。

　　黎坪的景色，一直养在深闺，世人多不知道这里的桃源风光。步入其中，看山看水，恍如九寨沟，又独有风味。秦巴山区，少些九寨沟的霸悍，多的是秦头楚尾的温婉。一些因地质变迁形成的景点，总能叫人流连。奇妙的龙山海底遗址，那些古海洋生物的遗骸，竟然在时间的魔术变幻下，重组成龙的身体，和西流河呼应着，长成这天地间独一份的奇观。

　　龙，总是要归入大海，才能施展一身的本领。龙山赴海的意愿，也只能委托给西流河去实现，我这样的俗客，也只能抚摸着龙山的鳞片，感叹西流河曲折蜿蜒奔向未来的旅途艰难。

　　静观黎坪美景，俯仰这方山水，人是在玩赏中动着，心却是渐渐地静了。把那步道上的栏杆拍遍，也只是给西流河打打节拍，释放出内敛的浮躁，让西流河带走。想着自己走过的路，向东，受到阻拦，何不如这溪水，蜿蜒转西，多走几步，一样能奔到终点，就是多遇见几道坎，保不齐，就走成了风景。

桃花红　菜花黄

2014年的春伴随着倒春寒。

已进入公历三月了，陕南的温度依然如冬天般阴冷。唯有柳树不顾气温没心没肺地开始绽放满树的鹅黄。其他生命，似乎只是因为近来飘了几次小雨，略显温润，满没有以往同时期的躁动。

车子去往陕南的路上，心里莫名地烦躁，睡不着，又不愿看大巴里电视播放的节目，无处可放的眼光只能看着窗外熟悉的陕南山景，百无聊赖地任那曾叫我新奇，觉得不同于陕北苍凉的南方风景在眼前如电影般掠过，激不起一点感觉，心里倒是越来越怀念陕北，即使是荒凉也荒凉得那么干脆，不像这天地，山不死不活般暧昧。

恍然，眼前闪过一抹粉白，难道是桃花？紧接着又是一抹，是了，真的是桃花。只在公路边近人家的地方，开了一树树，但都已开得烂漫了，粉得都发白了，快谢了！如此，再有半个月，故乡的山，也会被桃花染得漫山粉红，那山连山的桃花绽放得如海一般，一夜开满沟沟岔岔、山山岭岭。虽然陕北的三月底还是昼夜温差如冬天一样大，可是因为桃花开了，人们也开始不知道怎么穿衣服了，都因为桃花，带得人们开始活跃了。山路上、田埂边、街市里，到处都是一脸春泽的人们，桃花就是报春的闹钟，一条川道都感觉到春来了。

在故乡的日子，每年，一夜醒来，看见桃花绽放得那么肆意，心里就想起了上一年，自己许给自己的一个任务：一定要去山上，去桃花林里，好好地在桃花丛里看看桃花。任风吹得花瓣落满一身，任出早勤的蜜蜂休息在发梢肩头。疯劲来了，飞起一脚，踹得漫天花瓣飞舞，然后躺在树下，让花瓣落满脸，哪儿管花粉刺激得喷嚏连连。顺路，一定要走到那埋着亲人的山坳，给他们坟头上插几枝开得最好的桃花，让他们也知道春来了，我还在。

也就是这么一想，刷完牙，洗完脸，整装出门，继续天天地忙碌。总觉得那漫山的桃花天天在开，今天看不上，明天还能去；今年顾不上，那么明年一定去！

人生际遇，百转千回。一纸调令，由陕北来到了陕南。新的环境，新的人群，新的际遇，新奇的感觉叫人每天都生机勃发。工作之余，观赏置身的地域景色，南方的润泽，叫我这个北方汉连连感叹：如此山色，如此江水，为什么不在自家的门口！因为气候的湿润，叫我多年的咽炎再没有发作，舒适的环境，直叫我错把他乡当故乡，甚至有终老此乡的想法了。

因我在陕南的缘故，故乡的朋友，也开始关注这里，开始有朋友在公休之日驱车来看望我，也顺便欣赏陕南的风光。尤其每年的三月多，询问陕南油菜花期的消息更多。许是当地的宣传，陕南传统的农作物油菜的副产品油菜花，竟然成了不逊于菜油的一个生财的项目。每年花期，当地都承办油菜花节，省内外的游客蜂拥而至，在花海流连。我已经在陕南住了三年了，第一年就知道有这个景色了，上下班的路上，也能看见远远的，金黄如毯般铺盖在山坡、沟壑里的油菜花海。心里觉得到油菜花田去撒个欢，留几张影，也不枉在陕南工作一回了。有几次，远方的朋友不辞辛劳地驱车来游览，而自己，总是阴差阳错地出差或忙于工作。就这样，想着明年还有时间去观赏，那就明年吧！三年过去了，没有去看过的油菜花海和故乡的桃花花海一样，花灿烂地开，一点没有因为我没有去看而寂寞。我在人间奔忙，却觉得自己好像总是欠花一点什么。

又是清明了。断肠的思念，总是要把飘摇的人拉回故乡，回到那生养自己的土地，回到那留着自己亲人的山坳。桃花已经开败了，换成漫山的梨花、杜梨花和山楂花。看过亲人，信步下山，转过山坳，眼前一片亮黄，这里，一小片油菜花正热烈地开放。闻着浓烈的芥子味道，坐在地头，心里一叹，错过陕南的油菜花，在故乡竟然遇到，虽然不成规模，但是这金黄，不逊于那连天花海的颜色，一样能了了对一种风景的挂念。又想起了前些时候，在车上看到陕南那几树不成样子的桃花，都是在无景处看景，无花处想花。而当身边繁花似锦的时候，每天每个毛孔都能感受到它的繁华和灿烂，却总是为了自己匆匆的每天，不愿意为这只能悦目，好像带不来任何利益的景色去停留或奔赴。心里又理想化地给自己定一个骗着自己和那些烂漫的花的目标，明天抑或明年，我要专门去看桃花（油菜花）！

一年又一年，就在这老套的桥段里，花开花落！还以为身边的女人年轻如花，总想着哪天带她去有各种花海的地方，好好地说爱。再回头她已开始变老，挽着你的胳膊，告诉你哪儿也不想去，身子有点受不了。儿女正在身边哭闹，刚想去拉他（她）的小手，却发现已经拉不住了，手大了，人跑远了！花开花落！父母已经没有力气指教你了，一直想买给他们的一些小吃，等到想起拿回家，他们只能看着放在桌子上的东西，无奈地告诉你，他们已经咬不动了，也消化不了。你看着成家时置办的鲜艳窗帘，在风里飘摇，已经陈旧得像染色低劣的纱布。这一切，都在自己埋头去追求那些无关风月的目标时，时间把最精彩的东西置换掉了。花开花落中，看着镜子，自己曾经引以为傲的发，斑白了，掉落了，一个因长期的焦虑和操劳而眼袋下垂、皱纹道道的中年人也置换了那个意气风发、不知进退的少年。环目四顾，眼前得到的，自己好像握不住多少吧，可是那些失去的，就在那没有实现的看花开花落中，远了！

桃花红，菜花黄。牡丹花会，郁金香花海，每种花，都有它开的时候，能形成各种景象，都会热闹地开过一年又一年。它们欢乐地开着，不在乎身边看花的人是谁，它们珍惜每一个季节，繁衍、生息着。真的有时间有心情去看花的人，多是珍惜当下身边繁花荼靡地开，却不知有几个人去认真反观自己是不是活好了当下。

　　看过花能怎样，去过各种花海能怎样，只要在看花和不看花的时间里，把握好那些明年不一定再有的东西，把它们哪怕暂时地握在自己的手里！

紫了桑葚

　　2014年春天，天气就像一个顽皮的孩子，乍暖还寒，让人们在度过一个暖冬后，开始见天地脱秋裤，穿秋裤。临近五一了，还要在北方下一场一冬都少见的大雪。人们都被这奇怪的天气搞得无所适从了，只有路边的花草，依然按照节气在坚强地拔节、绽放。

　　早市上，开始有农户提着黄色的樱桃、紫红的桑葚售卖了。在故乡，樱桃不是常见的水果，只是在五月时，山上的野樱桃成熟，能大啖几天，那种野樱桃和陕南出产的樱桃不是一回事，小而酸。陕南出产的黄红相间、酸甜适口的樱桃，固然是诱惑人的，但我还是最中意那一篮一篮紫红的桑葚。

　　陕南自古是蚕桑之地，盛产丝绸。南方，在北方人眼里本应该除了鱼米，铁定要有绸缎，所以满山的柞树和桑树，使得美丽的丝绸给这片土地平添了一份华丽的柔滑。

　　丝绸是华美的，由一条条洁白的蚕碌碌地生产，而因为养蚕所大量培植的桑树，却在提供蚕的食料时，又给平民提供了桑葚这样的恩物。桑葚从来都是平民的口福，是乡间孩子的最爱。在我小时候，在故乡的山间地头，也有桑树。由春入夏，洋槐花的清香还没有完全散去的时候，毛茸茸的绿色青杏已经开始被缺少零食的孩子们摘下含入口中，好像是为了中和青杏的酸涩，桑葚开始红了，果实从树梢开始渐次地变红发紫。在整个桑葚紫黑的季节，我的心绪每天都在那片桑林里飘飞，盘算着哪一棵树上的桑葚今天黑得更多，以至于一放学，连书包都忘拿，就和小伙伴们飞奔上山，要抓住宝贵的太阳落山前的时间，放开肚皮，让缺吃的肚子胀饱。每每晚上回家，身上的衣服、手和嘴边染满的紫黑桑葚汁水被大人们发现，也最多换来几句嗔责。大人们也知道，孩子们需要额外的营养，桑葚是当季的良品，让孩子们放开吃吧，只是叮嘱，注意安全，不要摔跤。那时，我体会最深的就是"夕阳无限好，只是快黑夜"的惋惜。在金色的夕阳映照下，满山桑树上孩子欢快地尖叫着，都期望太阳能慢点西沉，让我们多吃一点。那时，总没个够，那肚皮，吃多少都觉得不饱。也就是在那个时候，让我第一次有一种奢侈的期盼，我愿我长大以后，能挣到足够的钱，买到足够多的桑葚，能让我不用一粒一粒地在树上搜索，只是张大嘴巴，大把大把地往口中塞。人生最大的奢侈和快意，不过这样吧！

　　北方的桑树，不用来养蚕，只是桑木柔韧，枝条常被农户用来做扁担一类的农具，所以，都是自生自灭，不成气候。附近有桑树能出产桑葚的地方，都被我画好图，存留着，在每个桑葚成熟的季节，按图索骥，按历年积累的经验，按桑葚成熟的早晚和品质，在那一个月份里，欢悦地取食。每当桑葚过季后，父母也惊喜地发现，我又在长高，脸膛明显红润了。

　　刚调入陕南工作，照例去寻访当地的早市，我觉得想了解一个地方的风土人情，在集市上，尤其是早市上，最能快速和深入地探知。陕南的早市，多是早起勤劳的农户，拿着自家的出产，也许不多，但都是带着露水的新鲜的果蔬或者活蹦乱跳的水产、禽畜。南方物产不同于北方物产的单调，品类繁多，叫我目不暇接。鲜的竹笋、灰黑颤悠悠的魔芋，各种我没见过也叫不上名字的绿菜，随地摊放，还在蹦跳的江鱼，都叫我惊喜欢乐。鱼米之乡，以前在书本上读过，也想象过，现在就呈现在我的眼前，而我今后也将在这片物产丰饶的土地上工作生活，对于一贯注重口腹之欲的我，该是多好的慰藉！物的美，价的廉，让我很是满足这个新的环境，远离故乡的惆怅也被眼前的美好冲得淡如白水。我这种顾嘴不走心的人，被满足得如此简单！

早市，一般也只有早市，会有农户提着竹编的筐子，盛满采摘的桑葚，静静地站在早市的巷子，也不抬头看行人，当你问询的时候，才会轻轻地报知价格。陕南人是诚实的，他们确定自己的出产应该是什么价钱，第一口报价后就固执地不会改变，不看你是外地人就涨价，也不会因为你还价就便宜，就是这么多钱。有些卖菜的乡民不好意思讷讷地笑着看你，不急不躁，不拉不扯，你要还是不要，乡民只是凉凉地站着。

桑葚的价格，低廉得叫我在还过一次价后，自己都不好意思。我采过桑葚，知道采满那一筐桑葚需要多久。不能用手捏，只能在桑葚的蒂部用指甲掐，在人力、费用日益增长的当下，这个价位也就是人工费，桑葚白给。还想什么呢！儿时梦想的奢侈，现在就摆在眼前，兜里跳动的钱，完全能满足我的愿望。买走，简单冲洗，舒服地坐好，大把地开始往嘴里塞。酸甜的汁水流过喉舌，久违少年时的欢乐瞬间冲击得我浑身颤抖，满耳都回响起山林里小伙伴们那欢乐的尖叫声，满身仿佛又被那金色夕照温暖。后来，吃桑葚都已经不是在满足口腹之欲，于我都成了一种仪式，感恩虔诚地捧着这天赐的都不算水果的果实，一口一口地吞咽，一点一点地感受那对年少的回忆和对当下的知足。

孩子们从西安来看我，我早早去买了桑葚，我想让孩子们分享我少时的快乐。孩子们一直在城市里成长，除了跟风在集市买桑叶喂过几条蚕外，对桑葚和桑树都是那么陌生。孩子们疑惑地捏一粒桑葚，那眼神分明是在问询我干净吗、能吃吗、好吃吗？在我的鼓励下，孩子们开始慎重地放一粒到小嘴巴里，然后，然后就学着我大把往嘴里塞，嘟囔着，爸爸，真好吃，你怎么这么多年都不给我们吃呢！父子们就这样，欢笑着，争抢着，吃着桑葚。孩子们虽不能像我小时那样自由地满山奔跑着亲自去采摘，但是也在桑葚大餐里，多少了解他们的爸爸在儿时能享受到的。其实他们缺失的是另一种欢乐！这种欢乐是在城市钢铁水泥的丛林里，在肯德基、麦当劳和其他琳琅满目的零食里，在已经混乱得不知道应该是什么季节才有的水果里，永远失去的。

　　桑葚的季节快过去了。贪恋这种口福，珍惜这份感觉，我把家里冰箱腾空，用保鲜袋一袋一袋地将桑葚冷冻起来，留着让以后的日子随时能品尝。科技能让我把自己认为的奢侈弥长地存留，慢慢地享受。即使冷冻后的桑葚，口味略有欠缺，总聊胜于无。一粒小小的浆果，能给予人身心的愉悦和知足，这何尝不是自然赐予我解忧的灵丹呢！如果，真的希望有这种如果，科技能发达到把失去的快乐和思念都用保鲜袋一袋一袋地打包冷冻起来，身心疲惫时化开，就像这桑葚，颤悠悠、紫莹莹的，把思念和快乐真实地放在面前，那么，这个世上，还能有什么缺憾！

　　紫了的桑葚，年年都在树上，年年都会到早市上，只要我在，年年都能到我的面前。可是，那些随流年已经褪色到渐渐失忆的人和事，毕竟只能在桑葚成熟的季节里被勾起，桑葚没了，也就继续地如偶然被搅起的思想碎渣，又缓缓地沉入心里最深的底，不能动，也装着想不起！

安康的雨

说实话，来安康三年了，真的没有见下几场豪雨。

没有像传说中陕南惯常的那样，阴雨不断。至少，我来这三年，安康是旱的。倒是我离开后的陕北近几年反常地下了几场大雨，甚至成了灾。在最不应该出现洪涝灾害的干旱地区频发洪水，还死了人，天道无常啊。

每每和从关中调到安康工作的同事一起在汉江边上散步时，都罪孽地期盼，能看到一场汉江的洪水。在我这个北方人眼里和想象力所能及的地步，怎么也想不到如此宽阔的江面，上百米高的堤坝，什么样的大水能时常漫溢成灾，那样的场景，该是多么震撼。可是，只能在上游的水库发电泄水时，约略见到汉江水勉强铺满河道，而江边的草滩，依然是草滩。日常，汉江的河道里只有江心的一股瘦而疲惫的清流，周边满是干涸裸露、布满石头的河床。也怎么都想象不来，在这样的水道里，当年是怎么样穿梭着如织的货船，能顺流而下，直到重庆。

我是喜欢下雨的，这也许和我懒惰的个性有关。在我的感觉里，下雨天，总是和许多美好的事物联系在一起的，比如睡懒觉；比如不用去地里跟着大人劳作；比如不用被逼着出外跑步锻炼；比如可以在夏夜，不用忍受酷热大吃一顿火锅。在安康这几年，虽然没有以往的雨量充沛，但是比起陕北，雨的次数仍然是频繁的，只是没有或少见在北方时那种霹雳阵雨；安康的雨，都是静静地由天空往地面滴落、流注，往往悄无声息瞬间来，抽丝剥茧缓缓地走。

我喜欢在安康的雨天里，在微微的雨里散步。湿润的空气里，散发着清新的泥土香气，云雾环绕着远山，如梦如幻，街道没有了往日的嘈杂，过往行人撑着各色的伞，就像一个个蘑菇在急急地赶路。心情因天的阴，雨的潮湿，也变得湿漉漉的，总是能想起许多事，人会沉浸在一种愉悦的忧郁中，不能自已。

暂住的街巷，是安康的江北，不如江南主城区繁华，杂乱无章随地形而建的低矮民房和参差不齐的楼宇，使得这里的凌乱有一点古旧的味道。一到雨天，红的砖墙更艳，灰色的屋瓦变得深沉，和主街道连通的街巷，时不时给人一种置身戴望舒《雨巷》所描写的情境的幻觉。走在这样的雨里，身心感觉都远离了现代文明的纷扰。

走在安康街头江边的雨里，平日里惯常熟识的街景，都变得模糊不清，仿佛是换了一种场景，叫人新奇。南方，一定是因为有水才灵动，安康，也是因为有雨，才更像我印象里的南方。在这里，雨，也并未给人带来多少不便，无非就是手里多把伞，而即使不打伞，也不会将人搞得狼狈不堪。不像在陕北，雨里，不是落汤鸡，就是满脚满身的泥水，叫人心里厌恶。走在安康的雨里，鞋子轻轻踏着路面，不必担心搞上泥巴，难以清理，只是一点水，抖抖，分分钟就能干净。

有时，在雨天，驱车走得更远一点。一路入眼的，都是雨湿润过的翠绿。放眼望去，每一处都如刚泼墨创作的水墨画，因为水和墨色的交融，温润得叫人不由得想亲近，不由得想进入山里。这时的山变得比晴日更幽静，江水也仿佛更清，竹子都低垂着身子，芭蕉反而挺直了叶柄。山林里时不时陡现一户农家，白墙在雨里，不再是晴日的惨白，那墙上的雨痕，使得人浮想联翩。

大多时间，安康的雨天，我都在工作的楼上，工作间隙，突然发现，窗外开始飘起雨滴。放下手里的工作，伸伸腰，看看外面的天，看雨滴在自己眼前丝丝坠向大地。无边的思绪，就在这雨丝里，发散。或是上到顶楼，极目远望，云天阔处，烟雨氤氲，楼阁山岭，如黄油般极致的润泽，让人心脾之间，块垒尽散。我喜欢这安康的雨水，喜欢在这慢节奏的雨里将心情慢慢地消散，以至于回想起北方那突如其来猛烈滂沱的大雨，是怎样地对大地万物摧残，不禁思量自己还能否回去在那样的雨里悠闲地四处观望、心境恬淡。

雨下着下着就停了，云飘着飘着就散了。放出去的心思，却已经飘得太远了，收不回来了，慢慢地感觉自己的身心，也开始像这安康雨里的老墙，斑驳到随遇而安。

我到今天，还是喜欢安康的雨的。但是，有时候，会按捺不住地想，来一场陕北常见的暴雨，瞬间从头到脚地淋得我一个湿透，瞬间将汉江涨满，滔滔洪流中，把思乡的念头，冲个干净彻底，冲到天尽头，冲到自欺欺人地想不起、看不见。

六过凤凰

是时候写一下凤凰了。

算上五年前携家人在游玩柞水溶洞后，专程到凤凰古镇转悠了一圈那次。目前，我已经六次到凤凰古镇了。

世间的事，风水流转。谁能想到，自己已近中年，竟然有缘到陕南工作，而凤凰古镇，这个我以前专程来旅游的地方，竟然成了我辗转工作路途上一个必经地点了。

虽然，如果走新的高速，可以不用走老的省道，可以绕开凤凰。但是，只要时间允许，我还是愿意经省道由安康到商洛。

高速公路是便捷的，但是，沿途固化的风景，毕竟不如环绕省道的群山那般叫人心情愉悦和放松。每次，走在省道经过的山和水里，都是一种游赏的心境。虽然速度不如行驶在高速公路上，但是，更加从容。

这个凤凰，不是出过黄永玉、沈从文、宋祖英这些名人的凤凰。一样的名字，景色差别在天壤之间。这个也叫凤凰的镇子，是隐在商洛市柞水县的一个深山里的小镇。

商洛的山，没有陕南其他地方惯常的那样林木茂盛，也没有陕南其他地方密集的水域，倒是很像我故乡陕北的一些地区，树木稀少，水源稀缺。这里的交通并不便利，从柞水到凤凰，也只有一条近年才修筑通畅的省道。也正因为这些原因，小镇上得以保留了一些清末和民国的老房子，依稀留存了部分旧时的影像。让现在看惯都市繁华的人们，眼里能感觉到一抹新奇，也能勾起每个人心里的怀旧情绪。走在古镇破旧的街道上，能在新老对比下实在地体会到自身生活富足的优越感。

小镇不大，街道也不宽阔，自新镇入口前行五百米，一条干涸的小河上，一座破旧的拱桥就是古镇和新镇的分界，也是古镇的入口。越过桥，就是铺着大小不一宽不足两米的青石街道。逼仄的街道两边，是陕南惯常的带半层阁楼的老瓦房。因为生活用火的习惯，房子被明火熏得处处烟黑，看不出本来粉刷的痕迹，已经很有年头的房子，更加陈旧破败。正是这份陈旧，把时间留下的痕迹彰显得更加深沉。

行走在这还尘封着旧时风貌的镇上，一公里长的老街，除了不多的外地游人，两边的店铺和街道边上悠闲安坐的，都是当地的原住民。在我们进入古镇后，如影随形的时间仿佛就停滞了。小镇的一切，没有因一些外地游客的参与而变得如惯常所见旅游景点那样的生意攘攘，没有乡民专门招揽游客去努力地做生意。每个游人置身小镇时，都仿佛在看着一部古老的纪录片。两边店铺房屋里和街道上的居民，自顾自地做着每日不变的事情，没有交流，一切，静静地走着。岁月，缓慢地流淌，如果不是偶尔镇子外面公路上经过车辆喇叭的鸣叫声打扰，真的如穿越，如时光倒流，活在了20世纪七八十年代随处可见的普通集镇一般。镇上居民，自如悠闲木讷的神情，像煞了儿时故乡老街的情景。走在这样的地方，我不由自主地进入了自己对流逝的岁月的怀念。心，一下觉得轻了；人，刹那静了。

走过古镇的街道，我的手仿佛感觉到，被爷爷奶奶牵着，蹒跚地行进着，浑身轻松得感觉不到一点长大成人后每日背负的担子。所有对童年的记忆和逝去的美好，都暂时涌到眼前。记得，这一筐鸡蛋，应该是一元钱二十个；那边的肉案上的五花肉，五毛钱一斤；眼前刚出锅的麻花，可是奢侈的美味，也是一毛钱两根哦。我都是含着口水，和爷爷奶奶走过一个又一个简陋的小摊，除了购买必须的咸盐和酱醋，我们日常的吃食，都靠自己地里那点出产。物价是很低廉，可是，我知道，奶奶腰间的手绢里，是没有几张毛票的。不到过年，蛋和肉，上不了一家人的餐桌。可是，就这样地路过，饱过眼福，肚子里仿佛都有了油水，都有些满足，没有人感觉到生活有紧迫的压力和对物质有过分的需求，大家都一样，日子都是这么淡淡地过去。

时光是留不住的。人们，只有在这还有一些旧日影像的地方，来找寻不可逆的东西，或感念今日生活的丰美，或怀想旧日的温暖。一处古镇，一条老街，就像是每个人咖啡杯子里的一柄调匙，善于把沉入人们心底的苦和甜，一并搅动起来，融合成一股甘甜的浓香，呷一口，慢慢品味，各人心里的滋味，只有自己能够体会。

我是已经来过凤凰六次了，今后，还会不断地经过这个古镇。只要时间允许，我都会停车驻足，流连一会儿，看着陈旧宁静的古镇，感受不慌不忙的日子，想一想过去的时光，念一念已经不在身边的人，把倥偬繁忙的心绪，经古镇搅和成可以接受的浓香，好在一段的日子里，身心都有可供品咂的滋味。

我是已经来过凤凰六次了，今后，还会不断地经过这个古镇。但是，真的劝你不要来这个地方。许多东西已经沉淀了，许多人已经忘怀了，就不要在这样的地方莫名地被翻动，不是每个人，都能适应这种滋味。许多应该被忘记的思念，上了眉头，就再也回不到心头了！

第一章　低眉敛

回到商洛

我是半个商洛人。我奶奶就是商县的。具体什么地方，我回家问父辈，大都说不清，只知道是商县城边一个村子的。我去商洛，打问了许多当地人，因为奶奶姓梁，都说约莫就是商县梁坡村的。

由于奶奶的父母在奶奶出生前，就离开商县，到西安城里骡马市口开醋坊。奶奶出生在西安，对老家也没有多少记忆，所以，此事已经湮灭得不可考了，姑且就当梁坡村是奶奶的老家吧！

关于奶奶的这些事，还是去年，我能开始静下心来，和父亲、大伯们坐下，认真地听他们讲家族的一些故事，才得知的。许是自己已经中年了，也爱回头望望来时的路了，越来越肯花时间陪已经垂老的父辈们，听他们讲老故事，想更多地知道我们这个家族的一些历史。也后悔，为什么奶奶还在世的时候，每次给我讲她过去的事时，我那么地不耐烦，以至于现在许多事情都因她的离世而永远地无法查证了，消失湮灭得无影无踪。

因为这个原因，每次到商洛市，我都有一点回家的感觉，少很多身处异乡的体会。这里的山水，这里的人文，这里的饮食，我都自动地喜爱上了，没有一点过渡。

商洛市，是在原商县的基础上升格为市的。这个城市，虽然已经具备一个现代化小型城市的规模，其实根子还是一个县城。这里的人们，彼此都熟悉，街坊邻居，不论是东城还是西街，谁家有个风吹草动，不用一天，满城皆知。商县自古民风淳朴，人性多温厚，虽然成为商洛的行政中心，也有越来越多的现代化设施，但是人们的禀性还是保留着农耕时代的厚道。这点，当你走在商洛市的大街小巷，从那洋溢在你能遇到的每个人脸上憨厚的笑容中，就能感知得到。

有人说，商县人太瓷，以至于蠢笨。对这样的说法，我是深恶痛绝的。一个能出商山四皓这样大贤的地方，一片能封给著名政治家、法家代表人物商鞅的土地，它的人民，怎么会蠢笨呢！正因为它的人民保持了良好的文化传统，没有受过多的现代文明侵扰，淳厚的民风，叫一些善于欺君子一方的人，觉得这里的人好骗，把厚道当作了愚笨。能说商县人瓷的人，自己本是精明得过头了。

我爱商洛市，这里的风光，因为海拔高的原因，和陕南其他地方不一样，倒像我的故乡陕北一样，一年四季，气候干燥凉爽。我在安康和汉中，都因当地的热、潮而身心受扰。每次到商洛市，一下就清爽了，觉得回到了故乡，这也是我觉得商洛如家的另一个主要因素吧！

更让我爱商洛的原因，那就是一个城市征服一个吃货的美食了。陕南三市，关于饮食，各有千秋。汉中的代表吃食有热米皮、菜豆腐、花生稀饭。我开始吃不惯，现在慢慢地接受了。安康地域，也是蒸面（类似凉皮）和烫菜（类似麻辣烫），我虽不喜欢，但也能接受。唯有商洛，每种当地的特色食物，都能让我欣喜不已，大快朵颐。每次将要去商洛出差时，总是激动不已地期盼，能到西街的市场上，去吃那些叫我迷恋的小吃。

商洛人在介绍当地的美食时，首要得先介绍一种叫烧肠的东西。第一次听到介绍，我想着应该是一盘红烧大肠。和商洛的朋友来到老城东背街的一条巷子里，周围是古旧的民居，巷子里两边都是生意摊子，贩售着各种吃食，我的眼睛已经顾不过来，开始在各种食摊边迈不动脚了，朋友硬是拉住我，劝我还是留住肚子吃烧肠。邵家烧肠，是商洛做烧肠最著名的一家，门脸很小，但是食客众多，都是本地的老吃家，每每过了午时，就已售罄。所以，这也是朋友急着拽我走的原因。

烧肠在拥挤的餐桌间，经过别的食客传递，终于到了我的面前，我用筷子翻搅了一下——嗨！不就是肠子烩菜嘛！说得神奇的。朋友不语，只是示意开吃。嗯，第一口，就觉出烧肠不同于一般大肠做菜的味道，肠子没有一点异味，柔韧适度，更为诱人的是，这一碗汤，酸香可口，冲鼻解腻。这时，才觉得这碗烧肠确实有不同于别处做肠子菜的地方。朋友适时地说，醋好吧？我说嗯。突然想起，我奶奶的父亲可不就是在西安开醋坊呢！商洛人出门谋生的一个主要手段就是做醋，把商洛满山的品种优良的柿子转化成香酸的调料，这本就是商洛人独有的手艺。好醋成就了这一碗肠子烩菜，难怪有人说，到商洛，不吃烧肠，等于没来。

商洛盛产土豆，商洛人也善于制作土豆淀粉粉条，以至于商洛人更喜爱吃粉条，这点，尤在一种日常主食里体现得淋漓尽致。包子，商洛的包子，是一种无法界定的食品，它不同于南方的灌汤包子，却有着灌汤包子吹弹可破的皮。皮又是不同于灌汤包子的烫面，是发酵的面皮。包子的馅料，除了星星点点的韭菜和豆腐，全部是粉条。热腾腾的大包子，几近透明，无法拿在手里，只能用个小碗来盛放。咬个小口，往里面灌点辣子醋水，咬一口，松软弹牙的粉条，叫我这个爱吃粉条的陕北人直觉过瘾。最有名的是大修厂门口的南家包子，过了上午十点，就只能等第二天，其实也没有什么诀窍，就是，粉条更多。南家包子门口，总有一个手推木车的摊位，随行的当地朋友告诉我，这又是商洛的一个名吃热豆腐。赶紧上前买一碗，刚出锅卤水点的老豆腐，浇上醋蒜辣子水，筷子一夹一块，不由得回想起童年在农村，当家里遇到大事或者过年，刚出锅的豆腐，趁热给孩子们分一碗，那是绝好的滋补。

晚上了，正琢磨吃点啥，当地的吃货朋友就来勾引我。我们徒步穿城，其实也没有多少路程，商洛城小的好处得到体现。来到西背街，好一片夜市，煎包子、丸子汤、羊杂汤、烧烤，林林总总。朋友拉着我不停步，直接来到一家名为西门豆芡的店门口，才找了张桌子坐下，给我叫了一碗糊汤面、一碗豆芡。糊汤面，就是在苞谷糁熬煮的粥里，加上土豆和面条，放好调味料做的黏面条。好喜欢，好熟悉，我说为什么这商洛的饭食我这么热爱，原来，奶奶在世时就一直给我吃的这样的饭食，只是，在离商洛几百公里的陕北。

吃一口糊汤面，喝一碗浓豆浆加熟软的黄豆的豆芡，满足得像吃满汉全席一样，舒服得一身透汗。家的感觉一下就在这汗水里涌出，我是半个商洛人，这次，一碗熟悉的味道，叫我算是真正回到家了。朋友看我吃得喜欢，向我介绍西门豆芡的历史，商洛多少卖糊汤面的店，都做不过这家。原来这家豆芡店，是姐妹三个经营，三姐妹都颇有姿色。每次在饭口，门口排队等候打饭的食客，都是想欣赏姐妹三个的容貌。久而久之，"豆芡西施"的名声大了，生意就兴隆得沸沸扬扬。现在，姐妹们都嫁人了，也年华逝去，但是，食客养成了习惯，总是来这里吃这口。我笑了，难怪这里的生意这么好，座无虚席还有排队的，是有这么一个超强的营销手段哦。

以后，我每次到商洛，就开始寻找各种当地的美食。值得一提的是山阳羊肉泡馍，不同于西安的羊肉泡馍，也不同于澄城、大荔一带的水盆，有点像西安羊肉泡馍馆子的小炒，但是不放醋，直接加入红红的油泼辣椒，羊肉无膻软烂，馍看上去是干的，细品，汤汁都收在馍里，酥软可口，尤其是酒后，吃一碗，最是暖胃养胃。不一样的做法就带来不一样的口味，让我喜欢留恋。

不断地搜索，不断地寻觅，现在，商洛的名吃小点，我都如数家珍，新义昌的传统糕点、东方红的翻碗子、叶家擀面皮、新田包子、丹宏麻花，种种。每次出差到商洛，天天吃，一周下来，都不重样。快哉！美哉！

吃货的世界，是一个辛苦的世界，为了一种传说中的食物，是不惜自己肥胖的身体劳累万分，满脸油汗、眼露凶光地在这座小城里穿梭游走，不断地发现，不停地惊喜，在大街小巷里。好在，我不太喜欢游山玩水，商洛市郊也没有什么景致值得游玩，有个金丝大峡谷，也因为有点远，没有机会去看看。在我看来，风景是常在的，美食有时候是会消失的，很多美食，因为一个人的离去，就成了绝响。何况，这满城都是我习惯的味道，都是在幼年时，奶奶惯常做的饭食。以前我根本没有体会到，只有来到了商洛，才突然明白，家，其实是可以以另一种形式出现在你的面前。

　　人总是要运动的，我被当地的朋友劝说着，上了商洛丹江边的龟山。一路登山，心里嘀咕，这座山又不高，又没有奇石峰峦的，有什么看头，朋友诡笑。我就问，为什么叫龟山？朋友说，这座山远看，如龟形，是名。又指着不远处，你看，那不是龟吗？果然，不远处有两个巨型石雕的乌龟，在山顶的一处广场，游人很多，都在那里照相玩赏。赶到乌龟雕像前，放眼望去，商洛市的景象尽收眼底，第一次在高处看这座城市，极力分辨着那些我整日穿梭寻觅美食的街巷。

　　朋友戳戳我，叫我看乌龟。原来，有几个妇女轮番在乌龟头上妖娆地拍照。嘿嘿，我和朋友相对怪笑，都明白，对方邪恶了。我也懂了，这个坏蛋，叫我攀爬龟山的用意了。笑骂一句无聊，也终于找到不用继续登山的理由，顺着长满柿树的小道，回城。

　　总是因工作欢喜而来，也总是因工作失落地离开。每一次到商洛，都如回家般急切，每一次离开，都有远游的牵挂和失落。疑似奶奶故乡的梁坡村，一直没有去寻找，其实，能到商洛，我已经能感觉到奶奶留存在我记忆里的温暖。因为奶奶，我对商洛有家的认同，因为这里有我熟悉的美食，叫我寻找到家的味道，这种味道，就像植入我脑海里的密码，不管走在哪里，一碗糊汤面、一个粉条包子，就轻易地破解。亲情，就这样自动地连接上了。

　　商洛，商县，商州。今天，我又要轻轻地走了，挥挥手，作别西天泛红的云彩，然后，打开食盒，咀嚼我打包的粉条包子。

旬阳太极城

　　陕西人，尤其是陕北的人，看惯了高原塞北的粗犷，总觉得陕南温婉的风光是别样地美丽。我在陕北生活的时候，也很向往陕南的景致，以至于不止一次地携家人到陕南的一些景点游玩。

　　其实，当我工作调动到陕南的安康后，居住日久，就觉得陕南真的没有什么特别的景点，到处都一样，不过就是处处满眼的青山绿水。也许是只缘身在此山中，再也发现不了什么吸引自己的新奇。

　　安康的自然环境涵养得很好。山，一年四季都是绿的。水，都是清澈见底的。也有一些人文景点，大多都零散分布在安康的十大县区，不成体系。山区交通限制也是制约安康旅游发展的一个主要客观原因，真的要专程去游玩的话，很不容易。

　　也许旅游，就是从自己看厌了的环境到别人看厌的环境里，只因陌生，才感觉惊艳。生活扎根于斯，反而麻木得没有知觉。所以，来安康三年了，我也只是偶尔陪外地的朋友去过安康附近的一些景区，大都是看着朋友们兴致勃勃，而自己惯性地安排应酬，然后是耐心地等待。

　　寻常巷陌里，总有出人意料的地方，贪嘴的我，在安康江北的一个居民小巷里，寻找到一家专门做安康当地特色菜的馆子，叫"蜀河古镇酒家"，主营安康市旬阳县的传统菜品"蜀河八大件"。馆子不大，不显眼但很雅致。品尝过菜品后，还是感叹一个地方的水土，总会生发出不同于其他地方的特色。传统全套"蜀河八大件"为八凉八热，八荤八素。开席便有八个凉菜，四荤四素，中间置一拌凉菜的大空盘，将凉菜适量放入中间空盘，再将调好的拌菜汁子浇上，搅拌均匀便可食用，称之为"和菜"。四素一般以时令菜蔬搭配，或青、或黄、或绿、或白，颜色较清爽；四荤多以牛肉、动物肝脏等杂碎入菜，颜色较为深沉。热菜共八道，也是四荤四素，但有一个显著的特色就是四荤四素八个热菜分为四汤四炒。八大件发源的蜀河古镇以回族居民居多，因此"蜀河八大件"必然地被打上"清真饮食"的烙印。

如今，"蜀河八大件"在安康已经变为宴席排场菜之首，是接待尊宾贵客的最高礼仪，也称"礼行菜"。讲究也变得极大，对凉菜有"四荤四素、中间上醋；上青下白、角荤边素"的要求。"八大件"菜品中凉菜亦为下酒菜，上席正中必须放青叶的菠菜，左右两边分别为卤猪耳朵和酱香牛肉，左边正中为炝菜，右边正中为卤魔芋，下边正中一定是莲藕，一边为白河变蛋，一边为酸辣鸡胗。一定要按上青下白，四角为荤四边为素菜的摆法，青叶在上代表青天，莲藕为根代表大地，将尊天敬地的思想完美地体现在饮食中。

凉菜以酸、辣、咸三味为主，佐凉菜者必是精美的醋汤，八大件的凉菜在细心的刀功下有着优美的外形，但不加作料，食用前要在自己桌子前的调味小盘中蘸取醋汤，汲取汤中酸、辣、麻等香味。这醋汤的调制大有讲究，在安康，十家凉菜九家同，永远不同的就是醋汤的调制。用开水煮醋，汤味必然尖酸；用烫油泼醋，酸味一定沉闷；如果用滚烫的水兑了八大香熬制的香汤，再注入安康手工制作的香醋，加入少许黄豆制成的老抽酱油，待汤冷后调入香油和麻辣油，一盘奇香无比的醋汤就陈列在吃客面前。慢慢地放进凉菜，细细地品尝，凉菜色、香、味尽显，来客自然会感叹食不厌精，脍不厌细。

蜀河古镇酒家的八大件，已经很是改良了的，诚如前面介绍的，凉菜是整桌的精彩篇章，而热菜，无非是时蔬、当地的水产、干腊制品。不过确有几道蒸制的汤菜，莲藕炖鸡、藕合、蒸腊肉、蒸盆子、蒸肉糕，味道极是鲜美，让我停不下筷子。尤其是蒸盆子，发源于紫阳，风行于陕南各地，值得专门写一篇文字，兹不赘言。

蜀河古镇酒家，墙上布置着一些旬阳景致的图片，最抓人眼球的是旬阳城的鸟瞰图，弯弯的河水，环绕着穿城而过，城市因河水而分割成两个部分。一左一右的城区地势，恰似太极阴阳鱼图形，一阴一阳，惟妙惟肖，天工造化，叹为观止。

于是，终于找了一个机会，约两三个周末没有回家的同事，驱车前往。安康到旬阳县城，已经通了高速，以前一个多小时的车程，如今半小时就到了。旬阳和陕南的其他县城没有多大区别，山间逼仄的地块上，随地形而建的拥挤的城市，看惯了八百里秦川敞亮风光的关中人，总觉得压抑。在当地导游的指引下，登上专门设有观景台的山顶。登高望远，太极阴阳鱼的景象，尽收眼底。穿城而过的旬河，蜿蜒妖冶，在山的夹缝里，奔向汉江。两河交汇处，山石嶙嶙，以至于河水在奔突之间，形成了如太极阴阳鱼般的奇景。

据当地的导游介绍，旬阳城北接西安，南连湖北竹溪，东承湖北道教圣地武当山及神农架自然保护区，西邻安康、汉中三国遗址，是秦巴山地的重要组成部分和北亚热带季风地区的一部分，也是陕西省水、热资源最丰富的地区。这里悠久的历史，孕育了灿烂的文化，历史遗迹遍布全境，有古遗迹、古窟寺、摩崖石刻及近代文物遗址六百五十余处，道教、佛教、伊斯兰教、天主教等寺观教堂，上许家台南宋古墓、庙、观、堂集中于旬阳市区，折射着先民的光辉。站在这观景的山巅，我觉得这些彪炳千秋的人文存在，其实真的是因这天工安排的太极而应运生发的，太极生两仪，两仪生四象，四象生八卦，八卦生万物，这旬阳的景象就是一个范例。

毕竟，再美的景色，看得久了也显得单调。拍照，留念，准备离去。突然，发现一直只留意太极城，没有看见城对面的山坡上，竟有一片影影绰绰有别于县城的村镇。问导游，那是哪里？导游回答，墓地。哦！

好大的一片，与县城的规模相差无几啊。旬阳的墓，修建很是讲究，每一座都如同一座房舍，连绵不绝，以至于对岸的山上都显得拥塞，若不仔细观察那有别于县城里的生机，是看不出，那是一片埋着死亡的地域。忽然就懂了旬阳人的智慧，忽然对太极城有了更深的体会。一河相间，动与静，生与死，切切地吻合太极阴阳鱼黑白转换的哲理。这个天造的风景，最终因为人的安排，得到了升华和诠释。

下得山，进城，旬阳的朋友赶来相聚，必然吃的是"蜀河八大件"。旬阳的朋友介绍着每一道菜品，宣讲着旬阳的物产和民俗，说着旬阳人乐观豁达的特性。我深深地点头，看过太极城，看过生机勃勃的城区和暮气沉沉的墓地，我已经懂得了这一片土地的性格。每日面对的是红尘的熙攘，仰观死别的悲戚，在太极的阴阳鱼里，还有什么看不破、参不透。生命的玄机，就在这食不厌精、脍不厌细的八大件里，绽露得淋漓尽致。

离开旬阳，身心都如受了一场洗礼，仿如抛弃了一些黏稠的纷扰，心境变得清明。

旬阳的狮头柑，甜味里夹杂着一丝清苦，当地人介绍它极是下火，我也很是喜欢！

好一个旬阳！好一个大太极！

西城阁的月

西城阁建好了！

两年了，每次去汉江边散步，总见这处工地忙忙碌碌地施工，一天一天地，看着一个仿古的塔式建筑在长高。就是不知道在修什么。同行的朋友在议论，难道是安康因为水患频仍，修个宝塔镇河妖吗？安康的市政建设乏善可陈，唯有一江两岸的风景，打造得极为精心。宽阔的江堤，人来车往。入夜后，霓虹灯火，灿若云霞，辉映着奔流的江水，极像重庆的嘉陵江两岸，让人恍然。

客处安康，不由得就关心这个地方。来了这么久，虽是异乡，却觉得自己已经融入这方水土里。慢慢地能吃惯安康的酸菜和魔芋，也慢慢地适应了这里的潮湿。时时在午夜梦回的时候，错以为是故乡。

一直觉得西城阁很奇怪，明明很像一座塔，却只有六层，不尴不尬的。当然，人家就叫阁，我心里还是默认它是一座塔。也是西城阁的落成，让我在仰望西城阁的顶端时，发现了安康的月亮。哦！安康也有月亮，也是那么地圆。

总是每日忙碌着。到傍晚结束一天的工作时，悠悠在江边散散步，从来没有抬起头，看看经常是阴云的安康的夜空，也从来没有在夜幕灯光的污染下，去看看安康有没有星星和月亮。猛地发现一轮明月，清冷地挂在西城阁的宝顶上空，刹那间深隐于心未曾拨动的乡愁，如月的辉光，铺满了我的心头。怎样地错把他乡当成了故乡，在繁闹纷杂中，忘记了故乡山林间的月光。那高原上，此时应该也是这轮月亮，清辉洒满大地，家里院落的果木，应该已经在枝头上承接夜露的滋润，在月光下，镶了银边的果木轻轻地摇曳着。

往年的月夜，家里的人都齐了，晚饭也已经吃罢了。关上屋内的灯光，都搬个小椅子，坐在院落里老井的台阶前，看着割过一茬的韭菜又在抽长，看着一排排的大葱，标枪一样绽放着花朵。最好的是，家里的人都在，一个都不缺。抽烟喝茶悠闲着，晒着月光。父母都健康，时不时地取水池里的水，去浇一下白天刚栽的菜苗，不是劳作，只是一种下意识的习惯动作。妹妹依然欢乐地和妻子在说着姑嫂间的私话，也无非是明日在家里做顿火锅。孩子们都在葡萄架下，一个塑胶的皮球，搅得满院欢叫，月光在孩子们的跑动下，如同搅动勾了芡汁的浓汤一样，明亮地流动着。直到不知名的夜鸟，一声声的鸣叫，使人觉得夜开始深沉了，才回屋，依然在窗户透进来的月光下，沉沉地睡了。晴好的日子在高原最多，有月亮的夜，平常得就像不知不觉的呼吸。一家人在一起的日子，那时，根本不觉得有什么可珍惜的，总是想着，日子如这万古的明月，今天过去，明天仍然在继续，照过了古人，又照自己。

西城阁，得名应该是源于秦惠王始设的西城县。其后，历次的废县，又重新设立，建安二十一年（216年），改为西城郡；魏黄初二年（221年），改为魏兴郡；西魏废帝三年（554年），设州名金州；大业十三年（617年），郡县俱废；武德元年（618年），复设西城县。反反复复，每一次的设与废，背景都是灾害和战乱：人相食，汉水涨溢，城郭淹没，尸遍野，掩埋都来不及。只这西城阁，随着动乱，拆了建，建了拆，本来冷冰冰的建筑，也如大千世界里的活口，轮回得面目全非。想那每一次重起的楼阁，看到高悬在头顶的明月时，有没有似曾相识的感觉，回忆起前尘往事的痛悔。一座城，从江北建立，又被人力移动到江南。一座楼阁，几经毁与立，留给世间的只是一个不变的称谓。嗨，看惯了古今离乱变迁的明月，圆缺之间，会不会有一声悠然万古的太息。

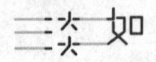

现代的建筑科技，将西城阁重建得巍峨雄立。多彩的灯光，将西城阁装扮得玲珑剔透。如今的汉江，因水利工程的调控和美观实用的江堤，应该被约束得再也不会肆虐。西城阁上的明月，应该再不会看到因人祸造成的离乱。在花树摇曳的影子里，在休闲锻炼的人群中，它也一样，注意不到一个异乡游子因它引起的离愁。

西城阁上的月啊，总觉得你那么地难以亲近，也许城市的灯光，让你没有故乡的夜月那样明亮，那样清冷。也许是身边没有了亲人，也许是怀念那些永远逝去的亲人的笑语。也许，只是因为你，没有照在故乡的老宅院里。

流水的鱼

安康，秦头楚尾，自古的鱼米之乡。

汉江蜿蜒，收集沿途山林沟壑奔腾而出的溪水，因有容，而壮大，奔流向东，汇聚入海。秦巴山，陕西的肺，植被破坏少。汉江里的水，清澈得用手掬起就能饮用，沿江常常能看见"一江清水送北京"的宣传标语。

水，是可以调送到北京去，可是，这清江水养出的鱼，就是自家享用了。汉江的鱼品种丰富，鱼因水好，肉质格外甜嫩，不说特有的黄辣丁、鸭嘴鲟、唧花鱼（鳜鱼）。就是四大家鱼，都没有其他地方鱼的土腥味，用清水煮煮，加点盐和安康当地出产的土姜，就很鲜美。

汉江两岸，一定是有很多吃鱼的地方，各色人等，依据自己的口味和方便，总能找到适合自己的食肆。携亲带友，花费无几，也能吃好，一江两岸的山色也能玩好。只是今日的汉江，因沿江兴修的水利设施，已经没有了江船和木排。没有帆影点缀的江水，总是欠缺些灵动。

闲暇时间，我喜欢钓鱼，但一直不是很喜欢吃，总觉得没有炖得软的猪肘来得痛快，鱼肉鲜美是肯定鲜美，但是细嚼慢剔刺的水磨功夫，不是我这个武夫的个性能耐得住的。独独到了安康，被朋友邀请到流水吃了一次江鱼，却一发不可收拾地爱上了流水的鱼。

自安康往流水去的路，有两条：一条水路，在瀛湖坐船，逆流而上，到流水镇；一条走重庆的高速，流水镇出口下，继续蜿蜒盘旋一段山区公路，也到流水镇。能坐船去，对北方人来说，吸引力最大，只是要开车到瀛湖边，车辆的存取不方便，及至流水镇，想用车又不方便，所以一般不是"很外地"的游人，不会选择这条路。那就走去往重庆的高速吧，半个小时就到流水镇出口，下了高速，盘旋的山路其实也不错，一眼望去，已经不是很峻峭的巴山地台，绿得浓郁满眼，盛夏时节，看一眼都消暑。到了秋季，车子碾过的公路上，到处都是滚落的山栗子，随时停车，只要不怕栗子外壳的毛刺，一会儿就能捡一大袋子，真正的野生山栗，稍一过火炒，就裂开小口，口味甘甜如蜜。吃过这种山毛栗后，再尝街头巷尾大锅翻炒的个大肥圆的新种板栗，就知道满不是一回事，世上什么都骗不过真的吃家的嘴巴。

山路上几个盘旋，就看见流水的导视标，路过的桥就架在汉江安康的瀛湖水库上。流水，就是瀛湖水库上游的一个古镇。镇上，没有多少老房子，几处略有楚地建筑风味的骑马墙，也就是唯一的看点。镇上的居民倒是很符合古镇居民的特点，少有做生意的，大都木讷地坐在自家临街的门口，漠然地看着来往的外地游人，就像看着过路的牛马，不好奇，也不像一般旅游景点的居民那样热情地拥堵招揽。沿街几步就到了瀛湖边，水面开阔，水边停几艘铁壳的游艇，远处水面上是如围棋盘一样的浮在水上的鱼排。我对这种柴油动力的游艇向来没有兴趣，就在水边看看，漂几粒石子入水，情绪也就宣泄得无几了。

回身去往用餐的地方，倒是让我出了一身的冷汗，逼仄的山路，只能行驶一辆轿车，对面来车的话，一方就要后退。几个急弯，在紧临山沟的边上，司机师傅都需要倒一把车，才能转折继续前行。到了山顶，有一个开放的，栽满柚子树的小院。院内看似随意，其实大美若简，院里一汪池水，放养着待宰的活鱼，在这个小院里，成了聚焦的眼。挂满柚子的树下，随处就能看见南方山上的草花，星星点点的，开得兴旺。院内都是大小均匀的江卵石铺路，没有泥土，能按摩脚底，自自然然。一栋二层的楼房，白灰涂抹过的外墙，开几扇大的落地窗子，简约，透亮。院子没有北方惯有的院墙，由于在流水镇的制高点，极目远望，古镇、古镇周边，一切尽收眼底，郁郁葱葱的远方山林里，星星点点的民居，让人感觉在山林中，却又不觉得孤单。环着院子，让我这个北方人以为是冬青绿化树的成片灌木，竟然就是茶园！我爱喝茶，第一次这么近地站在茶树边，竟然不认识，闹得脸红。好玩！

鱼，流水的鱼都是一样的，家家都经营的是那些品种，小银鱼一般都用来蒸蛋。鸭嘴鱼、鮰鱼、唧花鱼多是清蒸，也有豉油蒸的。老板说，这几种比较名贵的鱼，只有蒸才能彰显鱼的鲜美，才不辜负上天赐予的食材。而红烧、干锅，就是四大家鱼的舞蹈平台了。不知怎么回事，在安康随处能吃到的黄辣丁，在流水却没有遇到，总之，不知什么原因，没有尝到过。

餐馆老板不是专业厨师，本是西安城里一个玩家，酷爱旅游钓鱼，寻到流水后，离不开这片水土了，就将山顶的民居买下，整修一番，自己掌厨，玩着，做着生意。人清瘦，看上去恬恬淡淡的，一脸的适意，不紧不慢，不看来客多寡和贵贱，完全按着自己的节奏，招呼每一桌的客人。除了特定的鱼类，其他的菜品都是老板自己安排，没有固定的菜单，大多是当季的蔬菜，就长在墙角和茶园边，几次看见老板走出厨房，在房子边的地里，随意地薅取几把，回到厨房，洗洗就切，烹炒上桌。

想坐在院里就餐，只要天气好，不下雨，那就坐在院子里，喝一口酒，夹一筷子鱼肉，看看远处的山水，闻闻身边的花香，捏捏树上的柚子，酒下得酣畅，鱼也吃得极快。我不爱吃鱼，但是，当吃第一口这流水的鱼时，满嘴都是和以往不一样的清甜，何况几种鱼都是没有毛刺，能满足我大口咀嚼的习惯。当着这样的山水、这样的佳地、这样的院落、这样的美食，还有如隐者一样不俗的老板，怎么能不喝醉？也由此爱上了吃鱼。

苏子瞻流落黄州，逮住价廉的猪肉，于是有了丰富中国人餐桌的东坡肉。我有幸来到陕南，竟然因流水的鱼改变了自己的饮食习惯。只是，我没有东坡先生那样亲自下厨制馔的本领，也没有东坡那样的才情和名望，注定给流水留不下一道能招人的菜肴。今后也只有在朋友同事来探望我的时候，引导他们来流水，请客人吃流水的鱼，口口相传，为流水的鱼做点宣传。当然，每次都能满足我自己的口腹之欲，也只有流水的鱼，能叫我暂时忘掉对故乡的思念。

也许，有一天，我也会学这位老板，在流水我适意的地方，给自己置办这样一个小院，想做了做点生意，不想了就种点菜，栽点花草，坐在院里，晒晒太阳，读读闲书。晨起看看南山，日暮去江水边遛遛弯，忘掉过往那些曾孜孜以求的事业，忘掉在人生路上遇到的一切沟沟坎坎，忘掉喜欢和不喜欢的眉眼嘴脸，开瓶冰镇的啤酒，煎一盘流水镇汉江里的鱼，能吃，能喝，有的闲！

清澈的县河

　　站在县河的边上,我很有放声大哭的冲动。

　　记忆里,有多久没有见过这样清澈的河水了,多像我幼年时最迷恋的故乡的沮河。那是我儿时唯一的乐园。

　　对面洗衣服的农妇,恍如我已经逝去的外婆。水边,笨拙稚嫩的抓鱼捉蟹的村童,那不就是儿时的我吗?曾经的沮河,那么地透明,很少有浑黄的时候,即使在涨洪时,那河水也是清亮的,而那时,也正是我们孩子最快乐的时候。在水漫过的河边浅草里,那么多奇奇怪怪、黑的、红的、白的鱼和蟹,成为我们这些平日没有肉食的孩子们补充营养的恩物。大家都拿着一个小藤筐,家家父母告诉小孩子这是当年捞他们这些宝贝时用的工具。在水边,欢快地捡拾着鱼蟹。时不时地把筐子放在水里,也期望能像父母一样捞一个弟弟或者妹妹。

　　更多的时候,是去街上赶集。走累了,和外婆或者外公坐在桥上,看着清得透明的河水,眼睛深深地看进去,想着河底的秘密,想着外婆说的每条河里面都有一位龙王,不知道龙王知道我吃了他那么多的鱼兵蟹将,会不会怪罪我。沮河没有虾,在那个时候。

　　已经记不得吃过多少沮河的鱼蟹,在那物质匮乏的年代,也许是因为这些东西的滋补,将我养成一个一米八四的大个儿。那也不光是吃嘴,当时吃的是童稚的欢乐,现在回想起却成了无尽的乡愁。

　　故乡的沮河,因为地下煤矿的开挖,慢慢变了样子,河水黑浊,像原油一样缓慢地流淌，就像街边拾荒的贫人的手，总让我心慌、难过、内疚。我的父母，也像河水一样，从清澈美丽，变得垂垂老矣。这是生我养我的河水，就连她如今的脏丑，也是为了养育我们而承载这些污垢。一如我的父母，为了养育儿女，任生活侵蚀而忘掉对自己的保养。我能怎么去做呢？我如今连河边都不愿意走，就像我把大量的时间给了工作和自己的玩乐，而很少去陪陪父母。就像政府只是在特定的时间去治理河水的污染一样，我也只是在特定的节假日里，去父母那里坐坐。黑的河水缓慢地流，就像父母爱怜地默默看着我，那眼神，一刻都不转移。

　　因缘际会，我来到安康工作。新的朋友，带我来县河的农家乐。就在河边，一个绿树掩映的小院。山绿的，水绿的，树绿的，草更不用说。见惯了沮河的黑水，汉江的清澈已经叫我吃惊，可是县河，可是县河清亮得让我想哭。这是我儿时的记忆啊，宛如时光倒流，以为再也不见，谁知她却静静地在这山里流淌。县河的水，我忍不住掬起来尝了几口。

　　清甜的河水，河岸两边竹林里的农庄，田野里的植物，让我想扒下自己一身伪绅士的衣物，跳进这县河，跑进那田野，肆意地撒个欢，身后，仿佛能听见外婆外公爱怜的呵斥。让时光倒流那么一会儿吧，让我能在沮河里也这样欢快，让我还能依偎在外婆外公身边几分钟，让我心灵能静静地放松，不必在回忆里去苦搜那珍贵的温情。

　　人到中年了，很少冲动，但是，站在县河边，眼泪还是忍不住溢出，直到一发不可收拾。我轻轻地哭泣，只是，自己心里，空旷得放声大哭。

　　我的沮河，我的外公外婆，我的父亲母亲。因为县河，我越来越自责和内疚，一直以做人不欠别人为准则的我，才知道，其实，这辈子，我欠你们的，根本无法还清。

　　站在县河边，我无声地大哭！

双乳之间盛开的荷花

  我的一个朋友，因企业扶贫，到汉阴县挂职工作。而他，正好是汉阴人，大家都是衷心祝愿他，能在家乡工作的这一段时间里，加强企地共建，为桑梓做出奉献。
  分开一段时间，很是想念。他也几次邀请，让我去汉阴聚聚。这个周末，因其他原因滞留在安康，空闲就想去汉阴看看他。
  安康市到汉阴县，是有高速公路相连的，五十多公里，也就半个小时就到了。朋友却因为有重要工作任务，不在汉阴，迎接我们的是他的未婚妻。
  其实，他的未婚妻本就和我一个单位，一个爽利的汉阴姑娘，脸上，总是挂着明媚的微笑，让人不由自主地感觉亲近。汉阴人，是安康各地人中最好客的。一下车，我就被小姑娘迎进她的家。她妈妈早已在厨房里热火朝天地准备着丰盛的菜肴。小姑娘说她妈妈担心今天时间紧张，害怕我们北方人吃不惯大米，昨晚半夜还在蒸着馒头和包子。
  我很感激她妈妈的细心。但是，等到上了饭桌后，还是被一桌子十几盘具有汉阴地方特色的美食给震惊了。做这么大一桌子菜，需要多久的准备和辛劳，我心里一下很是过意不去了，忙叫她妈妈别忙乎了，赶紧入席吃饭吧！小姑娘娇嗔地说，还有四五个菜呢，我妈妈每次做十几道菜都是少的呢。我好吃，也算是资深吃货了，第一次在朋友家里，看着满桌的佳肴，既因自己的打扰而深深内疚，又因满桌独具特色的美食而馋虫大动到无法自制。这顿饭，满是快活和纠结的。小姑娘的妈妈最后做了汉阴独特的墨鱼汤，这是我的最爱，也是汉阴人在酒席上必上的一道名品。问询了做法后，我倒是好奇汉阴这样一个内陆小县，怎么会将这里本不出产的墨鱼，调制成自己独有的美馔呢？难道这里的先民，是历史上几次人口大迁徙时由海边地区迁入内陆的后裔吗？小姑娘和她的妈妈都不清楚，时间太久远了，也没有流传下能说明历史情况的一枝半叶。这些疑惑，就留着以后在当地史志里考证吧。

朋友虽然忙着工作不能回来和我相聚，但是一切，都遥控布置了。小姑娘严格地执行自己爱人的安排，吃完饭后，就带我们去朋友的老家，一个叫着奇怪名字的小镇——双乳镇，去看那里今年的新农业项目——百亩荷塘。正是夏日熏风，荷花妍好，这个安排，不俗。只是，好奇，这个小镇怎么会有这样一个让人惊诧的怪异名字。

说是百亩，实际面积几近千亩了。铺天盖地的荷叶，绿得发青。在似火的骄阳下，挺直着枝蔓，伞盖般的叶子间，是洁白的、粉红的、向阳盛开的荷花。荷花，在陕南并不少见，可是如此规模的荷花田，总是叫人一下子震撼。田田的莲叶，风来时，如蒲扇齐动。蒸人的酷暑，就在这荷花田边，消弭得无影无踪。风间，一朵朵洁净的荷花，入了人眼，静了人心，所有的俗世烦念，都抛到了身后，与孩子放松地嬉戏于莲叶间，一会儿东，一会儿西，一会儿北，一会儿南。在这满眼绿意的荷叶上，看见了周敦颐的《爱莲说》，墨迹犹未干涸；看见了每朵荷花上，仿佛都停驻一尊佛，照拂着清净的世界。许是千百年来，荷花的生长，恰是能符合中国传统的审美理念，让人只要是看到荷花，站在荷花田边时，总是能感觉心里被这灈清涟而不妖的草木净化，崇儒的看见慎独和清高，信佛的看到洁净和善念，尊道的感知天人合一的无为和清凉。

我久久地坐在这满塘的荷花间，因荷花带来的安静，一身的热汗无影无踪，一心的浮躁也暂时得到停歇。满眼的花叶在风中舞动，心却已在宁静中飘远。感谢朋友，能安排我来这样一个胜境，让我在浮生俗世里，偷得这半日的清凉，歇了心火，静了欲念。

朋友因公不在，却刻意安排我到他的家乡双乳镇看荷花。他的父兄，也一直陪着我们，不急不躁的，在荷花田边，看着我们观赏嬉戏。敦厚的笑容，叫我在感动之余，仿佛看见遥远的故乡，我思念的亲人们，那些在有客自远方来时真挚的热情。心头涌上的暖意，完全无法用几句感激的客套话来表述，总是觉得，什么言语此时说出来，都是无法面对这一塘高洁的荷花，总是那么不合时宜地俗套了。

又被朋友热情的父兄，带到镇上最好的餐厅，一定要我们尝一下双乳镇的农家特色。我们抱着还没有消化，仍然鼓胀的肚子，百般推辞后，还是被摁到了餐桌前。又是各种特色菜品，各种当地的野味，还有美味的墨鱼汤。上菜的间隙，朋友的父亲拉我到餐馆门前的场院叫我看远处。在远方，真的有两个对称的山包，如人之乳，耸立在一条叫月河的河流两边。朋友父亲好像知道我对双乳镇名的疑惑，认真地给我指点，这就是镇子名字的由来。实地看到，弄清楚出处，也就没有了神秘的感觉了，倒是觉得，由景取名，很是切合，以前自己的想法，反而有点龌龊了。

朋友回来挂职，是受企业之托，为陕南的脱贫，贡献青春。安康市汉阴县双乳镇，是国家明确的自然环境维养区，这里的江水，是要进入南水北调的工程，送往北京的。这里的人民，是不能有大规模的工业产业来进行发展的，为了远方的同胞能有清洁的水源，他们做出了很多牺牲。朋友从事的工作，是崇高的。据平日里信息的交流，他们已经在各地吸取经验，引进各种适合汉阴以农为主的产业项目，并且逐步在实施。像今天看到的荷塘，就是这样的农业产业项目。朋友干劲十足，信心百倍。他的父兄们，一样是没有怨言，努力地为家乡的改变在做自己应该做的事情。和朋友的父兄在一起，能感受到一种蓬勃向上的力量，就像那一片烈日下的荷花田中盛开的荷花。

走在汉阴的街道上，到处在出售已经开发成商品的当地农业特产，

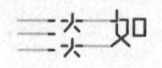

有茵陈、葛根等中药材，有木耳、银耳、地耳、山笋、山菌、蕨菜、香椿、魔芋等山珍，有炕炕馍、蕨粉皮子、腊肉、红薯粉丝等传统美食。包装已经很精美讲究，品质又保留了汉阴人的质朴，货真价实。虽然还没有形成大的产业和气候，但是，有千百个像朋友这样的人兢兢业业地参与，前景是会光明和美好的。

　　一日的游玩，感触实在很多，近距离地走入异乡，吃过最美味的农家饭，看过最幽美的农家荷花田，交了最热诚朴实的农家人，带走最绿色健康的农家礼品，留下了一腔不舍的留恋。驱车，驶过那如哺育人类生命的双乳峰间，回望，切切地看见，那双乳之间，如赤子之心中，那片不染一丝俗念的荷花田，开得那么热烈又那么恬淡。

黎坪的雪

没有想到，以南方山水景致为主打的黎坪景区，会有不输于北方的雪。更想不到，黎坪的雪景，比北方的雪景更加叫人流连和稀罕。

一次偶然的机会，叫我看见了黎坪的雪，一种刹那的惊艳，叫人目瞪口呆，然后是欢呼雀跃。无法控制地奔出乘坐的车，扑向这童话般奇幻的雪景里。

由汉中去黎坪，要翻越三座大山，山路曲折盘绕，惊险异常。本来，汉中是亚热带气候，很少有落雪，但是去黎坪途经的山，因海拔的高度，是能留存住雪的。汉中的雨量充沛，即使冬季，也是雨雪频频。山的高度，留住了雪，山谷里潮润的暖湿空气，又将雪凝结在树木和草枝上，如东北冬季的树挂，晶莹剔透，一片清凉的水晶境地。

这是一次去工作的路上，上山前，司机师傅说，现在山上都是雪。我并没有在意，这里能有什么雪，对我这个北方人来说，南方的雪，就像毛毛雨，湿不了身，沾不了衣，一点意思而已。过了第一座山，开始感觉到车外已经有了蒙蒙的潮气。打开车窗，手伸出去，已经没有汉中冬天暖暖的温度了，寒气，开始刺骨。司机师傅笑着说，这里像你们陕北吧！一会儿到了山上，你这身衣服可能受不了。我听了，也没有在意，一座山的高度，能有多冷？蜿蜒地上山，开始进入迷雾笼罩的山顶。周围一片乳白，眼前只能看见五六米外的道路。坐在车上，我浑身紧张，身体一直前倾着，手心里都是汗。开车的司机师傅看见我的样子，哈哈笑着，说不要紧，山里面就是这样，我们都走惯了，闭着眼，都能上下山。我说，还是睁着眼吧，这旁边可是深涧，有个万一，连人都找不见了。司机摇着头，继续熟练地操控着车辆，就在这漫天的雾气里，在我的担心中，一圈一圈地盘旋。

路边，绿的树上，开始有白色的结晶了，路面上，渐渐地发白。是雪吗？司机师傅说，是啊，山上已经下了好几场雪了，要停下安装防滑链了。雪越来越厚，周围的雾气也在慢慢地散去。终于，车停在积雪已经半尺厚的山顶。司机师傅下车给车轮安装防滑链，我与同事们奔向了雪。

在故乡，雪是冬天单调生活中，大自然赐予人们的一场假期，每到落雪时，人们的心情都是欢愉的，当天空开始彤云密布，继而一粒一粒的雪零散飘落，渐渐遮盖大地万物，天地一色，唯一的动静，就是行走的人们和奔跑玩耍的孩子。一切的物体，因雪的遮盖，都变成另一种景象，干净、纯洁、神秘。不论是成人还是孩子，心在雪里，都极度地放松和欣喜，一冬的燥气，都被这水的精灵涸化得湿润起来。近几年，故乡已经没有好好下过雪了，再也没有童年屋檐下垂挂的冰柱，也没有一场痛快的雪仗了。

到了陕南，冬天是温暖的，没有雪，只有暖暖的冬雨，频繁得叫人惋惜——这样的降水，如果在故乡，那应该是多少次的大雪，那又能带来多少的欢乐和来年的丰收。就因为秦巴山阻隔了北上的暖湿气流，叫我的故乡冬天总是干旱的，而这南方，雨水又有点过于频繁了。

在黎坪山顶这雪地里，我们都放纵心情，同事们拍照、嬉戏，暂时忘了工作任务，都沉浸在这银色奇幻世界里，童心被激发出来，自然地开始孩童的游戏，互相追逐着打起了雪仗。我也参与，不顾手冻得通红，尽力地团出最大的雪球，攻击最近的同事，也不怕密集的雪球击打得自己一身的雪粒。每一次的抛投，都仿佛是把心里的压力和焦躁，一点一点地释放。人，累得上气不接下气；心，却越来越安逸。

毕竟是陕南，雪的状态不同于北方。北方的雪，自落在大地，就是松软的，如棉被一样，铺天盖地地遮盖着一切。而这南方的雪，却因山谷里不断升腾的饱含水分的热蒸汽，表面都凝结成一层硬硬的冰晶。尤其是树木和草丛，雪不是盖上去的，而是被多次融化、凝结，挂在枝头的，雪晶包裹着每一根枝条和叶片，就像白色的宝石里面包裹着棉绺，南方常年不凋零的叶子，在透明的晶体里，绽放着生命的绿色，不会像北方的雪地，白茫茫、光秃秃的，叫人看久了难免疲倦。

　　黎坪山顶不停息的风，配合着不断升腾的雾气，把一棵棵树木都吹向一个方向，许多的小树，披满银甲，被风吹得冻结成一张动态的截图，好像要恒久地留存下这种冬天的姿态。这样的雪景，叫人感觉就像一场大风突然被魔法静止，耳边呼呼的风声，反而叫人更是感觉到一种时间停滞的安静。

　　司机师傅做好自己的工作，司空见惯地在车上微笑着，看着我们这些失去正形的老小孩，也不催促赶路，谁会去打扰这得之不易的半日偷闲呢。

　　鞋都湿透了，身上都被体温融化的雪水搞得斑驳片片，但是，欢乐的心情，根本感觉不到寒意，同事们激动得红光满面的，欢笑着登车，继续前往工作的地点。本来来自五湖四海，尚不熟悉的各位，就在这短短的无拘无束的雪景嬉戏里，在揭开谨慎的包装后，在雪的催化下，做了一次情感的深度交流。大家在车上，已经没有来时的沉闷，欢声笑语，互相打趣，都开始释放自己，一个和谐的团队文化，在这寓意丰收的雪里，播种，生根，发芽。

　　转过几个下山的弯道，笼罩在山上的雾气被我们甩在了身后，随着海拔的降低，雪也无影无踪了，山，又恢复了苍绿。车内，大家都在安静地整理自己的衣服和鞋袜，也在回味刚才的欢乐，品味难得的轻松，筹划即将开始的工作。我想，这祥瑞的雪，不光是带来来年田地的丰收，显而易见的，在这一刻，给我们也带来一份可以感觉到的、不断积累的、同事之间的情谊。

记忆当下的美好

天，一成不变地蓝。枝叶繁茂的玉兰树，每片叶子在阳光下，泛着刺眼的油光。满树几朵硕大的玉兰花，乏力地开在这炎热的酷暑午后。

铁门口，那丛每天我路过都要采撷几片叶子泡水喝的薄荷，已经开出小白花了。倚着薄荷枝茎，躲在墙角的，是几株水边常见的菖蒲，本应是宝剑般细长的叶子，在这旱地，便瘦成了锯条状，厌厌地在阴影里，期待一场透雨的滋润。绕过这些植物，就走到一条向上的斜坡小径上，这是我每天上班的必经之路。路的两边，有几户人家。透过半开的门，能看到晦暗的室内并不富裕。这是每个城市都能看见的，阴暗的角落，没有和城市一起成长的居民棚户区。不远处的高楼大厦，灯红酒绿，与这个小路两边住户的景象，差了最少十年的光景。走到小路的尽头，就如同迷路的渔夫进入桃花源一般，天地豁然开阔，本来静谧的周遭，一下就被现代化的车水马龙惊得无影无踪。

回望小路，面对繁华的街市，恍然间，就如在看着两个银幕播放不同的电影，一部是黑白的旧片，一部是彩色的现代风光。我就站在这陈腐与鲜活的分界线上，不知道是该向左还是向右。

一个不大的城市，好像更适合人们居住，生活成本的低廉，配合清新的空气和一江清澈见底的好水。两岸充满人文关怀的市政建筑，弥补了这座城市因保持自然环境而缺少重工业的遗憾。每隔千米一个亲水广场，就像江边的一颗颗明珠，宽阔的行人步道，在其间起到连接作用，江边的散步和其他锻炼项目，叫我这个懒人都自主加入，也形成了习惯，在每天的业余，不去活动活动，就感觉一身的乏困，不自在。

更喜欢的是，每日晨起，出门右转，就到一个自发形成的早市上。一街两边，都是乡民提筐挑担，售卖自己田里的出产。清爽的竹笋、水灵红艳的萝卜、青青泛酸的杨梅、貌不惊人甚至有点肮脏的魔芋豆腐，都是和故乡不一样的物品，徜徉其间，总叫我能感受到在异乡的新奇。最喜欢看集市尽头几个职业渔夫的摊档，那里总是生龙活虎地热闹。黄辣丁在地上蹦跳挣扎，大嘴的江团压着面盆般大小的江鳖。翘嘴白鱼，就像穿着银色盔甲的贵族，整齐地静静躺在那里。至于鲤鱼、鲢鳙、草鱼、鲫鱼这些家鱼，就像北方平常的小菜不起眼地游动在水池里。毕竟是南方，毕竟有一江的好水，这里的鱼类，味道明显有别于北方养殖场的水产，连最普通的鲤鱼，肉的细嫩和鲜香，都叫我这个不太喜欢吃鱼的北方人开始着迷。在安康吃鱼，每种鱼类，好像都不拘泥于厨艺的高低，怎么烹调，入口都是一股柔韧的甜香，总不会叫你吃到土腥的气息。鱼米之乡，鱼不是肉了，就是最简单的菜。想想，在关中和陕北，一些地方现在在大的筵宴上，还郑重地摆放着一盘木鱼（一条用木头雕刻的假鱼），安康人看到了，应该都要笑得跌倒了。

由于江水的蒸腾，安康总是多雾，北方人在第一年来的时候，总是不适应这里的潮湿，总是歪着脖子，揉着肩膀，需要定期地拔火罐以驱赶潮气带来的苦痛。住得久了，慢慢地，也许是接受了安康饮食的酸辣，身上的湿气，也就不再困扰了。倒是这潮润的气候和清洁的呼吸，养护得肺部日益舒适，皮肤越来越光润。

天气晴好的日子，站在大楼的顶层，环顾城的四周，极目都是连绵的山。近城的山势都不险峻，平缓的山坡上，城市的边缘，很远很远，几户人家的白色房子，就如同一朵朵蘑菇，长在竹林里。山上人家之间，看不见有路相连。想不通，这里的人们，为什么互相居住得那么远，入夜了，想找人聊天，都很困难吧？山民都很好客。我想，可能因相距甚远，人和人相见不容易，所以见了生人，都觉得亲切万分吧！

都说陕南出美女，安康更是美女云集的地方。可是，我已经混迹在这个城市三年了，竟然没有一次的惊艳。每次有机会在人群里时，总期待能看到传说中的美色。每一次，都是失望和失落。许是美女都外出了，要不为什么在外地见到的安康女子，都有姣好的容貌呢。这样也正常，有本事有本钱的人，都奔向更广阔的天地去开拓发展，留下的，都安心守在家园里，在熟悉的故土上，静好地生活，虽然没有惊心动魄的精彩，倒也是能享受一份妥妥的悠闲。

所以，这座城市，是一个生活的城市，大街小巷里的人们，都是在纷扰的红尘中，过最平静悠闲的日子。白日，做完应季应该的活计，天未向晚，就在江边的茶座，邀几个谈得来的朋友，一杯陕南本地清苦的绿茶、几盘干果，眉飞色舞的快意。或是带点彩头，在那里搓麻将、打扑克，江风的凉爽里，玩耍得没有一点火气。

不知道是怎样的缘分，让我们这些北方汉子，能偷闲地在这座惬意的小城里，生活这么一段日子，在人生的奔忙里，得以放缓急促的脚步，在这一江两岸的山清水秀里，整理以往纷乱的心绪，也能在日渐适应的舒适里，积累明日继续奋斗的勇气。坐在院子里竹子密实的阴凉里，深深地呼吸一口气，仿佛都能听见身体每一寸骨节里快意的呻吟，真的有点留恋这样的日子，这般的美好。当下，就要好好地记忆，认真地保存在心的一个角落里，如此，在以后离去的时候，随时能拿出来，让这样的美好，成为梦里夜夜追忆的挂牵，成为日日魂牵梦萦的思念！

第一章 低眉敛

千金散尽

当我每次把身上的钱花光后，我的心情就像此时安康的雨天，晦暗潮湿得无以复加！

对于金钱，我一直没有一个理性的概念。从参加工作后，基本就没有数清过到手的工资，每次当手里攒下一大把票子时，头脑就一下升温，着急忙慌地奔向所有能把票子散出去的地方，换回找乐子所需的物品，接着呼朋唤友，在极度兴奋和狂热中，度过愉快的几天。

美好的日子，总是短暂。狂欢过后，手伸进口袋，左右摸摸都是布的时候，就开始后悔不懂得计划，自责自己总喜欢冲浪的刺激，而感受不到细水长流的滋润。

今天早上，我迷惘地醒来，一夜的宿醉，叫我头疼欲裂。狂灌了几口凉水，然后压抑不住地恶心，奔到卫生间，抱着马桶吐了半天。看着镜子里浮肿的脸和血红的眼睛，突然悲凉地意识到，昨晚，我花光了身上最后的一点钱，和朋友们喝了一场大酒。相好的朋友，昨晚好像都来过，又走马灯般更换着，而我，一直坐在我惯常坐的位置，从开始到人散，没有起过身。

醉酒的细节想不起了，此时肚子开始饥饿地叫。翻检宿舍能遗落零钱的地方，凑出了十几元的现金。奔出门，找食。站在大街上的时候，想起平日腰包鼓胀时，不可一世地看着各个酒店和餐厅挑肥拣瘦的样子，此时，都想把自己的脸狠扇几下。揉搓着手里的几张小票子，真的不知道去哪里，能吃到合适又满意的一顿饭食。

中渡市场里的麻辣面，是首选的美食。摊主真真的是四川人，也是真真用心来做餐饮的一个勤谨诚实的老板。他的麻辣面，基本是原汁原味的四川重庆小面。面条加了碱，压制得极为精细。面条在煮好后，捞入已经放好十几种调味品的碗里，老板自制的红油和真正的川麻椒粉出头，最后，尤其是最后，老板不计成本地把牛骨、鸡架和猪大骨经过几个小时熬制成乳白的高汤，浇在黄色的面条上。红油中，近乎金黄的细面中，缠绵着几片翠绿的生菜叶。一口下肚，热香鲜辣，驱赶着一夜沉睡的细胞全面地活泛起来。重要的是，一大碗麻辣面，售价五元，这是给一个穷困的人，既能满足口福又能照顾面子的最好的恩赐。

兴冲冲地赶到中渡市场，一进大门，心就凉了。看了看表，原来自己睡得都忘记了时间，已经过了十二点了，麻辣面，早早都卖完了，店门上已经挂上了锁。吞咽着口水，转头奔向菜市场，那里还有我目前资金能承受并且喜爱的一种美食，安康的吊炉芝麻烧饼。安康的吊炉芝麻烧饼，是真的不吝惜芝麻，热腾腾的饼子上，粘满厚厚的一层烤得焦黄的芝麻，用刀将烧饼划开，加入海带丝、土豆丝、咸菜和锅巴，热的饼、凉的菜、干脆的锅巴，一种复合的奇香味道，往往是给人一种想不到的快感。

自己都能想象得到，在已经下了一早上的中雨里，一个没钱的吃货，没有伞，冒着雨，眼睛里闪动着期冀和饥饿的亮光，是怎样地狼狈和落寞。

同样，过午即停售的饼子，没有吃到。看着还有余温的烤饼炉子，心里一下觉得无边的失意，茫然四顾周边川流的人群，脑子里一片空白，这个我已经混了三年的街区，再没有能叫我在如此拮据的时候还能满意的一顿吃食了。吃，还是要吃的；吃什么，已经成了问题。相好的朋友们，都已经午休了，实在不能去叨扰大家了，也实在不能跟朋友们说，自己已经穷得跟白布一样了，此时，深深地为昨晚的土豪做派而后悔。

如果，昨晚少买一箱啤酒，今天，就能去对面的湘菜馆，叫两个肉菜，打一碗米饭，边吃边看雨了。

　　侧身溜进平日不屑一顾的蒸面馆，要一碗关中人叫凉皮，安康人称之为蒸面的小吃，菜豆腐已经卖完了，老板给打了一碗已经凉透了的苞谷糁。看着价目表，我又要了一个卤蛋。还好，一餐饭，只需六元。剩的十几元，一会儿能买几斤刚上市的桃子。下午，就乖乖地在食堂吃好了。李白喊叫过，钟鼓馔玉不足贵，我一直坚信着。算一下日子，已经月底，如果不出意外的话，工资就快发了。

第二章
有所思

与文学巨匠的一面之缘

记得1984年夏秋时节，我刚上初中。中午，天气还是很热，我急匆匆地放学回家，打算吃过午饭和同学去河里游泳。

掀开家的门帘，一眼看见饭桌前坐着一个穿着洗得发白的蓝涤卡军便装的黑胖子，和父亲对坐，两个人手指夹着烟卷，满房子青烟缭绕。母亲正在后面擀面。桌子上少有地摆着油炸花生米和洋葱炒木耳。

见我进来，父亲说：这是你王叔。我礼貌地问候了。父亲对王叔说，这是我大小子，刚上初中，学习不好，一天就是胡整。我不满地瞟了父亲一眼，赶紧往正做饭的母亲那里去。因为，当有客人来时，我就能跟着吃一碗干捞面了。

也许是终于要吃到面条了，也许是对这个能叫我父母拿出最好吃食款待的客人好奇，我忍着没有出去游泳，搬了个板凳坐到父亲和王叔面前，听他们说话。

王叔是陕北人，口音很重，我很多词都听不懂，他和父亲聊的都是怎样培训基层通讯员、怎么去做好群众文化工作、收集民间的秧歌唱词一类的话题。

我听了半天，不得要领，站起来准备出去玩。这时，母亲过来说的一句话，叫我震惊了。母亲说：虎子，你王叔就是你看的电影《人生》的作者路遥。

天哪！他就是路遥。

我脑子一阵眩晕，当时根本不知道还有笔名这一说，只当路遥是王叔的小名呢。王叔对我笑了笑说：等着，过一段时间写一个大小说，你看不看？我说：路叔，我最爱看您的《在苦难的日子里》了，我不爱看《人生》，里面都是谈恋爱，高加林是陈世美，你最后咋不叫他死了呢？路遥听了后，哈哈大笑，直到笑得咳嗽不止。

路遥平静下来，笑着说：好，虎子说得好。等回去叔就把高加林判死刑，叔就当包公。然后笑着对父亲说：童言无忌，孩子的爱憎真是单纯，我们都回不去喽！

多年后，我成人了，看到了路遥当时筹划的作品《平凡的世界》，也知道了这个黑黑的一身才气的作家的经历，更知道那个叫路遥的王叔，已经油尽灯枯，永远地离开喜爱他的读者了。

家里书架上，路遥各个时期的书，我都摆放得很整齐，时时拿出来阅读，在那些记满人生苦难的文字里汲取向上的力量，洗涤自己的灵魂。如今，我还是不爱看《人生》这本书，还是在等待王叔能像他说的那样，当一回包公，哪怕，叫巧珍和加林成亲呢。我的爱恨，没有因为个人的成长和阅历而改变，还是那么简单。只是，这份简单不再表露在脸上了。

路遥走了，像一颗误闯入大气层的彗星，划出自己最亮丽炫目的光华，撞向大地，掀起光与热，然后冷却。只是，凡是看过这抹光华的人，都永远不会忘记，在那个时代他写出的文字，已成为永世的经典，滋养着一代又一代的后来人。

睡在母亲身边
——不只为了母亲节

玩耍手机，在微信里看到一个名为应聘世界上最难职业的视频，很好奇，点击进入。是一个招聘单位在网上以视频方式对所需人员进行面试。我将这个视频的对话原本地按我的记忆在这里讲述给大家，因为，不按部就班地铺叙，我内心会觉得对不起这个职业。以下是主考官和应聘者的对话，都是我凭记忆记述，有遗漏的地方，请各位见谅。

主考官（简称主）：我们需要招聘一个职位，请问您做好准备了吗？

应聘者（简称聘）：OK！

主：这个职位很有挑战性，我们需要一位任劳任怨，对下属的任何要求都尽力百分百满足，并能和颜悦色，甚至大部分时间是积极主动地去满足下属的要求。您能做到吗？

聘：（表情愕然，但转眼正常）我可以尝试。

主：那么，这个职位需要对生活中很多技能有最基本的掌握，并且随着工作时间的长度延伸不断地提升。比如烹饪、医护、各类游戏、维修、洗涤、保洁清理、缝补衣物甚至情感抚慰等。请问您可以吗？

聘：（一愣，勉强）我可以努力。

主：那么好，如果您愿意，我们来谈谈工作时间。您一但应聘上这个职位，那么这份工作将是终身制，没有退休，没有假期，二十四小时随时处于工作状态，加班这个词将是您词典里最频繁的用词。您必须随叫随到，还要在您的下属吃完饭后您才能吃，在您下属睡了以后您还不一定能睡，可能还要帮您的下属处理他没有做好的工作或者惹出来的麻烦。您可以吗？

聘：（怎么可能）哦，这怎么可能，这到底是一份什么工作？收入怎么样？

主：嗯，我们就要跟您谈报酬。事实上这份工作，没有一分钱的报酬，一切的辛劳您不会有一分钱的工资。

聘：（愤慨）哦，上帝！不可能，不会有这样的工作，这不合法！

主：可是目前世界上就有无数人正在从事此项工作！

聘：（惊诧、惊奇、怀疑，总之各种质疑的表情）

主：这个职位，就是母亲。

聘：（大悟，瞬间明白，鼓掌，泪奔）

整个视频就是这样，一点点地抽丝剥茧、一点点地铺垫，我和应聘者是一样的心理，都好奇如此刁钻变态的职位，到底是什么职业，是什么原因叫人能接受并从事呢？一步一步，甚至都以为是搞怪的视频，当到最后知道了答案，心里瞬间如受到钱塘江大潮、高山雪崩一样的冲击，眼泪毫不顾忌地冲出眼眶。是啊，如果把母亲比作一种职业，世界上能有什么职业对技能、工作强度、工作态度和劳动回报做到这么苛求。全身心地投入，零回报，其实，在母亲看来，根本就没有什么，真的，在母亲的脑海里，对这份操劳终生的工作，压根就不需要回报。

这一刻，我们怎么能不放声哀号！哀的是自己怎么从来没有认真感知母亲无私的关爱，也没有想如果变换成职业角度看的话，母亲付出和收获是多么的不对等，以至于我们都认为或者都麻木地觉得，那是天经地义应该的！让我们骨子里都习惯这种照顾，以至于我们在遇到惊险尖叫时都下意识地喊声"妈呀"！号的是慈爱的母亲，自从我们降生，就没有了自己的时间，比总统保镖敬业一万倍地时刻呵护和关注着我们的每一步，从来不考虑自己，基本是忘掉了自己的存在，全身心痴傻地养护我们。母亲的关爱如空气，无处不在，润物无声。

合上手机，我清理手头的工作，收拾好行囊，迫不及待地坐上回家的大巴。回家去！回到日益苍老的母亲身边！我要拉着她经年操劳已经粗糙如砂纸的手，跟母亲说对不起，我是个傻孩子！谢谢您，我一直很爱您！

还是微信上流传很广的一段文字，叫拜佛不如拜父母，父母就是最大的佛。这是佛教大德高僧的劝世讲义。不光是佛教，世界上现在所有正统的宗教，莫不是以孝敬父母为主旨。想起自己年少时，对传统文化里二十四孝故事中的几则叛逆地妄自非议，觉得那样的举动是愚孝甚至是怪异。当今日，我越发读懂父母的恩情，感知父母的辛劳，感慨时光荏苒，惊慌父母终将老去时，只觉得，前人比我们这些享受高科技的现代人更懂得爱的真谛，而我们，是薄情寡义。

从今天起，我要抽出闲暇时间，回到父母身边去，帮母亲擦擦桌子扫扫地，也任她继续操劳，那是她表达爱的权利！我要围在母亲身边，时不时地撒娇，叫她给我做点我以前不喜欢吃的饭食，狼吞虎咽，再不挑剔她给我做的食物咸淡，欢喜地偷眼看母亲爱惜满足的表情。我要回到母亲身边去，陪她说话，和她一起去打打麻将，故意输给她，再不焦躁地催促和埋怨她的迟慢，一直等着看她和牌后欢乐如孩童的笑面。我要回到母亲身边去，陪她一起去超市，和她一起耐心地一粒一粒地挑拣煮粥的豆子，和她一起去争抢超市特价的果蔬。不在乎别人怎么诧异地看我，也再不埋怨她不舍得花我们给的钱，在日常用度上处处节俭，只要她欢喜。我要回到母亲身边去，今晚，无论如何，都要挤在她的床上，睡在她的身边，和她一起作息，按她的时间睡，按她的时间起。再不不耐烦她老是摸我的额头，老是催我去喝点水。睡在她身边，细声地给她讲讲这些年的自己，让她知道我所有的欢乐和惊喜，而一切不愉快，绝对不告诉她，统统抛到九霄云外去。

今天起，我可以不关心小麦生长，不关心地铁通到哪里，我却一定要关心母亲最爱去哪里；门口有哪几个老人最对她的脾气；她的食谱上，还能吃几种东西；她已经弯不下的腰，一周应该洗几次脚，换几次衣；给她买买新鲜的东西，都告诉她是朋友送的，不叫她可惜儿女在花费；把十元钱放在门口，等她惊喜地去拾取；今天起，我一切都要顺她的意，灯少开几盏，衣服穿旧再换，剩饭不可以倒掉，废旧的塑料袋收集留存装垃圾。

　　今天起，我要忘掉自己，关心母亲的喜乐和身体，整理更多的时间，陪母亲走出去，可能的话，叫她坐一次飞机。如果老天垂怜，她的身体允许，陪母亲去海边，任母亲用手指尝尝海水到底是不是咸的。让母亲把一切能遇到的小吃、水果、大菜都尝一点，到结账时，只告诉她花费可真便宜。帮她整理头发，帮她把被罩床单及时清洗。和她到药房去买买药，因为，她只信那里的药最便宜。抽空请几天假，陪她去医院检查身体，把检查结果上不好的都抹去，只是暗暗地开始帮她调理。

　　回到母亲身边去，就是现在，和她温言细语，拉着她的手，缠着她讲我幼年和少年时的顽皮；睡在母亲的身边，闭着眼静静地等她睡去，不能再叫母亲看见自己入睡后辗转反侧的睡相，惹得她担忧不已。

　　后天就是母亲节，满街都是康乃馨，我却在犹豫，是给母亲买一束鲜红的康乃馨，还是和她去超市参加节日打折的活动，继续热闹地抢购那些蔫了的菜品？反正已经回到母亲身边，以后的天天，都是母亲的节日！后天怎么过，随她的意，偎在母亲身边睡，什么事都不再伤脑筋！

第二章 有所思

遍插茱萸

  本来，想等一个合适的时间，很合适的时间，等我心里真的平静得可以放下对你的思念，再写关于你的文字。可是前几天，一个同事在与我见过一面后的几个小时内突然离世，我有点后怕。我怕，我也进入了中年，身体保养得并不怎么样，各种疾病已经渐渐显现。我怕，哪天我会有个意外，突然地会来不及写一点关于你的文字，我会后悔的。

  在送别你的时候，我一直想，如果给你立碑，碑文怎么写？最后，我确定了内容，就写这样一句话：来过、活过、爱过、走了。不过多赘述，因为我们都是天地间最普通的人，介绍得再多，也不过就是告别仪式上盖棺的悼词，夸大而不真实，没有谁会去认真听。

  你在的时候，我真的没有精力去过多地关心你，就像面对每天我必需的空气，因为无形，所以忽略。我们都是百姓，每天过着和别人一样苦苦挣扎的日子，眼睛一睁，就是奔波觅食的辛劳，没有时间每天去矫情地问候彼此，只有在一些特殊的日子见面，短暂的聚会中，交流彼此的生活和工作，更多的是你在听我说，我说得不对或指责你几句，你也只是以温婉的态度应对我，很少顶撞我，你知道我脾气急躁，更怕我发脾气，当然也因为你一直以来心理上依靠我。

  这种依靠，是自你出生就开始有了。

  是的，我是大你两岁的哥哥。当你牙牙学语的时候，我就要替代忙碌的父母看管你。本来就贪玩的我领着还不会玩的你，多么的不耐烦，推搡训斥中,你就像一只小狗,不急不恼地紧紧跟随我,总怕我随时翻脸不要你跟着。从小到大,父母分给我们少得可怜的零嘴,你都吃不到全部,有时是为了巴结我,有时是因我欺骗你,多半都进了我贪吃的嘴。想起这些,我现在满脸都是歉疚的笑。你还记得,一次妈给了一毛钱,我们去买了两根冰棍,我专门买了两根不一样口味的,一根白糖的,一根豆沙的。在买之前,我已经打好多吃多占的主意。三两口我吃完我的,就开始给你做思想工作,你无奈地允许我吃一口你的冰棍,我的一口,你的三分之二就没有了。嘿嘿,我依然清楚地记得,你拿着几乎被吃完的冰棍看着我被冰得龇牙咧嘴的表情,无奈到欲哭无泪。多年后你给我说起你当时的心理,说你很不愿意,但是只求我能在吃了你的东西后,不要不耐烦你的跟随,只要带你玩,吃光都可以。

你从小就爱笑爱表演,多少次在爷奶的炕头,昏黄的烛光下,你披着被单给我们表演《红灯记》,奶声奶气地自己报幕、主持兼演出,嘴里含混不清的台词笑得我们前仰后合。等到你上学和工作,你一直都是文艺活跃分子。后来我看过有一年你在单位演出的剧照,你扮演的老媒婆那么地传神,我当时还说你自己把自己搞得丑的。这是你的爱好,也是你对从小想成为一名演员所表露出的不懈追求——虽然你成了一名医生。

现在啊,我一想起你这个爱好,脑海里不是你所有的表演片段,而是浮想起一首儿歌——《捉泥鳅》。还是你小的时候,县办鱼塘清池,小伙伴都去清理过的鱼塘滩涂上抓小鱼和泥鳅,我一放学也是提个筐着急忙慌地想去抓泥鳅,爸妈把五岁多的你塞给我,要求必须领上你,贪玩的我哪里顾得上你,自己撒腿就跑,背后只听见你边追边哭喊着:哥,哥,引上我。我自己跑到鱼塘都抓了一会儿泥鳅了,你才摔得满身土在鱼塘边哭喊着找见我。现在想起都后怕,万一有人把你领走了呢?成人以后,偶然听到这首《捉泥鳅》,我一下就想起了这段往事,心里很愧疚。你走以后,一次你的小侄子——我的儿子听这首儿歌时,我突然扑上去把播放器关掉，眼泪流湿了衬衣。你走后的第一年，我去看你，归途中，我一直哽咽地唱着这首儿歌。妹子，哥向你道歉！来，让我拍落你那一身的尘土，让我再能看你一场演出，自豪地为你鼓掌。

爸妈现在情绪稳定多了，离开老家，搬到西安住了一段时间。离开伤心的地方，能暂时忘掉那些不堪的日子。你病的时候，我们都在外谋生。妈照顾着你，还要照顾爸，每次回去看你，我看到不善表露情绪的爸，一人坐在他的房间，像枯木一样静默。有时，他还要求妈给他做点他爱吃的肥肉。我以为大家瞒着爸，爸什么都不知道呢。后来我们才知道，其实，爸什么都懂。那一段时间，他硬是支撑着自己，有时要吃肥肉，都是他觉得必须用他认为能补身体的吃食支撑他不至于被哀伤压垮，不能再给妈和我们添乱，他一直在笨拙地装。现在想起，妈给你换药时，爸心切地张望，慌手慌脚地在门外转圈，那种悲凉的眼神，传递出多么撕心裂肺的感伤。你走后的第三天，一直镇定的爸，突然拉着妈的手叫着妈的名字：雅琴，咱的小棉袄没了！我在书房，一口气堵在胸口，妹啊，你走了，可是对于父母，儿子怎么能替代女儿的关心呢！我连给爸妈怎么买内衣都不会啊！

最愧疚的是我自己的粗心和自私，第一次你检查出来病的时候，我在那段时间心情也不好，只是问你检查情况怎么样。你说马上要动手术。等到手术做完后，你和弟弟说恢复得很好，我也就没在意，这期间我的工作还调动到了外地。现在知道你那时的病情其实已经向着不好的方面发展了。等到你二次住院，我悄悄问照顾你的弟弟，弟弟也没搞清状况，告诉我应该没啥问题。后来他知道了真相还和你一起瞒了我很久，就是因为我调到外地，你们都不想叫我奔波操心。你说我怎么能这么自私，竟然看不出你们在瞒我，竟然不去想最坏的结果，一味只顾自己，直到你已卧床不起，病入膏肓。我坐在你床头，告诉你你的小侄子出生了，你无力地笑着祝贺。我抚摸着你因化疗而稀落的头发，你颤抖着在枕头下摸出三百元，歉疚地对我说：哥，我想给娃一千，可是我出不了门了，也没人帮我取钱了。这三百给娃添个福。我强忍着泪对你笑，说等你好了你可要给你侄子补上。这三百元啊，在我兜里被我捏成稀烂的纸浆，如同我的心。

　　妈是坚强和辛苦的，儿女都是她身上掉的肉，妈一直照看到你走。她给你换好衣服，擦洗了身子。妈说了：这下好了，我娃再不疼了。在你走后，妈很少说到你，只是每顿做饭，第一筷子先给你捞到碗里，放在你的照片前。前几天我回去，妈给我做饭时，笑着叫我先不要急着吃，先给咱家的馋猫吃。我端着碗，看着她把饭捞给了你后，才躲开妈低头大口地吞咽，我不想让妈看见我眼里涌出的酸涩。

　　就如妈说的，这下好了，你再不用受疼了。哥也知道，你走得很喜乐，以至于你走后一年多，我竟然都梦不见你。哥知道你的性格，终于一身轻快、自由自在了，肯定是欢乐得忘乎所以满世界转悠，哪有时间到哥的梦里。果然，一年后，应该是你把钱花得差不多了，才笑眯眯地进入哥的梦乡，依旧是你小时候看着哥的那种期盼的眼神。等我随后烧过纸钱，又是好久好久见不上你了。你走了，也是放心的，你的儿子好着呢，时不时给我打个电话，我看他每年都到你坟头，给你送一碗你爱吃的凉皮，那辣子放得通红，就是你爱吃的味道。娃慢慢都长大了，都是咱的后人，都是咱的骨血，你肯定放心，一切有哥呢。

　　唉！哥唯一不亏欠你的，就是你走后，哥给你起了一座大大的坟。你知道哥是个路盲，不把你的坟起大，哥怕找不见我妹子的住处，怕自己想你的心没有个搁放之处。多好，年年桃花开时，哥就和你的侄子回去看你，分开这么久了，坟头的草都多高了。哥总是觉得，一切都像是梦里的事情，拍拍自己的脸，这个噩梦就是不醒！

　　唉！我善良淘气热爱朋友热爱生活的妹子啊！你任性地打乱了一家人的生活，你空出的位置我们谁都无法替补，你把你的那份担子扔给我和弟弟，你掏空了父母的心，你让这个家一下扯开了一个大缺口。人到中年，及至失去，始信父母说的一家人在一起，才是真正的静好安宁。每次回老家看你，每到和你分别后我登至高处，都会从心里涌起一句诗："遍插茱萸少一人！"茱萸这种植物我没有见过，我只是切肤地感知，我的身边再也没有你这一个人了！

生命中的麦客

　　一个人从孕育到呱呱坠地，就已经开始积累和经营自己的福田，也在不断的耕耘中，得到收获。在人生奋斗的路上，每个人的田地里，虽然出产的物品丰足不一，但是，总有些时候，地里的出产是一个人无法及时收获的，这时，就会有应季应节出现在我们身边的麦客，帮助我们颗粒归仓。

　　在学习的路上，老师和同学们，充当了我们生命中最初的麦客。辛勤的老师们，总是把我们地里所有能看到的边边角角的庄稼，帮我们尽可能地收集，一股脑地装进我们的粮仓。同学们在充实自己的同时，也帮助我们晒晒收获，或整理一下麦垛，聊聊耕种的心得，互相勉励，期待来年的丰足。

　　工作了，有了更广阔的天地，我们需要耕种更多的田地。不管是丰收还是歉收，逐年地扩张，更是要随时寻求麦客的帮助。同事、朋友，就风尘仆仆地出现在我们的身边，伸出援手，在我们困顿、乏力、焦躁时，在狂风暴雨将来时，会让我们安心地关好粮仓的门，看着一季的收获稳稳地装入库房。

　　兄弟姊妹，更是随时能呼唤的麦客，总在需要的时候，自己带上合适的工具，在我们的地里挥汗如雨，收割打理我们的收成。

　　风起了，雨来了，我们拿出最好的收获，做成最美的饭食，和这些麦客一起享用，欢快地沉浸在丰收的喜悦里。没有这些麦客的支撑，我们有多少粮食都会散落在泥泞里成为尘土，辛勤的耕耘，又有多少会化成遗憾的劳作。

　　谁的人生道路上，都离不开麦客。谁，又不是别人身边的麦客呢？在每个人的过往中，那些麦客一句宽慰的问候，一个真诚的笑脸，一次无私的援手，都仿如麦客自备的那把锋利的镰刀，爽利地割掉麦秆与土地的纠缠，割掉忧虑和愤懑的牵连，把最好最喜人的果实，帮我们储存到心里深处保存起来，一次又一次地帮我们把人生的粮仓，积累得越发丰足，让我们有了更多的闲暇，在风雨里歇息疲惫的身躯，喝着香茶，舒缓心情。

　　我也曾为麦客，也自备合适的工具，在朋友兄妹的田地里欢快地劳作。割麦时，镰刀一定要贴地而行，因为抬高一寸，就意味着牲畜的草料会少一些。装车的时候，会把每把麦子，都捆扎得紧实，不让一粒辛苦的粮食，遗漏在不该遗漏的地方。帮忙扬场的时候，一定要让风充分地把杂质吹净，看着朋友兄妹们双手欣喜地捧着一季的收成时，彼此，脸上都是幸福的笑容。

　　感恩那些总在我们遇到困难时，伸出援手的麦客；感恩那些在风雨如晦的天气里，和我们一起打理收成的麦客。我们常常把自己的麦子，做成最美的琼浆，双手奉送到这些麦客的面前，让他们也能分享我们的快乐，在品咂我们的感激时，双手沾满我们收获的甜美。我也愿意，以一个麦客的身份，周游在所有人的田地里，辛劳过后，能换来主人这一碗幸福的馈赠。

　　所有人啊，都辛劳往返在自己的田地与粮仓之间，继而又奔波在一个麦客的路途中，充盈了自己，关爱了别人。这一生，最愉悦的，就是在农闲了，思念身边出现的那些辛勤仁厚的麦客和回忆自己做麦客的幸福时光。

眼妈的油泼辣子

微信朋友圈里,看到许多朋友尝试着做微商,无非卖点面膜、童装、内衣。好奇这种生意,私底下问询,都不靠谱,很多发的用户回馈图,其实都是自己朋友在无偿地帮忙,赚个吆喝,最终不了了之。突然,发现一个叫眼的姑娘,开始满大街吆喝,叫卖自己妈妈做的油泼辣子。虽然,瓶子设计得很有文艺范,油泼辣子的图也是蛮诱人,还是忍不住笑出声了。

油泼辣子,对于陕西人来说,其重要性见各种民俗文献。几乎全部的陕西人家,都会做油泼辣子。这个能拿出来当商品吗?看来只有不敢买的,没有什么不敢拿出来卖的!这个微商时代,好混乱,好奇葩。

因为和眼比较熟悉,每天就忍受着,她一次次地刷屏,看着她发布的售卖信息。不喜欢,也不讨厌。天天天天,在她的微信图片下,开始了各种用户的反馈,其中不乏我们共同相熟的朋友。有的回复,热情、卖力。我都笑笑,总觉得这种吹捧,有点像当年泛滥的传销,起于熟人之间,也将消弭于熟人之间。

眼的油泼辣子,貌似一天天地红火起来,看着她发的图,不是在封装邮寄,就是缺货赔礼道歉。我知道眼这个姑娘做过营销,这些,我就当是营销的手段。只是,有一日,眼在微信朋友圈里发了一个诉苦的帖子,大意是因为自己一个人,忙不过来,加之她妈妈做不出那么多的油泼辣子,造成对一些外地客户供货不及时而引发争执。眼满眼都是委屈。我心里突然好奇，真的吗？一瓶油泼辣子，有什么出奇的，以至于外地人都慕名多次购买，难道真的有特殊的地方吗？不会是有什么致人成瘾的添加剂吧？我在家，拿出自己泼的油泼辣子，美美地夹了一个热馍，吃着，想着，眼家的辣子，怎么回事呢？难道不是这个味吗？

嗜好口腹之欲的我，终于没忍住自己的好奇，传唤眼给我寄几瓶。眼说：好的哥，等几天，我妈妈实在做不出来，给您不要钱。我白眼她：等可以，不要钱我就不要了。等得我都快忘了，快递小哥给我电话了——眼的油泼辣子来了。四个精致的玻璃瓶，绽露着金红色的辣子，隔着透亮的瓶子，能大概地看见金黄的芝麻和汪汪的辣油。卖相是毫无问题的，用料目测是很实在的。

对于吃油泼辣子，我是很不随意的。如果用来吃馒头呀，那必须是自家上好的麦面粉，用陈年积攒的面肥，自家发酵，久经揉和，最后上锅蒸出来的暄腾腾的大白馒头。为了不影响对眼妈的辣子的判断，我亲自和面，蒸馒头。馒头在蒸汽中出锅，一掰两半，挖一些眼妈的辣子，用小勺均匀地涂抹在热馒头上，轻撒一点盐粒，张开血盆大口，吭哧。在唾液的帮助下，麦子的甜香和辣子的攮劲，我脑海里不由得冒出一句广告词：就是这个味。

食物对于人，其实就是一种保存某种记忆的匣子，往往在某次遇到某种食物，就能打开封存在脑海里，已经久久忘怀的记忆。眼妈的油泼辣子，一口吃进，顺喉而下，却将我对故乡奶奶的记忆在心头翻腾而出。恍然回到多年前，夏粮丰收，麦子收割，金黄的麦浪，清凉的绿豆汤和第一茬麦子赶磨出的面粉蒸就的馒头，或蘸或夹着奶奶的油泼辣子。奶奶的辣子，味道香攮，上好的自家种植的线椒，被奶奶捣成辣面，加入胡麻、花生碎、芝麻，热油微凉，轻泼入碗，那股油泼辣子的味道，一村的人闻到都在吧唧着口水。总是不一会儿，各家都飘出油泼辣子的味道，一整个村子，就这样红火起来。

带着这种回忆的幸福和对眼妈能在多年后提供如此味道美妙的油

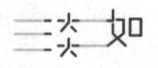

泼辣子的感激,和眼通了电话。果然,眼妈做的油泼辣子,和奶奶的配方是一样的,只是,奶奶用的是陕北的线椒,眼妈用的是渭南地区自己地里改良的红椒。我鼓励眼,叫她扩大再生产,做成产业,油泼辣子都不必外销,这样的品质,是绝对能够满足陕西人对辣子的挑剔的。眼无奈地告诉我,眼妈是个很讲究的人,花生要用河南、山东的大粒花生,芝麻还专门在陕南订购。最重要的是,红椒的品质要求太苛刻,以至于制作完一批,都要亲自去自己放心的农户家里搜集上好的辣椒。

　　我沉默了。是的,一份走心的油泼辣子,是容不得半点的马虎。陕西人都会做油泼辣子,可是品质却天壤之别,有的饭食,能火爆,往往就在一碗油泼辣子上做文章。这样的例子,在每个陕西人身边比比皆是。我不能再说什么,只能鼓励眼,好好学眼妈的手艺,做不做生意不重要,重要的是,不要让一种美好的食物消失在我们手里。眼半真半假地说她学不来,在这种快节奏的生活中,她做不来她妈妈那样一点一点用石杵捣原料的细水功夫。现在卖这个油泼辣子,也是看妈妈闲得无聊,逗妈妈开心而已。

　　我的奶奶离去已经二十多年了,我很久很久没有回农村,没有看到夏日农村忙碌的景象,也很久很久没有品咂逝去的味道。眼妈的一瓶辣子,叫我想起久已忘怀的故乡。眼,你是幸福的,眼前的老人,还能每天给你温馨的味道。这些一起忙忙碌碌的日子,都会封存在这一瓶油泼辣子里,封存在脑海里,没有保质期,在未来的时光里,夹在热的馒头里,释放在舌尖,绚烂在心头。

　　不就是一瓶油泼辣子吗?!嗯,因为它是母系传承到永远的一个信息。

第二章 有所思

冷露无声

当清晨六点半下楼去上班，推开单元楼的大门，一股凉气，惊起满臂的鸡皮疙瘩，我知道，中秋节快到了。

秋日的朝阳，特别地清亮，刺目而不激烈，照耀得空气无比透明，让人心神巨爽，这是一年最好的季节了。

度过一个炎热的夏季，城市里的居民都在享受秋凉的到来，超市门口，早点摊位上，挤满了早起的人们，忙碌起一天的生活。我跻身其间，心情愉悦地看着这平静美好的生活，脚步愈加轻快。

秋天来了，这是一个收获的季节，在城市里，除了凉风送爽，还有充盈满街的应季瓜果让空气里都是一股黏稠的甜香。这种景象，总能勾起人们对田野山间的向往，毕竟，在远离城市的乡村，才是秋天最本来的模样。

我想我的家乡了，在这座城市北方的大山里，一个小镇。那是我出生的地方，我成长于斯，立业于斯，那里的土地上埋葬着我的亲人！所以即使今日我虽然安家在这座城市里，我依然觉得我的根留在了那个小镇，剪不断，理还乱，一扯就心肝俱痛。

家乡的秋天，味道更浓。晨起，树叶上，草丛里，都是晶莹剔透的露珠，间或有点薄雾，飘散在田间小道上，诱人深入到田野林间，总在不经意抬头间，就看见挂满枝头的果实，红的苹果，黄色的梨，更多的是漫山漫洼的酸枣和山楂，绚烂的色彩，最好的画家也描绘不出它的

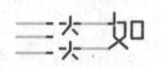

妙处。在这丰收的图画里，我总是一副欢快贪婪的模样，挎着小篮，手忙脚乱地采收着秋天赐予我的果实，身边也总是陪伴着如今梦里才能得见的亲人和伙伴。现在回想，当日的秋何止是秋，竟是每时每分对世间最美好的事物和情感的一种收割和储存，存在我的心间，留存在今日让我随时能翻出，用以慰藉一个漂泊在城市里却又不愿完全融入城市生活的孩子无聊的乡愁中。

秋季的节日，唯有中秋节，这是一个对中国人无比重要的节日。在北方，中秋节是划分秋和冬的时间节点。中秋节过后，人们就要准备度过冬季的一切了，秋收的繁忙由收获转为储藏。中秋节像提醒人们"准备迎接寒冬啦"，也是对秋收喜悦的一个盛大总结，不论大人孩子，过中秋节，都是一个郑重其事的事情。当然，孩子们不会像大人那样还要考虑各种人情世故，孩子们的眼里，看到的是丰足的果实和各式各样的月饼。我不喜欢吃月饼，原因是幼年时，因为物质缺乏，能吃到的月饼只有县城副食店里出售的那种硬到能砸死人的传统月饼，馅料永远是五仁加孩子们都厌烦的青红丝。月饼，对于我们来说，只是节日必需的一个符号，我更喜欢的是中秋节，一家人能快快乐乐地休闲，父亲母亲脸上暂时没有了对生活的愁苦，一家人费力咬着崩牙的月饼开心地调笑。

更快乐的是，偶尔中秋是在周末，我和弟妹能去爷爷奶奶家。在爷奶家的小院里，炕头上，如猴子上了花果山一般，疯狂到极致地恣意一天。那种在亲情抚慰下的放纵，当时只是快乐，只是单纯的快乐，并不如今日回想起，感觉如此珍惜，珍惜到不敢多回忆痛悔时间怎么定不在那个时候，如果时间能回去哪怕一分一秒，我都会停下疯狂的笑闹，多看看爷爷奶奶的面庞，多挽一会儿爷奶的手臂，让他们的体温多暖和我一会儿，让这种美好能在我身体里多存留一些，可以在多年后依然给我暖意。

时光的流逝，对于中年人，是越来越快了。秋年年都会来，中秋节年年也会过，只是一年一年，身边的人和事都在发生变化。一路上遇到的人，有增加的，也有走散了的，更多的是再也看不见了的。每走散一个人，失去一个人，我的心里也就如抽丝般的流逝一些情愫，越成长越空旷。我也像一个秋天的果实，慢慢成熟，散发芳香，但也终将被采摘，被消化，归于尘土。

现在，想起了少年时，不知是哪个中秋节的夜里，读到唐代王建的《十五夜望月寄杜郎中》一诗：

中庭地白树栖鸦，冷露无声湿桂花。
今夜月明人尽望，不知秋思落谁家。

当时心里有一股说不清道不明的愁绪，也就是那么一闪念，自己也笑自己是少年不知愁滋味，聊发无谓的愁绪。岂不知，虽然当时没有经历过多的生离死别，受传统文化的浸淫，内心已经隐隐地埋下了过多的愁绪，以至于被这首诗激发出丝丝感慨。今天，又是秋日，又是中秋时节，想起了多年前的情绪，念起一路走来的经历，站在这秋日的清晨，竟然把朝阳想作中秋的明月，脸颊上突然有点湿润，难道是无声的冷露，悄无声息地漫浸！

失落的校园

小时候，最讨厌回老家，那个在黄土高原上的小村落。毕竟，农村的条件不如我生活的矿区小镇，封闭和贫困加上终年辛劳，都是我深深害怕和厌恶的。

有一年，父母因为工作的变动，送我回老家农村上了一年学。当父母把我交到奶奶的手里后，离开的背影在村口慢慢消失时，我站在窑洞顶上，久久地在夕阳下，痛不欲生地看着，第一次体会到了绝望。这个场景，在我的生命里，定格成一个永久的阴影，每当我遇到伤害或有悲观的情绪时，那一日赤红的夕阳里两个远去的背影，就浮现在我的眼前，成为我的梦魇。

在老家的那一年，我学会了许多农活，除了因身子单薄，年龄幼小不能扶犁耕地外，所有地里的活路，我都被迫参与。我爱吃麦面做的各类主食，但是却怀恨获得这种粮食的过程。尤其在五黄六月，龙口夺食般抢收麦子，总让我有种紧张得喘不过气的感觉。凌晨四点就早早爬起，趁着凉爽，在地里弯腰收割到九点。太阳红热时，要赶紧地将麦垛装车送到麦场，大人们牵着牛马牲畜，拉着巨大的石碾，一遍又一遍地把摊晒好的麦垛碾展，又抓紧扬场和收储麦粒。孩子们，只要过了四岁，都在做着力所能及的活路，哪怕只是送水送饭。事实上，在农村，农忙时，没有一个人能闲住。那时，我心里认为最幸福的事，就是能在碾麦的场边，树荫下，看别人忙碌。

父母把我放在老家后，因为交通不便，也很少回来看望我。奶奶要照看一大家子几十人的食宿，还要看着我们十几个兄弟姊妹，对于后人，奶奶都倾注了自己力所能及的爱护，可是孩子太多，那个年代，都能吃饱，也就是大人能给的最好的照顾了。我不光学会了干农活，还要学着自己缝补衣裤，更要在众多兄弟姊妹的竞争下，快速地吃完一碗滚烫的玉米粥，这样才能腾出碗多吃一份。

　　那一年，在农村，我仿佛是一个被放逐在密林里的小兽，经历了苦难的考验，慢慢地适应了艰苦，也长成了一副结实的身体，这点，让我在以后的日子里，受益匪浅。即使如此，我仍是不愿意回忆那一段生活，也并不想把那段日子当成什么人生的宝贵经历。

　　好在真的只过了一年父母就来把我接走，接到县城去生活。那一日，也是我记忆最深刻的一天，耳边回响的都是门口核桃树上喜鹊的欢叫，天是透亮地蓝，坐在父亲的自行车上，我双手紧紧地抓住车架，一刻都不愿意放松，我连站在村口挥手的奶奶和兄弟姊妹都不敢看，只怕再被留下来受二茬的苦。

　　经年累月，如梭的时光带走了奶奶，也推着我一步一步地迈向成熟，也回过几次老家，都是匆匆去，匆匆走。每次回去，总是在角角落落还能感受到童年的阴影，看着留在村里的兄弟姊妹依然是辛苦地劳作，在土里刨食，我心里有叹息，也更加珍惜自己现在的幸福。

　　前几日，孩子放暑假了，父母想回老家看看大伯。我们又回到老家。父母和久别的亲人有说不完的家长里短，我带着孩子，出门到村子里，想叫孩子看看，这是她的老家，是她爸爸曾经成长的村落。带着孩子，我也认真地再次打量这个我不喜欢的老家。变化真大，拓宽的街道，两边都是整齐的窑洞，村子里，也开始栽种一些城市街道边上的绿化树。村里人稀稀拉拉的，大多是年老的村民，年轻人都出门务工去了。我拉着孩子，信步走向我上过学的学校，沿途，给每个遇到的老人敬烟打招呼，尽着一个回乡小辈应尽的礼仪。老人们询问，你是谁家的娃娃？报上父母的名字后，看着老人们感慨地在记忆里搜索着，及至想起后的恍然，心里慢慢地竟然涌起一种被认同的感动。路边的紫叶李上，长满了硕大的李子，老人们笨拙地攀下树枝，给我的孩子摘着熟透的果子。孩子欢欣地把身上能装果子的地方都撑满，快乐地说老家真的很好，吃水果都不用买，随时都能采摘，就像我领她去过的草莓园一样。我看着雀跃奔跑在老家街道上的孩子，苦笑，傻孩子，我们那时候，村里的果树上，哪能留住成熟的果实，早早都被缺嘴的孩子吃得干干净净了。

小学学校到了，过去叫完小，也就是包含初中的学校。小学大门是一个仿苏联建筑的门头。今天看来，远没有我记忆里那么高大，青砖上的雕花，看着也是那么粗糙。吱呀一声，推开陈旧的大门，没有熟悉的读书声和一群拼命奔跑的孩子，只有满地的蒿草和抽秆的玉米。门里，一个锈蚀的高铁杆，仍然孤独地立着，那是我们升旗的地方，旗杆下，隐约还能看见当年校长讲话的台子，这里，好像还能听见我们稚嫩的歌声。几间歪倒的校舍，徒具其形，早已沦为鸟鼠们生存的乐土了。站在我隐约记得的班级门口，心情一下就沉重到童年的那个时代，虽然回不去，我也不想回去，但是，今日看到的破败，总叫我深深地叹息感慨。时代的变迁，教育政策的改变，竟然把一个生机勃勃的校舍，变成了荒芜的废园。好像一个村子的气脉，都因这个学校的荒废，被拔得空落落的。

孩子问我，这就是你的学校？好像是电影里的破庙哦，叫人害怕。我挽住孩子的手，告诉她，当年，我也害怕这里，不想在这个学校读书，不想受夏天蚊虫的叮咬和冬天四面透风的寒冷。其实，我心里已经有些怀念，有些失落，毕竟，在这个村子里的学校，我还有现在城里孩子感受不到的放纵的野性。可不是，那高高的旗杆，多少次被我们这些孩子在老师不注意的时候，爬到顶，用笔在红旗上写下自己的名字。最后一排住着教师的窑洞前那棵粗壮的老榆树，又是多少次在春天长出榆钱，滋润了一个学校所有孩子的唇齿。

忽然，满耳间，响起了琅琅的读书声，尖锐的笑闹声，掺杂着门口路过的牛群的铃声，村里大队骡马的嘶鸣；恍然间，那曾挂在村里大槐树上的钟声又被敲响，一天的紧张劳作，又拉开了序幕。这无边鲜活的叫我生厌的声音涌来，压得我坐在学校的门口，喘息着，莫名地慌张起来。这个老家的小村落，真的就叫我那么生厌吗？看着早已被砍掉的老槐树的方向，回想那里曾有一池深深的涝池水。我现在得到的，就这么地如我所愿吗？过了这么多年，早已见多了人世繁华，总是在胸臆里充满了浮躁的气息，为什么，今天坐在这已经废弃的校园，满心竟然是浮起丝丝的失落？难道竟然真的会在今天，在这发誓再也不愿回来的老家，解答自己不曾找到答案的困惑，在一种废弃里，找寻到自己遗失的怀念？

　　人，就是最经不得岁月的蹂躏，每日里硬撑着打拼的坚强，总有一个时段，在特定的场景里，被封印的记忆一瞬间打得支离破碎。一下人就瘫在了地上，这些年获得的，就真的是幸福安宁吗？也许，一直长在这个村子里，就不会有现在这么多的困扰和纷争。满足了物欲，失却了天然。

　　叫上孩子，离开这废弃的学校，我也将领着父母，离开这个我生厌的老家。我还是不想回来，还是想到我已经熟悉的他乡，回到我喜爱和熟悉的世界里。但是，隐隐地，我知道，只此一次，可能就种下了，我叶落归根的根苗，就像所有的中国人，跑得再远，也逃不掉！

清照

　　自汉唐以来，填词弄文的女生不知凡几，可是影响力之历久弥坚，人生遭际之蹉跎跌宕，无有能过李易安的了。

　　到如今，我每读《易安文集》时，总感觉到眼前一会儿闪耀的是满目斑驳明快的阳光，一会儿又是江南白墙青砖上润积的青苔。欢乐和悲哀、愉悦与愁苦、青春与颓老、明媚与阴霾、自信与仓皇——清照的一生不过凡此种种。总觉得这个女子（我一直不愿称她夫人或者女士，私心觉得她就只适合被称作女子），她的那些文字，最适合阴雨天或皓月当空的秋夜来品读，那样，那些欢乐的文字往往能遮掩一些雨与夜的忧郁和烦闷。而更多的伤感、凄美文字，让阅读者能在这个氛围里穿越几百年的时空，去感受在乱世中一个女子所有能遇到和一力承受的遭际，在冷冷清清中寻寻觅觅与自己的心相通的那一丝小感情。

　　由衷地喜欢清照青春少年时的句子，那些欢快的词句，仿佛让我回到了花季年华，心里久已不动的情愫在这少女快乐的吟唱中缓缓地渗出并流淌。清照将满十六岁时写的一首小令：常记溪亭日暮，沉醉不知归路。兴尽晚回舟，误入藕花深处。争渡，争渡，惊起一滩鸥鹭。寥寥数语，写出湖上的风光和女孩们疯玩的痴乐。少女的清纯与无忌，让我们这些整日沉在俗务里的浊人眼前也不由得一亮，且由此回到自己的孩提时代，想起和童年伙伴一起推铁环、摘山果的景象，脸上开始绽出发自内心的笑了。清照写的不光是少女在成长中无忧无虑的游玩，也写活了少女怀春，情愫渐萌的情态，把千百年来女儿的种种可爱概括得形神兼备。《点绛唇》有句："见客入来，袜刬金钗溜。和羞走，倚门回首，却把青梅嗅。"只此数句，后来多少影视明星都在演绎和琢磨不尽。也就是这几句，让我们每个人都能勾起自己在青春少年时的一些早已忘却的场景。那场景可能是在满山桃花中一闪的一张笑脸，也可能是在车水马龙的街道一甩的秀发，也许是隔壁教室里领唱的女孩，也可能是自己在饭堂吃饭，嘴上挂着饭粒招来的一声轻笑。读这些词句，就如我们偶尔翻出学生时期的毕业照，每每泛起的都是感慨和怅惘。这时的心情，又恰合《一剪梅·别愁》的意境：

红藕香残玉簟秋。轻解罗裳，独上兰舟。云中谁寄锦书来？雁字回时，月满西楼。

花自飘零水自流。一种相思，两处闲愁。此情无计可消除，才下眉头，却上心头。

少年的懵懂和强诉的清愁，随着时代的变迁和动乱，烟消云散。夫亡、家败、国破都如钱塘江潮，将这些欢快拍打成散落的碎片。清照的幸福停滞在了四十五岁。这以后的日子，对于她来说，是人生悲苦的开始。可是，千百年后的我们，同情之余，却是卑鄙地有些庆幸。没有清照晚景的凄凉，就不会有那些能让我们随口引用和吟唱的深沉蕴藉、凄凉动人的词句。如果失去这些句子，我们这些俗人在好多时段里都将手足无措，不知道怎么去找到宣泄心中忧郁感情的导渠。委屈了清照，感激不尽清照。其间，代表作如《声声慢·秋情》：

寻寻觅觅，冷冷清清，凄凄惨惨戚戚。乍暖还寒时候，最难将息。三杯两盏淡酒，怎敌他、晚来风急？雁过也，正伤心，却是旧时相识。

满地黄花堆积。憔悴损，如今有谁堪摘？守着窗儿，独自怎生得黑？

梧桐更兼细雨，到黄昏、点点滴滴。这次第，怎一个愁字了得！

　　这列举不完的句子，其实就像一些电影和生活中的桥段：当人伤心时，无语凝噎。总要有人说：你哭出来吧，哭出来会好受一点。清照就是这个很有经验的人，她用自己的经历轻轻地抚摸后世我们这些俗人的心灵，劝我们哭出来，将痛苦、委屈都顺着她的引导泄出而平复。
　　读清照的词，不论是哪个时期的句子，都是要不由自己地进入她的情感，只有在她的情感引领下，才能慢慢地梳理自己的心情，得到自己需要的食粮。后人有评：李易安、卫夫人，使在衣冠之列，当与秦七、黄九争雄，不徒擅名闺阁也。（宋黄升《花庵词选》）男中李后主，女中李易安，极是当行本色。（清沈谦《填词杂说》）综历代评品，都认易安是笔情近浓至，意境较沈博，下开南宋风气！其实易安的词何止只开南宋风气，那后世多少文人都活在她的身后，苦苦地挣扎却又无法摆脱和超越。
　　读清照，总是惊喜和共鸣不断。在青春快乐和人生苦难中徜徉一番后，我们最后绕不开她的那首小诗《夏日绝句》：

　　生当作人杰，死亦为鬼雄。
　　至今思项羽，不肯过江东。

　　这个女子，在把人间各种世态向我们展示得淋漓尽致后，猛然笔锋一转，突兀地拿这首诗句转换了自己的风格，让人不只看到她的柔弱和婉约。她流露的坚强和气节振奋着多少热血男人，羞愧着多少猥琐汉子。只这一首绝句，就让后世不能小觑，不能将易安全划归婉约或花间词派。易安的博大和深沉就这样完整地展现了。
　　读罢《漱玉词》，掩上《易安全集》，心情反而在各类感情的激荡中趋于平静，看清照，我们还有什么不能承受的呢？只是看彼此在各自的遭际中怎么去转折和体会了。呵呵，做不了人杰和鬼雄，我们也能在平静的日月里活得恬淡和安宁，羡慕易安少年时的快乐，庆幸自己不用经历她中年后的颠簸。

　　清照，清照，千百年，你如亘古不变的明月，一直冷冷地照着人间，看着那些在你之后的世态再怎么百转千回都曾被你经历，被你写尽！

管道升

近一年来突然对以前很看不上眼的赵孟頫很感兴趣，随手就临他的帖子《胆巴碑》。越写越上手，才意识到自己以前对赵孟頫可能是有点偏见，先入为主的是受了后世对其是以宋室遗民身份却在元代任官批评的影响。现在想来，其实这种对赵孟頫的批评是有失公允的。历史是不断发展的，何况在封建社会的这种观念本身就是家天下的流毒。赵孟頫没错，更不能因此掩盖了赵孟頫的成就。

在学习赵孟頫的同时，开始逐渐注意到他身后的一个人——管道升。说起管道升大家可能不是很熟悉，那么说她的另一个称呼"管夫人"，或者说她是赵孟頫的妻子呢？或者说她是历史上画竹的高手呢？如果大家还没有印象，那么请大家阅读下面这首小诗《我侬词》吧：

你侬我侬，忒煞情多；
情多处，热如火；
把一块泥，捻一个你，塑一个我。
将咱两个，一齐打破，用水调和；
再捻一个你，再塑一个我。
我泥中有尔，尔泥中有我。
我与你生同一个衾，死同一个椁。

相信大家看到这里会会心一笑，是的，这就是管道升写的。是赵孟頫在五十岁时想效仿当时的士大夫纳妾，怕管道升吃醋，写了一首小诗试探管道升的态度：

我为学士，你做夫人，
岂不闻王学士有桃叶、桃根，苏学士有朝云、暮云？
我便多娶几个吴姬、越女，无过分。
你年已过四旬，只管占住玉堂春。

管道升看过丈夫的诗后，即以一首《我侬词》回应，从而打消赵的纳妾意图，夫妻得以和美到终年。看到这段文字，我都大笑了，这是一个很聪明的女子，在捍卫自己的婚姻方面是个高手。不直接伤丈夫的面子，而是晓之以理，动之以情，以"忆往昔峥嵘岁月稠"的软刀子就让赵孟頫缴械了。当然，这也和赵孟頫自身的修养以及夫妻双方的感情一直和谐有关。更重要的是，管夫人的才学和影响并不在赵孟頫之下，夫妻双方都是诗、画、书法顶尖高手。日常积累的相扶相帮，惺惺相惜的感情重于纳妾之事。另外，赵惧内，也架不住管夫人常做河东狮吼状，往往一笑了之。

我们看看后世对管道升其人是怎么评价的——管道升，元代著名的女性书法家、画家、诗词创作家，赵孟頫之妻，世称"管夫人"。她天资聪慧、才华横溢，书善行、楷，画长墨竹梅兰，兼工山水、佛像，诗词、文章，无所不能。短短的六十三个字，给我们描述的是一个长期隐藏在赵孟頫身后的文化巨匠。

翻阅《中国书画全书·管道升篇》，再一次以另一种心情来读管道升的作品。看那些褪色发黄，模糊不清的墨竹图、墨兰图，不由得拍案长叹。眼前浮显的是清晨明媚的阳光照在用上好徽宣裱糊的窗棂上，窗纸上映满了院外的竹子，一个秀外慧中的女子，顾不上梳理云鬟，急急研墨临画的场面。只有这样的努力和才情，才有了我面前这一幅幅栩栩如生的画，才有了指导后学临摹千年的画竹经典《墨竹谱》，以至于成为一道不可逾越的巅峰。

我看东西，喜欢瞎琢磨，对于赵孟頫与管道升夫妻的恩爱、成就，我倒是没有太着眼。我就是很奇怪，在封建礼教十分严酷的元代，为什么不把管道升叫赵夫人或赵管氏呢？不但留有其闺名，还尊称为"管夫人"。

偶尔翻阅另外关于赵孟頫的介绍，有这样一段文字：管道升，赵孟頫的妻子，也是我国古代有名的才女，字仲姬，号栖贤山人。赵孟頫四十载平步青云，累官至翰林学士承旨（翰林院主管），封为荣禄大夫，为当朝一品。妻子管道升也被诰封为魏国夫人。与丈夫朝夕相处，耳濡目染，使得这位慧心女子仪雅好书画，尤其擅画竹，其笔下之竹，劲挺有骨兼具秀丽之姿，在当时即颇有声名，为赵氏书画世家一位不容后人忽视的女性艺术家。所著《墨竹谱》传世，对后人学画竹大有裨益。文才亦高，著有《画梅》《渔父词》《我侬词》。读完以后我恍然大悟，原来彪炳青史的管道升，也不过是因为沾了宋宗室后裔赵孟頫的光，才得以能留下如此的大名，才能被人尊称"管夫人"。这些称号有对她的才艺的尊重，我看更多的还是看重在她身边站着的那个光芒四射的男人吧。如果没有这个男人，管夫人会不会也如古代不计其数的才女，或以外号、或以行业等只在历史某一段落留下只言片语？

读 MBA（工商管理硕士）时，导师在教授组织行为的时候讲到，在职场，工作能力是一方面，各种关系的平衡和依靠占很重要的比例，一个人不善于利用各种关系，只靠自身的工作能力，那么是走不远的，是不会有大的成就的。我看，管道升就是一个依托关系得以成大名的很好案例。也能想通她为什么将赵孟頫看得那么紧，手段那么高明了。当然，前提是管道升真的很有能力。

我拿起关于管道升、赵孟頫的书籍，轻轻地拂展被我翻折的书页，归置到书架我便于取读的地方，拿起毛笔，蘸饱墨汁，继续临写《胆巴碑》。

第二章 有所思

致青涩的年少

　　前几日,在奔赴工作岗位的路上,接到赵荣同学的电话,大致意思是说几个小学同学商量在一起聚会一下的事。我一时凌乱满地,在接下来的几个小时里,我满脑子如潮水般一下涌满在陕煤建司四处小学的记忆。

　　记忆里,第一首歌,是我们一起手拉手,排着队,高唱"太阳当空照,花儿对我笑,小鸟说:早早早,你为什么背上小书包"。

　　记忆里,第一个如父母般对我微笑和严厉的陌生人,是班主任刘凤兰老师。

　　记忆里,第一次手背后,认真拘谨地挺直腰板,看着黑板上新鲜的汉语拼音字母。

　　记忆里,第一次这么多小朋友聚在一起,畅快地在楼道追跑、疯叫、玩耍。

　　记忆里,一帮小屁孩拿着小玻璃瓶,里面装着醋和辣椒的混合液,用小棍蘸着舔食,快乐地吸溜着。

　　记忆里,一帮子浑身是土的娃娃在操场上抱着腿激烈地玩着斗鸡游戏。

　　记忆里,不分男女,在冬日的暖阳的照射下,背靠着墙互相推搡着围着火取暖。

　　记忆里,在冬日尚未散去满天星斗的晨光里,我们抱着父母劈好

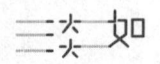

的柴火去教室生炉子、做值日。

不要嗔我啰唆，我的记忆在这一刹那被释放了，那些尘封了三十几年，那些记得或者遗忘的鲜活面孔都如潮水般涌到我的脑海，顺着我的笔尖，让我一时抒不顺、写不完。

再回首，我们都是中年人了。这么多年，大家都在忙着学习、工作、挣扎着生活。我们经历了和所有世人一样的路：欢乐过，幸福过，荣光过，屈辱过，痛苦过！遥想同学相聚的场景，定有衣着光鲜、踌躇满志的，也有精神委顿、生活艰辛的。但是，这些都不是重点，毕竟我们还能在几十年后再见面，毕竟，还有那些因种种原因已经永远离去的。同学们啊，在此，让我们向如母亲的班主任刘凤兰老师和已经永远离开我们的同学默哀，他们一定能感受到我们的思念。

缅怀故人，其实也是整理自己的心情，人到中年，在一起相见，多的都是人情世故。多年了，各类的同学聚会很多，我都没有参加过。总怕那样的聚会变成成功人士炫耀的舞台，让纯洁的同学感情受到时风的污染。但是，这次，我的心态变了，记得在班里，我年龄是偏小的，现在，也四十一了。自己在人生的路上走得很艰苦，也很坚强。很多时候，身心俱疲，环顾四周，竟然没有能说话的人，竟然没有几件能叫我开心欢笑一下的事。赵荣同学的邀请，突然像给了一个疲惫的旅人一泓清泉，我的心灵哗啦啦地穿越到物质贫乏但是精神纯洁幸福的小时候。我突然发现，我多么想见你们，我的同学！我们一起拉过手，一起唱过歌，一起跳过绳，一起上过山，一起溜过土堆。我们在一起时，没有功利，没有心机，有过的一点点争斗，都是那么原始幼稚得可笑。我眼前满是在蓝蓝的天下，我们欢快的笑声，那样地单纯，幸福得要命。这种被勾起并释放的回忆，已经给我心灵带来一次饕餮盛宴，哪里还会多想这样的相会能掺进不合时宜的机心。

我的同学们，我能记得起和已经记不起的同学们；我还有来往和已经失去联系的同学们。我要郑重地感谢组织聚会的同学，不论我们现在干什么，有没有骄人的成就，我们都要感念身边曾经有过的你我，耳边曾经飘过你我欢乐稚嫩的笑声，眼里曾经见过你我青涩的年少。除了我们的父母，有几个人能和我们一起拥有这样的时间段落呢？

必然地，多年以后的聚会，会有很多人因为各种原因不能到场。其实，见与不见，因为那段日子，我们都将一直在彼此的记忆里，没有贫富，没有身份，没有顾忌，肆无忌惮地活着。我们彼此，都会在人生某一个阶段，脑海里一闪念，想起那段缘分，嘴角都会为当时的一个片段，上扬，微微地笑了。

多好，在这个世界上，不管我们走得多远，总有那么一群人，存在我们已经经历风霜、满是世故人情的脑海里，总能让我们在生活路上疲惫、舔伤的时候，给我们一些药物和物质带不来的治疗与慰藉。

谨以这篇文章，怀念我们青涩的年少，感念和我一起经历过的同学！

走！去喝场大酒

  我善饮酒，但是不爱喝酒。一人独处时，基本想不起。有时逢重要节日，例如春节，也会给自己倒一小酒盅白酒或者开一听啤酒，应应景。往往孩子会笑我，爸爸，你能喝完吗？因为孩子看多了，我自己往往在一小酒盅白酒或一听啤酒喝下去后，晕乎乎地扶着墙就醉倒在床上。
  人是一种非常奇怪的动物，我独处时不能也不喜欢喝酒，却特别喜欢朋友相聚酒场上的气氛，每到此类场合，也不知道什么原因，就变得非常能喝，几十年的征战，落下个"骁勇异常"的名声。喝过无数次的大酒，经见过各类酒场和各有特点的酒友，慢慢地总结出酒场上常胜的一些技巧。无非都是在喝酒中争强斗胜，技巧百出的手段。窃以为酒场上的智慧，和传统文化的计谋有很多契合之处。如果将酒场比作战场的话，这些手段也可称之为三十六计了。
  最喜欢约多年熟识的酒友，找一街边苍蝇馆子，酒菜丰足，战火弥漫，一场恶战，拉开序幕。由于彼此都在一起交往了多年，互有胜败，所以每一次欢聚，都继续惯常的对决。同桌酒友，心知肚明，皆各有打算，开场均做隔岸观火、以逸待劳之姿态，各个笑里藏刀，随时准备行趁火打劫之事。酒照例过了三巡，此时方开场，座上诸友均冷静理智，互敬互让。三杯过后，端倪渐露，互相敬酒之间，已开始远交近攻，声东击西。此时，性情急躁的往往就按捺不住，言语之间，火花四溅，指桑骂槐。一众酒友，各按阵营，开始挑拨离间。一时，穿梭主动帮添酒的，呼啸猜拳博弈的，一脸正经监督执法的，手疾眼快提耳灌酒的，千姿百态，醉相百出。

俗语云：酒越喝越厚，牌越打越薄。意思大概是酒能联络感情，而赌博往往伤害友谊。我不会打牌，喝酒也只喜欢和一帮同一时期参加工作，性情相投，彼此交往已经二十多年的老伙计在一起。正因为熟悉，在每次喝酒时，每个人都会自觉地按惯常的节奏扮演自己的角色。酒局由谁来负责发起，由谁负责组织，由谁负责点菜，由谁负责主攻，由谁负责助攻，谁是活跃气氛搞笑的，谁是挨整垫底的，谁是最后清账的，谁是负责交通安全的，都默契得井井有条。也正因为在一起磨合了多年，从根本上杜绝了喝酒后失控出现意外的情况，而大家对酒场的节奏和对总酒量的控制，也都知道应该到什么程度。所以，家人也只是劝告少喝，不要伤害身体，其他，倒也放心。

在生活中，有几个知己是每个人的愿望。其实，往往是能和你在一起喝几十年酒的狐朋狗友，更来得可贵。心里有不愉快的事时，生活中有挫折时，每个人有欢乐的事时，大家都有闲时间时，随手能拿起电话，拨几个号码，对方不管是在干什么，都能愉快地应答，准时地到老地方，相聚一起，酣畅淋漓。酒酣耳热时，心里的话，就像野地里的兔子，被狗撵得乱窜。即使口齿不清，互相搀扶，话语间还相互倾诉，互相抚慰。所有的快乐，都在酒局中与好友分享，每个人都像是自己的喜事，欣然于心。所有的不愉快和难处，也在酒局中，互相的宽慰中一点一点地化解。心中的块垒、郁闷也因有人分担不会郁结成疾。喝酒是一种分担，一种发散，一种化解，一种排遣。只要投缘，节制得当，其实益处远远不止这点。

很不喜欢不出于本心的酒局，杯盘往来之间，看着不熟悉的人，说着客气的言语，都喝醉了，还戴着小心的面具，真的委屈。几个人硬是坐在一起，你灌我，我灌你，喝多了，被塞进车里，回家后，烂醉如泥。家人的担忧和心疼，酒后闹酒的狼藉，都叫人第二天病恹恹地后悔不已。何必呢，一件快乐的事情，非要这么痛苦。这样的酒局，少去有益。

这几年，慢慢地老了，身体各方面指标都在走下坡路，越来越支应不了违心的应酬，每次，都是硬着头皮，苦撑到底。直到酒后，几天都身心疲惫，病酒的状态，难以舒缓；心理的抵触，愈加感觉酒不是个好东西。也奇怪，心理的变化，影响得在参加酒局时，喝酒的能力直线下降，也少了在酒场上争强斗狠的心情，开始躲酒，开始退却，开始默默地看着别人笑闹，坐在角落，静静地休息。

但是，还是怀念和多年相交的酒友们在一起的时光。想起在一起欢乐地说要喝到老的言语。想起我们几个当儿子的，曾陪着几个七老八十的老父亲，看几个老头斗酒，站在各自父亲背后担忧地伺候，小心翼翼地劝说，又不想打扰老人们越来越少的欢乐的情景。觉得，酒，也真是个好东西。越来越不能喝酒了，但是，对酒的喜爱更加地强烈。爱收集已经不出产的老酒，爱自己买些土酿的苞谷烧，泡一些保健的果酒。屋子的角落里，放那么几坛子，心理上的满足，觉得自己好富裕。年复一年，总要抽一两次的时间，给分散在各地，都已经担当一定重任的酒友，发个信息，我这里有些好酒，怎么样？走吧！一起喝场大酒去！

第二章 有所思

走在咸亨酒店前的阳光里

其实,对绍兴,我真的不像很多人那样,因为那里出过许多光听名字就能震聋耳朵的大人物而仰慕,我只是想吃吃那里的臭豆腐和茴香豆,呷一口我师傅说喝多能腾云驾雾的黄酒。

臭豆腐吃过很多,想知道绍兴的是什么味道;茴香豆纯粹是受孔乙己的影响,也矫情地想用两根手指捏一粒,用黄酒送下。

呵呵,也许中三味书屋的毒有点重了,也想去看看那长在土墙上的何首乌和随处流淌的河流里的乌篷船;去看看那千万小学生曾模仿刻在书桌上的"早"字;去看看那供在书屋正堂上不是孔夫子的画像,而是寓意读书追求的真正目的的福禄寿喜图画。

车是一直能开到咸亨酒店门前的,和我想象的旅游景点不一样,没有摩肩接踵的人流,也许是淡季吧。盛夏的午后,到处是江南懒洋洋的阳光,在白墙上映射入人眼,又因为河流环绕,水波粼粼,垂柳丝丝,也并不觉得像北方的阳光那样暴烈刺目。车子就停在咸亨酒店的门前,黑木的大牌匾上写着"咸亨酒店"四个字,油漆鲜亮,没有一点想象中的古意。酒店是刚修缮扩建的,刻意地在正门前,留了几张老旧的桌子,一个仿古的柜台,照例有酒缸和简单的下酒小菜,酒菜招牌上排第一的果然是茴香豆。

心里的失望一下涌上来,慕古寻古的一点幽情,就像被涂改液遮盖了的作业一样,任凭做得再好,老师也不会给打高分了。到处都一样,到处都是这样！把真的、古老的毁掉，美其名曰地遵循"修旧如旧"的原则，用一些伪的古色古香，把原汁原味的东西在视线里彻底地摧毁，用空洞而大的奢华来追求利益的增长。

穿过这个稍微还有一点原貌的伪品门头，进入扩建后的酒店，好大的厅堂，一张张八仙桌，摆满了整个酒店的大厅，新的春凳，宽而硬，真的是淡季，整个酒店就像为我一个人开的一样，服务员倒是和江南的阳光一样，懒洋洋地在远处看着我，想是像我这样的外地人，他们早已经司空见惯了，不在饭点，我只是游客。

选了一张桌子，我勾勾手，叫过来一个女服务员，当然不是江南美女，也没有想象中的吴侬软语，一开口就是标准的普通话：先生，需要什么？翻着印刷精美、沉甸甸的菜谱，我装内行地点了糟鱼、豆干、笋干这样貌似有绍兴特色的菜，最后特别要了一个大盘的茴香豆。黄酒是必不可少的，服务员建议我，来二斤就够了。等菜上来，我哑然失笑，这些在菜谱上看着光彩诱人的江南特色，原来在家门口的酒店里都有，且卖相根本不如家门口的成色，味道更不用提，只有满口的霉旧味和齁咸。虽然知道茴香豆就是放了大料煮过的蚕豆，可是也不至于这么老硬好不，确实是耐嚼，只吃了一粒豆子，我就腮帮子生疼，像吃了一下午的口香糖一样累。唯一的亮点，就是黄酒，完全不同于我偷喝母亲厨房的料酒。糟香味浓郁，入口绵软微甜，在口中含着，感觉有油脂的滑腻，稍有不慎，就顺着喉滑入胃，一股暖意升腾而起，酒的劲气并不因是盛夏而燥热，直让四肢百骸都感觉到舒畅，一路看来的失望和旅途的累，就这么发散出来，眼睛开始湿润，湿润得让我这个北方汉子骨头里开始有了江南的水灵，人，一下就骚起来了。脑子里开始回想自己知道的关于绍兴的文字和掌故。二斤酒下肚了，人都懒洋洋了，也没想起多少，还是停留在鲁迅先生述说中的意境里，方恨自己平日不读书，到这般能伪装骚客的时候，没有了可供使用的资料。

二斤酒显然不够，我又把各个年份的酒各加了半斤，咕噜咕噜地喝了五斤，肚子胀胀的，埋单起身，离桌时，猛地感觉脚步有点踉跄，软软地如踩在棉花里。是喝得有点多了，可是胸腹之间并没有往日喝白干那样的燥烈，软绵绵、腾着云般，看着咸亨酒店在我眼里，缓慢地旋转，耳畔突然仿佛听见《水浒传》中黑店里的声音：倒！倒！哦，这种久违的感觉，是自己第一次喝多酒时的感觉，多年后又重新回来了。这是真的喝酒的畅美，而不是每次为了斗酒获得那种吐得昏天黑地的难受。服务员没有骗我，醉了，但是很舒服，这种感觉，就像意念和现实中江南呈现的性格——软！

就这样飘出了咸亨，门口的桌子上，已经坐了一个当地的老人，他用三个指头软软地勾着一碗酒，面前，就是一碟茴香豆，捏一个，嚼半天，一口酒。醉眼迷离的我，看得恍惚了，茴香豆和我要的一样，他怎么能吃得那样的有滋味和悠闲。我傻笑着坐到老人对面，敬了一支烟，老人笑着，说着我根本听不懂的话，善良而慈祥。阳光，已经斜了，照进咸亨门头，照在我的后背和老人面前的酒菜上。琥珀黄的酒衬着青灰的蚕豆，映照得老人面色更加如古铜，岁月的沟壑里，看不出一点风霜，唯有满足和愉悦。一老一少，一个饮者和一个已经醉了的酒徒，就这样任时光流逝，任阳光抚慰，相望在咸亨酒店门口。

随后，门口小摊上的臭豆腐也吃得了，乌篷船也看得了，都在黄酒带来的迷醉里经历了一遍。随行的朋友说，臭豆腐不怎么样，味道被甜甜的辣酱毁得一塌糊涂。车子呼啸着开离绍兴城，驶出仿古的民居群落。高速发展的科技，已经缩短了地球上的距离；日新月异的建设，也削弱了地域的特色；千奇百怪的理念，甚至模糊了男女的界限。一次从少年就开始谋划的绍兴之旅，却失去了对这片土地的仰慕，失去了许多许多的东西，就这样再也无法见到，说不出来的一种情绪，哽在喉间，吐不出来，咽不下去。倒是在衣兜里摸了一粒打包的茴香豆，放在嘴里，慢慢嚼着，却开始能隐隐约约地品出那停留在发黄书页里咸亨的味道。

链接

近一两年，有一种新的、很普及的通信方式——微信。这是以智能手机为平台，把人与人的交流变得更为多样和便捷的社交软件。因为微信，手机更加成了大家手上离不了的一个玩具，以至于在各种场合大家都会时不时地拿出手机，看一下微信，刷一下朋友圈，关心一下朋友们在做什么，或者给朋友们通报一下自己现时段在做什么。有什么心得和感想，随时与朋友分享互动，玩得各种嗨！既满足了个人的窥私欲，又能感受到时刻被别人关注的欣喜。

朋友圈里，除了反映个人吃喝拉撒的种种，更多的是朋友们根据关注层面不同而分享的各种知识链接。在闲暇时间，我也习惯了打开朋友圈不停地刷新，查看自己关注的朋友动态和他们发布的链接。

玩微信朋友圈，有许多比较人性化的设置。比如，你可以设置不看某个朋友的动态，只显示你个人的动态；也可以隐藏你的所有动态，只看别人的动态；或者针对某人，虽加他微信，却不叫他看到你的动态。这些设置，免除了一些不必要的麻烦。

朋友里面，总是分很多层面，有工作同事、有发小、有同学、有亲友，相互之间的关系划定了在朋友圈里面关注的方向。有时候，私信传递的链接，就能知道朋友对自己的关心程度。至交好友，传过来的链接，一定是敦促个人向上的积极信息；亲朋家人，传过来的链接，大多是有益身体健康方面的知识。在朋友圈里冲浪，也有相应的礼节，转载他人的链接时,要礼貌地道谢点赞,感谢朋友转的具有正能量的信息。评价朋友的微信文字,用语要合适,能叫对方接受。对狗皮袜子没反正的弟兄,要做到不管他是幸福还是痛苦,都一律点赞,最好一副幸灾乐祸的嘴脸,用这种不分好坏的点赞与好友逗闷子,缓解彼此生活的压力。更因为微信的出现,使得大家在各种场合,都是如中毒般手捧手机,即使面对面,都在微信上交流。好多人感叹:世上最远的距离不是隔山隔水,而是我就坐在你对面,你却看着手机,和我在微信上聊天,对我却装作看不见。每每身处这样的场景时,除了发发感慨,自己也自觉地掏出手机,和对面的人在微信上调侃。后背有时候一冷,科技怎么就这样扑面而来地改变了我们的生活习惯。

更多时候,我感觉人们不是缺少沟通,而是缺少一种更好的沟通方式。中国人,很多时候比较隐忍和温婉,不好意思当面说一些意见和关爱的话,就像我们的父母,一生中甚至都张不开嘴对对方说个爱字。微信恰恰就很适合传递不便当面表达的情感。朋友的规劝,可以委婉地通过一些链接文章使对方感知;亲人的关怀,可以通过一些保养身体的知识来表达;爱人之间的情感,可以选择一些情深意长的文字给对方满篇的爱意。种种需要诉求或者想要表达的意愿,总有一段链接文字,适合作为表述的载体,发布出去。等到想叫看到的那个人点了赞或转载,知道自己的目的达到了,心里就熨帖了,剩下的就是等回复了。

20世纪80年代后,身边的科技就是以加速度在飞速发展,叫人目不暇接。通信方式,从磁石电话到程控电话、到BP机、移动电话,到现在人手一部已经和电脑功能一样强大的智能手机。短短的三十年,超乎人类大脑的想象,在接受这些新科技带来的冲击和便捷后,我总是在想,还会变成什么样,还能更逆天吗?会不会在以后,我们一降生,身体就植入一个芯片,人与人沟通,只在脑海里一闪念?今天,我们拿着的智能手机,感觉很便捷、很先进,会不会睡一夜起来,就已经落后得不好意思拿出手?我们现在心心念念玩的朋友圈,又会不会像最早的

MSN、QQ、博客、微博那样渐渐不再是一个热门的聊天工具？

　　我已经很习惯微信的玩法，我喜欢每天看朋友圈，第一次不想这个我刚熟悉的通信工具又被淘汰。我们都在逐渐老去，不是思想不与时俱进，而是各项生理指标慢慢地已经不能去接受更多的新鲜工具。我们开始更多地总结和回忆过去，开始慢慢地恋旧，开始更多地维护和老友的情感，而不会去轻易地接纳新的玩伴。我们对新鲜事物不会顽固地去阻挠，却希望世界不要改变得这么快，能不能给我们保留一点我们已经熟悉的地盘。多希望，在多年以后，我还能随时点开朋友圈，收到朋友发的各种链接，了解他们的近况，默默地点赞。

故园

父母帮我照顾上学的孩子，终于在酷暑来临，和放假的孩子逃离燥热的城市，回到了山里的老家。

清晨，习惯早起的孩子，趴在我床头，开心地跟我说，外面的天好蓝啊！云那么白！昨晚盖着厚厚的棉被，睡得好舒服！孩子是在这里生养的，虽然到了学龄就在城市里生活和上学了，但是，毕竟是在这片土地里生长的苗苗，回到了家，连性都不换，就适应得这么舒适。是啊，生养自己的土地就是家。自落草就生活的地方，神奇地在每个人身体里种下链接的密码，不论走得多远，也不管这片土地贫瘠还是富饶，都会全身心地热爱着她。远游的人，每每在近乡的时候，心情浮动，情意切切。而身体，却因家越来越近，而变得越来越适意，那种神秘的属于故乡的密码就自动地链接，信号满格。

安排好父母在我家的吃穿用度，在孩子的催促下，去父母以前的旧宅，我们的故园。

其实，我又何尝不急切地想去那里看看，那个老院子，是我有自己的单元楼前，生活成长的地方，是我成家的地方，是我养育儿女的地方，是装满父母姊妹孩子欢快生活的院落。那里，有太多的记忆和留恋，仿若那里的阳光风雨，都和别处的不一样，总是在暖暖的辉光里，叫人心里柔弱起来。

打开故园锈迹斑斑的大门，虽然弟弟前几日提前回来已经整理过了，但是，一派荒芜的景象，扑面而来。站在这个父母和我精心营造过的院落里，才知道，时间，以这种方式告诉我，那仿佛在昨日的一切都过去了。我用手一块一块铺好的院子里的红砖，已经挂满青苔。到处是杂草丛生过的痕迹，我知道，那是弟弟铲除过的，如果早些时候，院子里，还不知道是怎样的景象。

坐在我收集的有精美花纹的老石墩上，看着院子里曾经蔬菜品种繁多的菜地和百花喧嚣开放过的花坛，只留下稀疏的如毛发一样杂乱的韭菜和几株残存的芍药、牡丹，都如体弱的人一样病恹恹地硬撑着立在坚硬的地上。缺少爱抚的花木，和缺爱的人一样，就慢慢萎谢，在我离开的日子，也曾努力寂寞地开过，最后总因少水少肥的滋润，枯死在荒草丛里。草木如此，其实，人亦如此，更甚。

墙角的薄荷和香椿，却因为没有人的采摘，恢复了野的本性，生长得自由自在郁郁葱葱。呵呵，有个性的东西，越是没有干涉，倒得到生息，生发得结实茂密。

最喜爱院子里的几棵枣树，那是从我更远的老家移栽过来的，每年都能给我们提供享用不尽的脆枣，在秋日枣子红的时候，叫人每天一推门，就看见满树的艳红，于是，终日都充满欣喜的心情。枣树比离开时高了，细看，仍然是满树刚从花苞里萌生的米粒大的枣子，看来，今年，又能吃上老院里的脆枣了。和枣树挽手生长的，是父亲从山上移种来的一株山楂树。因为长得太过茂密，被弟弟修剪了不少枝条。这株山楂，很是对得起父亲，自从挂果，从来都叫父亲流露出满意的微笑，也获得父亲更多的关爱。可是，已经几年了，衰老久病的父亲也不能再给它更多的呵护了，能坐在树下看看，都是它的福。

院里有棵梨树，一直娇贵，从没有给我们贡献过满意的收获，只是，在这个家住久了，谁也舍不得清除它，任它自由地存留。偶尔，它在秋日树叶凋落稀疏的时候，能叫无聊的孩子发现几个硕大的梨子，那时，大家都说，明年春天帮它修剪修剪，可能会有好收成。其实，都是说说，因为到春天我们谁都舍不得剪掉它每个开满繁花的枝条，就任它每年一树白玉般的繁华尊贵，开过落过，家人心情也如春花灿烂，谁会在乎多吃几个果子呢！

好像受了梨树被娇宠的影响，院里的核桃树，也是应付地结几个青果，孩子们也是等不到白露以后，就用长竿捅下来，早早地就油了嘴。倒是有一年，妈妈说要砍掉这棵核桃树。核桃树才努力地挂满果实，那年，秋日的暖阳下，院子里到处堆满了褪掉青皮的核桃。反而没有人吃了，也保住了核桃树的命。这一劫过去，核桃树又老样子，长得参天了，总是奉献一片大的阴凉，遮得周围寸草不生，也就任它疯长了。这么大的院落，宽容得下这几个自由的生命。

也是自遥远的老家移栽过来的几棵杏树，是这个院子里最热闹的树木，年年努力地开满一树春花，到夏天，挂满浓叶遮不住的果实，黄的、红的，叫人看着热闹非凡，甚至觉得嘈杂。吃不完的果子，连周围的邻居都酸得害怕，远远看见提着满满杏果的篮子，都躲避不及地摇手，以至于母亲在杏子成熟的季节，每天越走越远，给认识不认识的人送酸甜多汁的杏果，大家因为这些果实，都知道了善良的母亲，也在我和弟妹不在的时候，给父母一些帮助。这个结果，倒是我和杏树没有想到的。

可惜了，刚修建这个院子的时候，栽的那棵品种叫"上海红"的桃树，那才叫真正的水蜜桃，通红的果子，一咬破皮，血红的甜汁就喷溅出来，不小心溅到衣物上，是没有办法清理掉的。那个桃子啊，甜蜜得吃过两个后，嘴角都是黏黏的蜜汁。后来由于我种的紫藤，攀附上桃树，竟然把桃树在一年时间缠死了，这次回来，看见，桃树被砍掉，紫藤匍匐在地上，也生息不多了。想念甜桃，看着慢慢枯萎的紫藤，莫名地伤感。唉！有时候，一味地痴缠，最终的结果，都是伤得如此可怜！

故园里，孩子欢腾地到处窜，终于累了。天色也已经向晚，空气里，飘着老邻居家里烧火做饭的炊烟和葱花炝锅的味道。起身，揉揉坐得有点发麻的腿，牵着孩子，装好孩子摘的已经泛红的杏子，怅怅地锁好院子的门，回自己的小家去，陪已经出行不便的父母吃饭。

　　门外，孩子突然发现，以前大门口的两棵大柳树不见了。告诉她，砍了。为什么呢？因为柳树象征着离别啊！孩子眨着眼睛，怎么都想不通，柳树、柳树，不是留住吗？突然心胸一震。哦！童言，往往能直指人心。是啊，成人的世界，只是说了柳树如章台柳那样的，曾见识太多的别离，以至于让人觉得连细嫩如丝绦的柳条，都像极了那挥别的手。太怕离别！不断地离别！自己欺骗自己地叫朋友帮忙将门口的大柳树伐了。今天孩子的提醒，何尝不是自另一个视角看事物，事物都存有两面。留住和离别，其实不在于门口的柳树，一切的一切，都是心造，都是人做！

第二章 有所思

我的房　你的床

　　一年一年过去，我已经成为一个中年人。记得二十多年前，还没有你。我还是一个每天在外面疯玩，根本不知道回家的毛头小伙子。你妈妈还在一个我根本想不到的小镇上无忧无虑地上学。

　　人世间，最奇怪的组合就是夫妻了。两个本来在生命前期根本不会有交集的人，可能就因为一次偶遇或一段经历，结成一个家庭，过在一个屋檐下。如果正常的话就会有一个新生命，这个双方血脉凝聚成的新生命，从此就让这两个人成为了亲人。

　　我们的房子一直很小，是单位分配的那种只有三十六平方米的、号称两室一过道的老式宿舍。因为你的到来，突显逼仄。我们的生活，也因你的到来，开始格外地忙乱，也变得入不敷出。

　　在你初来的时候，我和你妈妈并不会经营生活，对你的到来手足无措。我们想尽力照顾好你，看着别人家的孩子吃十八元一包的进口奶粉，我们也不顾你吃惯了八元一包的国产奶粉，毅然换成了进口奶粉，结果造成你因不适应，身体急速消瘦，大凡种种有利于你健康成长的，我们都尽可能地满足你，不愿你不如别家的孩子。

　　你跌跌撞撞地成长，让我和你妈妈为你操碎了心。你天生不吃亏，每月，当我们月底有点结余的时候，你总是要根据结余的钱数决定得病的严重程度，吓得我和你妈妈都要在月底前把手里的钱花完，只盼你平安。最让我们后悔的一次，有一个月我发了一笔意外的奖金，我们实在是不忍心将这笔相当于我两个月工资的巨款挥霍了，就侥幸祈求你会没事。谁知道，你竟然摔骨折了！现在回想，又无奈，又心酸。

上小学了，风里雨里，你妈妈天天接送你上学，我是很少接送，因为我上的是"三倒"班，白天大部分时间都用来睡觉。

年复一年，为了你的学业，你妈妈到省城里租房陪你读书，我则两地奔波，尽力地给我们的家积累财富，来应对我们的生活所需。我们都在忙碌着，都在为一个家庭的长远幸福奋斗着，只是，却忽略了，一家人聚少离多，为一个遥远的目标牺牲了当下的快乐。

因为你的努力，考上了一所还算体面的大学，你明显长出了一口气。你是一个懂事的孩子，你没有叫我们失望，让我们在人前挣足了面子。在我们欢欣的时候，我和你妈妈发现，你已经长成一个翩翩少年，你的胡须已经需要剃须刀了。

你开始恋爱了！在周末回家时，心神不定。不像以前，满足于我和你妈妈给你在伙食上的改善了，你开始注意着装，也主动要零花钱，也开始了夜不归家。你让我想起了我年轻时，在外面结交朋友，一逛就是几天。现在，我方体会你爷爷奶奶那时的担心和期盼我推门而入的欣喜。你开始和我争论了，你开始顶撞我的指责，你开始不赞同我的方法。你的变化，我都懂，你妈妈也常常笑着说，你越来越像我年轻时的样子，天天就和一群朋友混在一起。因为你的成长，我们也越来越感念你爷爷奶奶的恩典，也越来越珍惜和他们在一起的时光。

孩子是父母生命的延续，我和你妈妈也变成了你爷爷奶奶的翻版。人生，就是这样一代一代地传承向前。我和你妈妈，不会去限制你的生活，那些我们都经历过，为什么要阻止你呢？我们不想让我们的牵绊给你心理造成什么负担，你的路，要靠你自己走得更远。总有那么一天，你也会知道，就如我现在懂你爷爷奶奶当年对我的关爱一样。这些，需要时间，提前的剧透并不会为你增加阅历，反而会使你厌烦以致走偏。

如今，孩子，你可能觉得我开始变得啰唆了，那是因为我担你的

第二章 有所思

心切了，总想把我经历过的、对的和错的经验灌输给你，想让你在人生路上走得更稳当、更省力一点。我对我自己的这种心情，有时也很想不通，就如同二十年前，你刚降生到我房子的时候，我一直惊诧，为什么我的房子里，要摆上你的床？！

不赶趟

细细回想，突然失笑，我活了四十年，原来一切的生活节奏都不赶趟。

事情源于傍晚自江边散步归来，到老友张剑的办公室。老友见了我，直言：你最近写作好像进入了一个固定的模式，成了新的八股。又想起另一位应该是真的读过我的作文的老友，前几日在我微信里的留言，大概也是这个意思，不过更委婉。

是哦，这个问题我也发现了，只是隐隐约约地觉得，自己潜意识里还不想承认。也是最近发了愿心，想在年底出两本集子，加上近期内外部工作环境发生激变，心思就一直固执地走进一条潮湿的小巷里，所思所想所悟所写，都是一个调调，重复地讲叙。最后，招惹得围观的群众终于忍不住审"丑"的疲劳，老友张剑直面的告知，其实是代表了那些关心我的朋友的共同观点。

回到宿舍，自己把最近催生的作文细细地审阅了一遍，虽然只有自己明白，每一篇每一个字，后面都有自己不为人知的心事，可是，确实是进入了一个标准的模板，起首、结尾，都已经严重程式化了。继续寻找原因，又回看自己以前不知天高地厚，在康老师的煽动下，把三十岁以前一些拙劣的文字整理出的那本集子。那里面，原来也是一个时期的一个固定的模式。突然明白了自己为什么会进入这样的一个怪圈。一个重要的因素，就是自己在某一时期，就容易沉溺在一个心境里，怎么都挣扎不出去，就停顿在原地踏步，赶不上身边世界进度的趟。脑子里翻江倒海的，想起许多事情，作文是这样，我的生活更是这样。

少年时，闲暇时，受家长的影响，就爱用笔写写所见所想。第一次，鼓起勇气向《延河》的编辑，我的裴伯伯，展示我的诗歌作品。裴伯伯看了后，深深地看了我一眼，说写得不错，但是怎么很像汪国真的诗歌呢。我头都晕了，谁是汪国真？我怎么不知道，他的诗是什么样子？赶紧托人在城里买了一本汪国真的诗集。哦！人家写得比我好，确实很像。此后，基本绝了写诗的念头。近几日的小作文，写到了一个程式化里，我也找见了原因。原来我一直觉得自己写的很流畅的文字，其实，在很多年前，席慕蓉就已经以诗性散文的概念，出过好几本散文集。而我，是近几日才翻看到她的这些散文集，一直以为，她就会写诗。我这些不咸不淡，记叙自己心情的小作文，都没有赶上趟，我闭塞地在自己的世界里，激情万丈地写作着，还乐此不疲。

又念，其实，自己许多许多的事情，一直都是在一个跟不上节拍的小路上奔走，全部都没有赶上趟。

当20世纪80年代时，同学们都在努力拼搏，认真学习时，唯有我，自成一统，不赶趟地天天看着闲书，终日荒嬉！

当20世纪90年代，大家都上了大学，我却不赶趟地在邮局开始工作，天天在风吹日晒下，送着邮件。

当大家都开始下海经商创业时，我却不赶趟地挤进国企，当了一名自豪的产业工人。

当别人都信心满满地在事业上披荆斩棘的时候，我却不赶趟地结婚生子，忙于小家庭的琐事。

当别人都升职，事业有成，购置房产时，我却不赶趟地静静地在家里写字画画，开始学习玩古董，一身的暮气。

等我回过神，知道应该在工作上有所进取了，身边的朋友，都已经走得很远，而提职的门槛，越来越高。我开始追，大专文凭攻读到一半时，已经不赶趟了；接续着上大本，大本文凭刚拿下，又不吃香了；继续追硕士，千难万难地把硕士攻下了，满大街的研究生，都比我年轻。

好容易，提职了，小小的科级干部。觉得是不是应该歇歇了，蓦然回首，身后已经没有同行的人了，眼前，同事都升到处级。哎哟！让人真是着急啊！

转山转水的，奋斗得一脸愁苦，终于，也升了级别。这下应该停顿了吧，让人喘口气吧！却又一次发现，这一趟貌似赶上了，其实，什么都没有赶上。单位效益最好的时段过去了，一切都进入了严冬。原以为升处级后应该提高的收入，都悬在空里。收入降低了，补贴没有了，差旅费减掉了，一切一切的待遇都消失了。最叫我难堪的是，刚宣布升职，电话费就减半。您说，我得多不赶趟啊！

我的不赶趟，在生活中，一次又一次地成为一些老话儿的注脚。年轻时，能吃能喝，每日和朋友，为了一瓶劣质酒，争得死去活来。如今，物质丰富了，大家却为了一杯好酒，推来让去的，用尽一切心机想灌到别人的肚子里。二十年前，见都见不上的菜肴，现在，摆在面前，受"三高"的限制，都是象征性地动动筷子。这真是：有牙时，没有锅盔；有了锅盔，牙没了，咬不动了。

曾经在粗糙的毛边纸上，用画笔挥洒得淋漓尽致。现如今，成刀成刀的优质宣纸摆在案头，拿起笔，却落不下一点墨迹。诗文酒画，热爱的都赶不上趟了。就连喜欢歌唱的习惯，也没有了过去那种在野山上能以无限循环的模式号叫一天的激情，坐在音响专业的KTV里，竟然不知道自己会唱哪首歌曲。

一切都没有赶上趟。对父母，一直以为自己很孝顺，可是看过许多关于孝顺的文章后，才知道光关心父母的吃穿用度还不够，更需要色顺。想想自己总是想纠正父母的一些习惯，和父母时不时地争执，是多么地愚蠢和不孝。可是，时间又叫自己不赶趟了，留给自己纠正的时间，因父母年事已高，日子都不敢去计算了。兄弟姐妹、同学朋友，所有的我爱之人，我对他们的关心没有做到位，注定留下遗憾。虽然开始亡羊补牢，可是失去的，就永远地逝去了，一松手，就都成了追不回来的悔，再道歉也是徒劳的啊。

人生都过半了，写这段文字，就当做个总结吧，也是对自己一次一次不赶趟的生活进行一次总的了断。停顿一段时日，休息一下身体，放空一下心事，表达一切的情感。后面的路，还不知道有多长，需要精心地计划，能弥补一些走错的弯路，能折回头，赶上趟，下一次再总结，就应该不是我来写了。

总有意外，有许多事，我就赶上了趟，甚至超越了同龄人，比如，一身的病和意兴阑珊的心情。

因为爱情

陪着朋友，在雨中，来到洋县的华洋古镇。走在掺杂大量仿造元素的所谓古镇上，看着古镇雨巷两边和其他旅游景点毫无分别的店铺，百无聊赖。好在毕竟是陕南，秦岭的深处，层峦叠嶂青翠的山，雨中出岫的云，还有镇子边上清澈湍急的溪流，都是怡人的景致，都是寻幽的去处，都有养眼的看点。古镇反倒是有点画蛇添足了。

朋友也是平日工作繁忙，难得这么一个五一假期，兴致勃勃地出了这家店铺，又进了那家，手里开始不断地添着大包小包的旅游景区产品，还要忙着拍照留念。我看他实在是手忙脚乱，就接过他购的物，找了一家看上去是当地居民开的凉皮店，点了一份炒凉皮，安心地等朋友。

手机微信提示音响起，拿出一看，同学栓虎发来一条微信，一张老照片，一张几十个孩子和老师在人文初祖大殿前的合影。哦，这是一张在我影集里早已丢失的照片，是我初三毕业时的同学合影。栓虎微信上问我，你还记得这张照片吗？能找见你吗？把照片不断地缩小、放大，眼睛都开始有些湿润了。二十八年前，是 1986 年，那一年，我刚读完初中，拿着一张老师和父母都不满意的毕业成绩单，心慌得跟偷了邻家的瓜果一样，满脑子都想着父亲说要送我回老家放羊的安排。直到班长通知在人文初祖大殿前照毕业照，都跟霜打了一样，悄悄地溜在最后一排，拉着好朋友冯小勇的手，一脸木讷地照了我的初中毕业照。

今天，我已经过了不惑之年了，皱纹有了，眼袋有了，头发少了，记忆力衰退了，许多时候，前脚干的事，后脚就想不起来了。可是，这张照片，一下叫我想起了那一年的初夏，想起那个绝对青涩的我，是怎么为自己的前途担忧，以至于在合影前和分别后，都没有想起再看前排那个穿红色衣服、一脸阳光的女孩一眼。许是看过了，可是怎么也想不起来了，懵懂的感情毕竟抵不过被严父斥责的凌乱。可是今天，这张照片，让我在同学情谊的温暖里，一下回想和感受到当年刚受荷尔蒙分泌影响的小小少年的情愫。这么多年，走得难也罢，顺也罢，总之风霜雨雪都经见过了，四十不惑的说法，一定是前人的经验总结，虽不至于什么都懂，但是在时光的流逝中，感情早已经封仓，能做到不轻易流露和不轻易感伤。自己总是藏在一个自己编织的壳里，看着外面，略有风吹草动，就蜷缩起来固执地自成一统，不释放也不接纳了。

有时，走在大街上，看见年轻人，留着奇形怪状的发型，穿着已经没有男女界限的奇装异服，总是觉得有点刺眼，虽然不评论，可是真的不喜欢。总是和儿子商量，不要留莫西干式的发型，能不能留个平头，那样更精神。总是和单位年轻人讨论，为什么要花钱去买一条千疮百孔的牛仔裤，肉都露出来了，真的好看吗？今天，看着这张照片，想起了我的年少，突然觉得这些都有什么啊！虽然，20世纪80年代物质还是那么地匮乏，可是，我们也不是追求过一些在师长、父母眼里很想不通的玩意儿吗？我也很反感父亲每月领我去理一次茶壶盖发型；我就想穿那种四个口袋的绿军装，而不是父亲给我拿回来的朋友给的没兜的士兵服；我多想有一条笔挺的料子裤，裤缝绷直得都能削水果；我多想有一件刚流行的红衬衣，在朝阳里，走在路上，头高昂得看不见对面来的车。那个年代，我们没有过多的需求，就这么简单地按自己的感觉想把自己装扮得离经叛道一点，想让更多人能多看自己一眼，哪怕把偷出来的自行车骑得飞快，身后一串惊呼和斥责，都叫人满足得无比畅快。最是期盼和激动的，是和绝对要好的朋友，站在那个常穿红色上衣的女孩必经的路上，看她远远地来，快速地经过我们，又飘然地走远。偶尔，她往我们的方向惊鸿一瞥，那是能给我们带来怎样地面红耳赤，又是怎样地心如小鹿，几乎撞出胸口——然后和小伙伴整个下午都争论她到底是在看谁。

　　女孩必然是学习成绩优秀的，那个年代，只有学习成绩优秀的女孩大家才认为是美丽的。班里几个学习成绩和我差不多的女孩，往往都是我捉弄的对象。也正因为女孩的优秀，常常在学校的光荣榜上，能让我认真地肆无忌惮地观赏她的照片，真的很细致地观赏，以至能在大太阳下，无聊地数她的眉毛。心里就想不通，为什么我站在她照片前的哪个角度都感觉她在注视着我。在这种臆想的注视下，我第一次有了人生的目标，那就是要娶她当老婆，和她天天一起写作业，吃麻食。

　　手里拿着手机，看着这张照片，在这陕南的雨天，心情都能感觉到那天拍合影时的阳光。暗暗地叹息，怎么会担心父亲送我去放羊呢！怎么会因为父亲的斥责就怀恨在心呢！怎么就能在那样一个重大的日子里，和她连一声像样的招呼都没有打，就踯躅地分开了呢！多想时光能倒流，真的回到1986年，父亲依然年轻健康，还有力气抽打我的屁股。那对于今天的我，每次陪着已经一身病痛、走路蹒跚的父亲，何尝不是一种享受。那个阳光斑驳的夏日，就让我在糊里糊涂的惊慌里，浪费过去了。

　　看着手机里的这张照片，想起的不光是根本没有发芽的爱情，更多的是这些年匆匆而过的时光里，疏淡了的友情，熄灭了的激情。还有，眼看亲人在留不住的时光里老去的那种浓稠的牵挂和留恋。再也回不到那样的时光，只是因为两个人碰巧在教室里哼唱同一首歌曲就绯红了脸颊，再也不会为了有笔直的裤缝而每晚都把裤子叠放整齐压在枕头下，再也不会因有大人抽打而发出杀猪般的号叫，再也不会因登高爬低招致满身的伤疤。

　　抬眼远远看着兴奋莫名的游荡于古镇的朋友，他在游赏什么？是不是也在向往穿越，在思古的悠悠中，怀想自己的以往？我静静地等，等他游逛完，让他也看看这张照片，我们一定是不会多说什么的，都这个年龄的人了，喜怒不会形于色。可是，我想，在回程的路上，他想起的应和我一样多。

第三章
闲曲意

第三章 闲曲意

请跟我来

听过这首歌的，请举手。嗯，恭喜你，你已经老了！

按苏芮作品年表，这首歌应该是 1982 年就创作并且演唱了的。可惜，那时，我们刚刚进入改革开放的初期。在我的记忆里，田地里自 20 世纪 80 年代以后，风调雨顺，大量农作物优良品种的推广，加上农业新科技的应用。大家刚刚开始能吃饱饭，交够公粮，根本没有条件和闲心，在第一时间，听到这首歌。

我第一次听到这首歌曲时，应该是 1985 年到 1986 年了吧。我刚从农村转学到父亲工作的县城。父亲是县广播站（后来叫广播电视局）的文字编辑。我们一大家子，就挤在单位分配给父亲的一间 60 年代就废弃了的老播音室里。唯一能叫人觉得高大上的是，我们家的地板，竟然是木头做的。这在那个年代，很是叫我自豪不已。觉得自己家，堪比《钢铁是怎样炼成的》一书里面冬妮娅的家。家里只有一张床，父母和我们姊妹三个，挤得很辛苦，单位领导同意父亲在他办公室支一张小床，就成了我的卧室。

父亲的办公室，正对着，就是播音室。我进去过，在里面，把门窗一关，严实的密封效果，一下就把窗外的嘈杂隔绝。当然，在播音室里，你就是喊破喉咙，外面也是听不到的。播音室与外面办公室之间是一个有三层玻璃的窗子，播音员要和外界沟通，如果不想出门的话，就隔着窗子打手势。

父亲的工作，大都是在夜深人静的时候，昏黄的灯下，缭绕的烟雾里，奋笔耕作。往往天色已发白，我一觉睡醒，父亲还在喝着酽茶，揉着熬红的眼睛，逐字逐句地修改着通讯员的稿件。

　　每一次，看着父亲的辛劳，我都会有那么一会儿的惭愧，忏悔自己没有认真学习，没有拿到好的成绩抚慰父亲，还总是让父亲被学校传唤，逼着父亲跟我动手。

　　和现今娱乐界一样，那时的广播站，总是引领一个地方的新潮流。播音员，因为能得到去各大城市培训学习的机会，总是会带回各种在这封闭小县城里引起侧目和轰动的新鲜玩意：牛仔服、喇叭裤、爆炸头。每次都是广播站当家女播音员，一位姓侯的姑娘首先传播开来，就像她清脆的声音，每晚7点，准时地从各家的收音机和炕头的喇叭里传出来，影响这个县城的文化生活一样。

　　近水楼台先得月，我可能是县城最早能接触到录音机的一批孩子了。广播站为了父亲采访的工作需要，给父亲配备了一台手提式录音机，然后又配发了若干磁带。站上其他工作人员，也陆续配发了录音机。于是，我们这批孩子，比县城其他孩子更早地开始听到以前没有听过的港台歌曲。大部分歌曲磁带，都是从播音员小侯那里借的。所以，《冬天里的一把火》，我知道，根本就不是费翔最早演唱的。而谭咏麟的《爱在深秋》，又是那样地诱惑我们这些发育中的孩子，情感开始萌生枝丫，继而勃发。只是不喜欢邓丽君的软绵绵，虽然大人们都喜欢，邓姐姐的歌曲，总不是我们的首选。

　　一个早春的清晨，还在睡眠中的我，听到广播里播放这首《请跟我来》。窗外，阴的天在下着雨，细密的春雨让连日灰蒙蒙的沙尘暴在雨中得到缓解。楼下路上的垂柳，已经开始弥漫着鹅黄的绿意。路上，没有一个行人，就我，穿着汗衫，仿佛被电流击中而麻木一样，听着这首歌曲，第一次因一首歌，激动得浑身轻轻地颤抖，竟然有种想哭泣的感觉。"我踩着不变的步伐，是为了配合你到来。"这一句，正是我情窦初开，暗恋一个女生时的写照。那么地切合我的世界，可怜我，每天都在她路过的路口，比上课都守时，翘盼她的到来，默默地看着她越过我，眼睛都不眨一下，就远去。那段时间，我多希望她在不经意间，被我少年的情怀吸引，跟着我来，到我们都无法预知的一个世界，我能真切地挽住她的手，张扬我按捺不住的情怀。

播音结束，我等不及女播音员出播音室，就急切地找她，借这首歌的磁带，在她的介绍下，知道了苏芮，知道了这也是台湾歌曲。那时，我才知道，原来台湾，一样有我此时，心胸里美好的情愫。受技术限制，没有双卡录音机，我和播音员，用两台录音机，一台播放，一台翻录，我得到了一个并不清晰的翻录歌曲集。其他都是什么歌曲，我好像记不清楚了，这首《请跟我来》，因为那么地配合我当初的心境，就像那一年我全部生活的背景音乐，总是随时地唱响在我的耳边、心里。

多少年了，在路过的每一个年头，心里都会淡淡地响起《请跟我来》的旋律，已经不是为了纪念那一段感情了，只是，更多的是对那一个时代的留恋。再听过多少动人的歌曲，都不会有这首歌曲在我心里留下的痕迹这么深刻，画面感这么强烈。随时地吟唱，让我都能感觉那年，我焦急地在路口地期待，被惊鸿一瞥后满心的愉悦，看着渐渐走远的身影后那空洞洞的寒凉。

这首歌，成了我青春期所有记忆的注脚，将我本不值得一提的情感，无限地在心里放大，使得我觉得自己那一时期，就像一个穷途末路的英豪，空空地挥舞刀剑，身边没有欣赏的美人为我叫好。一个少年的烦恼，就这样，意外地被封存在一首歌曲里，成为永不消磁的卡带，在苏芮铿锵有力的声音里，永久循环地播放。

在这首歌曲里，我从少年变成了青年。终于没有实现父母的期望，毕业后，我把学到的东西都完整地留给了老师。我个人的目标，当一名光荣的解放军战士，也因为争抢得激烈，今生都不会再有参军的机会了。

也是在这首《请跟我来》的背景音乐里，我见识越来越广，看着父亲接待李政道，接待华国锋，看着路遥吃我家的面，听高建群做文学写作的报告，看着我们的小县城因为是轩辕黄帝的陵寝所在地，知名度越来越高。县城天天都在变化，我们小时候了解的四个现代化，也早已经实现了。县城到处都是和大城市接轨的毫无二致的新鲜东西，播音员，已经不是传播这些新东西的推手了。

　　那个我期待每天能见一面的女孩，也早已嫁作他人妇。偶尔，我依然踩着不变的步伐，仍然会站在她来的方向，任春雨飘啊飘在我的发梢。已经没有迷人的梦幻期待，只是为了，在这里，能按捺和掩盖，对今后未知世界的惶恐；只是，想起苏芮歌曲里那个可爱的小孩，现在，找没找见回家的路？

特别的爱给特别的你

假如这个世界上真有特别的爱的话，那就只有父母对儿女的爱了。

这个世界上真的有特别的爱，只有天下父母对儿女的爱，才永远那么特别！

我的儿子已经长大了，如愿地读了大学。儿子一直很乖，很腼腆，属于听话努力而又不蔫坏的那种好孩子。有儿子时，我正血气方刚，加上本来脾气就急躁，没有别的父亲对孩子那样循循善诱的教护，一味地粗暴管理，使得孩子更愿意和他妈妈亲近，对我总是敬而远之。以至于父子的关系，就像猫和老鼠，我扑他闪，腾挪间，孩子就长大了。已是中年的我，慢慢地心火趋灭，越来越沉稳，不复以往风风火火的焦躁了，对儿女，也开始转为温言细语商量的口气了。也是一家人因为工作和学习，聚少离多了，总是想和家人们在一起多守候一会儿，对儿女更是宽容和怜惜。渐渐地，儿子与我之间，话也多了，只是，毕竟孩子大了，有了自己的空间和喜好，不再单纯地满足依偎在家里，每次在我问询孩子何时回家时，得到的回答总是另有安排。假日里，就常是我和妻子，相对坐在沙发上，无聊地换着电视的频道，连做饭都是越简单越好，甚至灶间的火口因久不使用，开始锈蚀了。更有一次，儿子第一次明确告知我他谈恋爱了，对方女孩不是我和妻子喜欢的那种，我们也只是给儿子提了一点建议，言语态度上对儿子有点急躁，儿子第一次提出抗议，不算是顶嘴。但是，那个一直绵软的儿子，一直默默顺着我的儿子，正式地叫我知道他真的长大了，他的手，已经不能轻易地被我控制。心里失落的感觉，就像在梦里失足蹬空一般，茫然到手足无措，以至于不会应对。第一次感觉到，家里开始有一个新的势力不算是挑战地慢慢挑战我的权威。有点酸酸的，又欢欣。也终于觉得，我肩上的担子，快有人接管了。也就是在无奈地吧嗒嘴回味时，愤愤骂：臭小子，说话怎么能这么冲！好赖我是你老子，顺一点不行啊！

　　一向有事都不愿意耽误我工作的父亲，突然打电话叫我回家。推门就看见母亲接了一盆热水，用毛巾给父亲敷脸。毛巾取下来时，我眼泪一下奔涌，我的父亲，原本清瘦的脸肿得像馒头。多半辈子没有病痛的父亲，近几年积攒的病毒开始爆发了，也许是他高血糖的并发症，这次，浑身的水痘，毒气无从发散，腿和脸，已经肿得失了形。我知道，但凡他还能撑，那个打给我的电话，是绝不会拨出的。心疼和急怒下，我高声地责怪父亲和母亲，为什么不早叫我回来领到医院呢？拖成这样，在这世上还有什么工作能重要过你们的身体呢？母亲嗔怨父亲不愿打扰我的工作，越老越倔。而父亲，在病痛的折磨下，嘴里诺诺地想说点什么，却欲言又止，只是，那肿成一条缝的眼睛，眼神里满是歉意和慌张。我忽然想起儿子对我的冲撞，我突然第一次切肤地感受到父亲的情感，抱起父亲的病腿，揽到我的怀里，爸爸，对不起，真的对不起，是我没长大，已经为人父的我，还浑成这样，还体会不到做父亲的情怀。那种家长权威渐减，对子女失去完全的掌控却又无限地关爱的情感，我只能感受我儿子与我的这种角色，却忘记自己也在扮演着儿子的角色。

　　父亲满身的疱疹，疼痛得水米难进，每一次涂抹药膏，都像是在干一件重体力活，每当我手触摸到病患处，他身体都是一抖，疼痛得躲避，我满含着泪，极致温柔地将药膏抹遍他每一个患处，开始用对小孩的口吻，让他配合，和他说他喜欢的话题。第一次，父亲和我讨论他热爱了一生的新闻报道，讲了许多以前他一讲起我就没有耐心去听，找理由打断的故乡往事。那个有阳光的下午，母亲欢欣地倚着门框，看着我们父子，笑得都痴了。许是父亲的良善和药物治疗的及时，一周的时间，疱疹得到了控制，逐渐地消散了。少了病痛的父亲，在我的牵引下，能跟我出门去散会步，也有气力和我一起看新闻，长时间地聊时政。那一周，西安的天空有阳光，有雨，有风，必不可少的雾霾也在，可是，在我的感受里，没有一天不是好日子。我想，在父母的眼里，一定因为儿子的陪伴，每一天都是艳阳天。

　　孩子，我能知道，对你的爱和关怀，我是倾尽全力地去做，只要你需要，我的肉，我的骨，我都愿意拆开来给你。当我眼睛停留在你身上时，你的欢笑、伤痛、委屈、寂寞，都如摄像般被我记在心里，因你的乐而喜，因你的疼而悲。世界上也只有我和你的妈妈，能这样无私地给你这样本是平常但真的特别的爱！父亲母亲，我知道了，你们也是这样！我身受的绝对不同于世间所有的情感的爱，甚至不同于其他孩子父母的爱，你们一直在默默地倾其所有地给予我，儿子四十了，这次才敢说明白人是怎么长大的。四十不惑，才懂得这让人活明白的道理，如醍醐灌顶般让我所有堵塞的情感贯通。

　　父母啊！给我的爱，你们从没有承诺什么，等儿子明白的时候，心却被你们抓得更紧。留给你们的时间不多了，这时间都去哪了？我真的不敢想，无尽地恐慌，如果没有了你们，我的世界将怎样地阴冷，如秋日的雨，下个不停。唯一，能聊以自慰的是，你们的爱，会由我传递给我的儿子。在这个世间，这样特别的爱，终属于每一个有特别的爱的父母的孩子！

一生所爱

总想把过去喜爱的歌曲，都按自己的理解，用自己拙劣的笔，写出来，和朋友分享，或留给自己老时回味。于是慢慢地开始做这件事情。

当坚持了一段时间后，却发现，这件事情，是一件极端痛苦的事情。许多的歌曲，都存有对当时经历过的事深深的记忆密码。一经打开，过错和错过的人、事，都涌上心头。

喜悦的事情，往往已经感觉不到一丝的愉悦；那些错的、痛的，却随着再次翻腾的记忆，随着时间的流逝，随着对事物更深的理解，更加清晰，更加刻骨铭心。

于是，写着写着，竟然不敢继续下去，只是把喜爱的歌曲，下载在电脑里，在一个人的时候，循环播放，静静地品味，总期望在这种不停播放中，如饮茶般，苦后能回甘，能减轻对前尘的记忆，能纠正未来的方向。

好多年前，其实并不是很久，在电影频道看到了已经公映很久的《大话西游之月光宝盒》《仙履奇缘》。一个人，坐在电视前，哭得狼狈不堪，心一下都灰了。又过了几年，看了网络写手今何在的《悟空传》，继续哭得一塌糊涂，已经不清亮的心，渐渐地模糊成了玉米秆上的灰包。心里，实在是恨周星驰和今何在这两个怪人，为什么专门要在这本就迷惑人心的红尘世界里，多事地制造出一片苦海，翻起滔天的爱恨，叫人窒息。

山贼，浑浑噩噩的，愉快地度日。他本不知自己的命运，早已被安排得严丝合缝，容不得他有一丝地挣扎。他怎么都不知道，在世间，谁都难逃避命运。躲，就是在梦里，也要回到水帘洞，被熟悉的眼光打量得毛骨悚然。

我，我们，其实都是那个鼻子插几支毛笔，冒充凶狠的山贼。当苦心伪装的脸皮被揭开时，手足无措，惊慌不已，不甘心地承受着命运的安排，最后，自我安慰，这都是缘分，都是造化。相亲相爱的，怎么能都如愿在一起？也许，远远地观望，才是真正地看风景。嗨，大话西游，告诉了我，这都是狗屁。

我曾想，自己如果是至尊宝，我不会手贱地去动紫青宝剑。我就安心地无言独坐，直到坐成一尊石像，就如在天地鸿蒙未开的混沌时期，就那样坐着。或者认命，躺在五行山下，看青苔长满自己的身子，看红红的叶子落在自己面前，随手把一切能够着的都埋进土里。不指望有人来释放我，告诉他别手贱地去揭那"唵嘛呢叭咪吽"的封印，不要叫我去经历那别人安排的路程，让我静静地看云起，看花落。此心安宁处，谁说不如西天成佛呢！

又也许，我就是那只无所事事的猴子，东海边的山上，有我采不完吃不厌的果子。荡荡藤条，洗洗水帘洞的瀑布澡。领着一帮子比我还笨的猴子，欺负欺负山里其他的古灵精怪，不懂得生灭的苦难，至多，一个亲近的猴子老死，我只是无奈地用手拨动几次他渐渐僵硬冷却的身子，不见应答，也就转眼忘却，直到某天，看见一堆白骨，方隐约地想起，和他在一起有过的快乐，却永不会因为他的消逝而痛苦得不可名状。

可恨，至尊宝被紫霞盖上了骡马的印记，于是，一切的开始和终结，都进入了安排。月光宝盒，不但不能弥补一切的错失，反而成了揭开伤疤的手术刀，在伤疤下，叫人清晰地看见，已经弥合并且以为早已遗忘的爱恨情仇。相亲的，竟然不可在一起；相爱的，已经不能接近。命运的安排，让人只能无力地相信，这是根本逃避不了的。大闹天宫能怎样，就是驾着五彩祥云，身披金甲圣衣，挟风带雷地来，又能怎样。眼睁睁地看着手里握不住的情缘消散，撕心裂肺地看着那双眼睛闭合成一段再也不敢理会的故事，这时，才知道，自己是一条狗。狗绳，永远被看不见的命运牵着，叫东不能去西。

我们的成长，开始和终结，其实，根本不会被改变，都在冥冥中被牢牢地安排。我们都像电脑里的病毒，总想去攻破防火墙，其实，就是攻破了，不过是进入另一处封印，可能，还不会有一个取经人，来伸出贱贱的手，拉你去历练。白晶晶，注定不是故事的主角；紫霞，也因为摆脱不了灯芯的出身，早晚是要油尽而灭。在一切的闹哄哄中，只有春三十娘稳稳地收获了那头猪一样的男子，有一个说话唠叨的后人。

盖世英雄能怎样！最后，还不是要忘记怎么去爱自己爱的人，在修成正果的路上，不敢去爱自己爱的人。就是碰见所爱，也只能藏在别人的躯壳里，借别人的口，说自己的话，看别人相拥，扛着棍子，走本可以不走的路。

生又何欢，死又何苦。一切的一切，根本找不到合理的理由。身不由己地在铺好的路上，像飞蛾扑火，狂奔而去。

卢冠廷，是一个帮手！生生造出了这样一首歌谣，更把这个注定是无奈的憾事，非得说得清清楚楚，叫人无法躲避，无法自欺。山精海怪、神仙帝王，都不过是世间早已安排好的棋局里的棋子，必须安静地立在命运棋盘的中央，任命运，开它想开的玩笑。

生亦何欢，死亦何苦。命运给你安排的生活，现实得有点残酷，芸芸众生，谁能跳出这只大手呢？又有几个人，不是在佛指上撒尿，并自欺欺人地题写一句"到此一游"呢？

爱，高深莫测。往往是经历过后，在失去时，才恍然大悟，才追悔不已，才会有所思。这时的我们，才知道自己也许就是一个认真的至尊宝，一直认真地当贼，自作聪明地爱上白晶晶，义无反顾地想借月光宝盒拯救过往，寂寞无聊手贱地拔出宝剑，满腹牢骚地按压被灼伤的脚掌。而明明看见自己心里，有别人留下的一滴泪珠，却不能也无力去抵制那早已被规划好的未来。

太多的经历，都是在绚烂的开始里进入艰难的久长。我们，都是至尊宝，都是孙悟空，都有自己认为的一生所爱，都自认为知道了开始和结局，自得地行走着。可是，我们永远都听不到身后，有人幽幽地说：你看那个人，好奇怪呦，像一条狗！

是不是这样的夜晚才能够这样地想起你

很久很久已经得不到你的消息了，日子如平缓的汉江流水，表面静好。

当朝霞铺满东天，万缕霞光照耀谋生的路，心情总是愉悦或是忐忑。每日的过程无非是顺与挫，收入有与无。每一日行走在万丈红尘里的一个节点，顺应，挣扎。无边的造化里，生生不息的力道，将我们每一个人都推离了原来的设定，我们就这样，失去了本心。

入夜，华灯顺延照亮城市村镇，车水马龙般的忙碌，都是在焦躁地做一日总结。卸下一身的铠甲，躲入一个不被人轻易寻找到的空间，释放种种的自我。空气中，看不见的电波，传播着千万遍的诉说。只是，我拿起电话，翻遍通讯录，想遍身边的人，没有一丝的线索，能够联系上早已无声无息的你。

天下之大，大得叫我这个点，没有一点存在感；天下之大，大得叫我无法找见你的坐标。你说退就退了，本以为你是每日的潮，走了还会来。可是，你像一只涅槃的凤凰，明知你会重生，但是不知会在哪个空间，哪个地点。

是不是，每次到这样的夜晚，我清洗一天的劳累和委屈，就会这样幽幽地想起你，想起那些已经如老电影一样的场景，仿佛那胶片划伤的痕迹，每日都在增加，一道道的，都是我每日悔悟抚摸记忆的痕迹。

吴宗宪的那支歌，是一个谁都想不到会唱得这样痛彻心扉的人来演绎的。他叫吴宗宪，看他的表演和主持，油滑、搞笑里面藏着许多的智慧，很多话语和段子，在笑过后，眼角总能泛出一点点动情的潮意。听这首歌，可以是一个人在孤独地开着车，穿梭在大山隧道里；也可以是静夜的梦回时，开一瓶烈酒，浅斟一杯，让辣苦由舌尖弥漫满胸，让一腔的苦闷映入眼帘，把不轻易披露于人的情感，流满脸，低声抽泣中，等天色变淡。

　　叹息完所有的际遇，擦干所有的泪，揉揉涩红的眼，洗个晨澡，精细地梳理好头发，找一件干净的衬衣，对着镜子打好领带，活动活动嘴脸，长嘘一口气，呼吸间，将所有想到的都收入心胸，存好本心，顺应造化的安排，开始一场时间的旅行。

　　清晨出门，凉风扑面，一身劲爽，怎么也没有夜晚的忧郁和伤感。其实，就这样，没心没肺地，即使不见你，也见他；不见人，也见物！世上相逢和分离之事，大抵都是如此。

　　选择遗忘，不是欲盖弥彰，聪明的人知道，遥不可及的相念，莫如相忘。

都是思念

每当开车无聊时，打开车子的 CD 播放器，第一首歌总是张学友演唱的《想和你去吹吹风》。耳朵在窗外呼啸的风声里面，慢慢地侵入秋夜般的凉凉忧伤。心中所有曾经记忆和忘记的思念就像潘多拉盒子被打开一样，开始在车内小小的空间里弥漫，人也就安静下来，忧郁起来。

曾经，我和大部分喜欢这首歌的朋友一样，以为这是一首怀念一段爱情的追忆曲子，一直就任这首歌像鸡毛一样撩拨自己心里留存的在梦里都不敢打开的那段往事。只是一个人的时候，一个人在开车的时候，一个人在开车走到一处荒僻的林间小路上的时候，才播放它，随着音乐的旋律，大声地吼几遍：想和你去吹吹风！

越是人想再做的事，其实大都是再也没有办法去做的事了。家庭、事业等因素的束缚都不是理由，只是，那件事，是因为错过而无法挽回了。

想是那年三月的桃花风里，你早早地换上湖蓝的裙子，披一件粉色的毛衣，仓皇地从你家的门里奔出，远远看见我，吐舌一笑，急急地向我摆手，示意我躲起来。果然，你妈妈跟着就出来，喊你：早早回来，都不嫌冷。我不知道你为什么不嫌冷，也不知道你是想把最好的展示给我看，我只是惦记等我们的几个同学可别把我们准备一起爬山野餐的食物偷吃掉。

山上，我也偷偷地看你，觉得你和平日在学校的拘谨不一样，笑得那么开心，当你我的眼神碰撞时，你为什么总是低头一笑。我的心也是一跳一跳的，可是还是懵懂少年的我根本不知道这里面的奥妙，那个年代，我真的什么都不知道。那年夏天，你家就搬走了，去了首都，我还在这个山沟。

在你走后的半年，你走时留给我的信才被你的马大哈好友转交给我，我也就什么都知道了。可是，再也回不到那年三月。多年后，一次偶尔的同学聚会，你出现了，彼此都有了家。一切的一切都很平静，只是，在转身告别你的刹那，你轻轻地说：想和你一起吹吹风。

是啊，一起静静地在那个山坡上吹吹风，什么都不说，只是偶尔地对视一下，感叹人生的蹉跎，比在红尘繁华里热烈地说着醉话，来得亲切。可是，感情浮浮沉沉世事颠颠倒倒，我们都没有时间和机会再去，再去吹三月的桃花风了。

因为你，就喜欢这首歌。再后来，知道这是歌手张学友悼念他逝去父亲的歌，心里一阵震颤，离别和悼亡，其实都是对失去的追忆，都是再也无法逆转的。思念逝去的，停车后，还是赶紧拉能拉住的手，做一切还来得及做的事，不管外面是桃花还是明月，因为有过了失去。

多么想回到少年的三月，和你去悠闲地吹吹桃花风！

红豆

一切遇见，都是重逢。

今天，我有点参透这句话的意境了。有的人，在我们生命里，往往是流星般的一闪，来不及许愿，就永远也不见。有的人，也是曾经的一闪，转身后，以为再也不见，却总是在心如止水时，古井再起波澜。

岁月的静美，原来都是在消磨中慢慢地渗透出欢好。许多的往事，在无风的死寂中，早已层层叠加成一块化石。

暗无天日的心事，真的经不起一点点地撩拨。再次的遇见，就如打开了故纸满地的档案馆，随手翻检的只言片语，扑面而来岁月的积尘，呛得人无法睁开眼睛，不忍去直视那黄色的纸页。

那些年，以为自己很智慧，把许多的事情处理得滴水不漏；觉得自己很英雄，能悲情地去割舍。实际上，在一句话还没有标上逗号的时候，就已经后悔得捶胸顿足。根本还没有去感受，雪落时，一起在空旷的大地里，彼此微微地颤抖，也压抑得还没有好好牵手走一程，就开始记忆里的天长地久。

深夜里，无眠的时候，昏黄的灯下，看看那些稚嫩的文字和拙劣的图画，一笔一画，都是对一个普通的故事的记述。

手，默默地把卷折的纸页抚平，却怎么也抚平不了心事的褶皱。一切都像幻影，一切真的会有尽头吗？

依旧打算，等我老去，等我能知道我的死期，那几日，寻找到你，告诉你当日的一切。相聚和离开都有因由，我本来不会走上另一条我只知道方向而不知道目的地的路。设想，真的有那样的时候，真的能回过头，我会不会选择留恋，握紧你的手。

没有仔细地感受这世间的一切美好和丑陋，你在的日子，没有好好感受清醒的亲吻带来的温柔。还没有为你去熬煮一切甜蜜的问候，我亲手把自己，作得满身的伤口。相思何来哀愁？都只缘于人在错误的时间做出正确的事情，又编了一个粗糙的借口。门口的紫薇，早已经长得高过我。轻轻一抚，花枝颤抖，惊起了采蜜的蜂。她在笑，因为我在，她就知道自己在我的控制下，是姹紫嫣红的美丽。她是我培植的，她最知道，她花期正盛的季节，我却给她假象般的自由，随之无尽的孤独。

朱弦一拂余音在。当时，我不敢正眼看你的寂寞，我只以为，那只是平常日子。还没来得及任沧海桑田去变幻，现如今，报应的手，撬开了我藏好的陈年往事，一页一页的化石板上，清晰地看到往日愚蠢的脚步。这报应的手，温柔地划开我早已愈合的伤口，一层一层地剥离我的躯体，我眼睁睁地看着，我曾予你的伤害，带着高额的利息，抽尽我残存的一丝侥幸。

多少次，秋夜里，把一颗颗红豆，用针线慢慢地穿成一个个手串，痴痴地缠在手腕上，赏析着血般的颜色，无名指翘起，模仿你的姿态，极尽缠绵。待到困意浓时，一把扯断，任红豆滚动满地，就如当日你流着泪离去，我无动于衷地冷漠遮掩我无边无际的惋惜。

你说，喜欢一座城，是因为喜欢的人在那里。你居住的城市，我怎么都不喜欢，可是，我能不能说，这真不影响，我分分秒秒停止不了地思念你。

出来混，总是要还的！一句痞子的口头禅，其实，就成了今日此时，我心中挣脱不了的梦魇。见过那么多的事，遇到种种的人，总是遗漏了一种风景，我没有看仔细。

也没有那么多的时间了，一切都来不及了，手指轻轻划过去的话语，有多少，是心痛到极致时，咬着牙忍着的呓语。还没为你把红豆，熬成缠绵的伤口，自己就已经绵软无力地，独自看自己造的那窗口外看厌的风景。我一直认为这片安稳的天地，其实缩在一个小小的洪炉内，业火一直在熔炼着我，而我，原来一直以为自己泡在幸福里。

　　该来的，总是在一个无法预测的时段，给人摄神的击打，大段的幸福对白，春蚕吞噬桑叶般的，让我咬牙承受，却找不到一处去排遣这难忍的疼痛，不能说的悔意，自左手传递到右手，最终，掩面而泣。

　　还没好好地感受，时光就盗走了一切；还没有来得及回头，脚下的步子就已经蹒跚；还没有好好地清纯，就开始了玩世不恭的修炼。一切的一切，本应是欢好的故事，都被自己替换得一片狼藉，无法收拾，却又说不清，道不明，错在哪个时间节点。

　　可是，有时候，真的是有时候，很想在一切都平息后，和你去看看清泉石上流，听听鸟鸣深涧中。把一切写给你的文字，都抄在凋落的红叶上，放逐到溪水里。在雨后的空山，喊你愿意听的话，唱我们都爱听的曲。

　　将一把红豆，用力地抛向天空，真希望，她们再也不要落入大地，无处沾染尘埃，不得生发，何来的相思困扰，引逗得此世我心戚戚。

领悟

　　多少往事，当已经开始领悟，只能说明过去了，做错了，失掉了。当暗夜，静处，心突然一痛，想起了一段过往，是一段真的深深地藏在大脑某个沟回里，都已经尘封多年，随时都会被删除的片段。牵出一缕时光，里面的故事，却是好长，好长。

　　秋日阳光照耀的下午，逃学在山坡上，满山开满的黄色野菊，一股清冽的苦涩，沁人心脾。没有白色的裙子，没有欢快的红纱巾，只有相对一笑，咀嚼着满嘴的酸甜的野果。

　　没有背景音乐，也不会有欢跳追逐笑闹，就是静静地晒着秋阳，一任秋虫在衣服上爬行。只有偶尔地相对一笑，眼睛里霎时一过的娇羞。

　　时间就这样被一缕一缕地抽出来，那些日子的章节，潮般的涌来，如同中毒一样，想格式化都做不到了。关上灯，点上一支蜡烛，看着微黄的烛光里，都弥漫着悔与伤。一丝烟篆，分隔出许多段落，哪一段拿起来，都沉甸甸地往心里纵深走去，一种明知道是在闯祸但是心里却隐隐期盼的感觉，让人不由自主地走入，让人忘掉了本心。

　　当自己把生亦何欢，死亦何苦当口号念诵的时候，以为自己已经老得可以禁受一切，以为自己已经渡过一生应走的河流，彼岸的花，都已经看得厌倦了。可是，坐在这暗室里，因为这缕思绪，回头望时，过来的对岸，已经不再是从前的样子。眼里心里的酸楚，一腔的怀疑，那对岸，真的是我来时的路吗？我以前向往的彼岸，真的就是我所要的？

抽丝剥茧地回想，假如每一缕丝，都是蚕在成年前的记忆，我又何尝不是一只蚕，将自己晕头巴脑地用思绪包裹起来，在车水马龙、熙熙攘攘的红尘里，背着浑然不觉的茧，碰碰撞撞。以为自己修炼得百毒不侵，其实，只要一个小刺，就戳破了这丝的伪装，露出漆黑的心情。

那些年、那些人、那些事、那些场景，现在如彼岸的花一样，仍然开得喧闹，花间行走的人，也已远得看不清楚。她笑也好，恼也好，所有的诱因，我只能在对岸观望，视线常常被繁花遮挡，再不能一点一滴地掌控。本应是我的舞台，换了主角，演的是别人的故事情节，而我，曾经拥有大把赠送的门票，现如今却连入场的机会都没有。

在这昏暗的小室里，眼睛不由自主地看着对面楼上的灯火，窗前偶尔闪过的身影，是不会去注意我默默地在这里静坐。已经过去的时光里，曾经的人，不知道能不能偶尔地想起，我多年后的样子。

痴痴地看，痴痴地想，那桌上流泪的蜡烛，斑斑的烛泪，点点滴滴，可不就是在领悟？

十年

　　知道陈奕迅，知道《十年》这首歌曲，大概是最近的事了。

　　听到这首歌时，想起了网络上的一段话：一百年前，没有你，没有我；一百年后，没了你，没了我。开始觉得这句话，蛮有哲理，但是细读之下，一股伤感的情绪，涌于心底，那么酸，还有点苦。本来很具有禅理的一句话，让人把一切都能看开、放下。可是，真的能放下、看开和舍得吗？

　　天天执子之手，恨不能血肉融在一起。其实想想，不用往前推一百年，就只是十年之前，彼此在哪呢？二十年前呢？三十年前呢？如果不那么远，而又是青梅竹马地在一个幼儿园上学时，我会不会为了一块糖果就把你推倒在地？如果再近一点，在小学、中学，你会不会因为我上课不专心听讲做小动作而向老师和我父母告发我呢？更何况我们根本就不可能认识，彼此还都是陌生人，那么，你会快乐地从我手里接过我刚从嘴里拿出来的冰激凌吗？

　　有了今日的欢愉和怜爱，谁又能知道十年之后呢？反正一百年后，基本是没有人知道我们了，除非，我们恶贯满盈或者流芳百世，但那时的故事，又有多少不是演绎的呢？

　　又因此，谁的怀抱能够逗留呢？离开是不是又是一种享受呢？

　　其实，不用十年一结算，活好当下，享受现在。

　　其实，我大部分时间都搞不清我的眼泪，是因为什么而流。

等待着别人给幸福的人

　　这首歌还是张学友的,整个歌曲的每句词都能拿来做文章,都是能做出一段缠绵悱恻的故事来。因为,全歌的词都貌似对失去的爱的诠释,但其实只是一个负了心却还心存愧疚的人在华丽自责。就像歌里唱的那样,那是一个自由自私的灵魂。

　　这首歌让我想着是一个无情男对着被他离弃了的女友而唱,因为只有男人,才会有这么自私、残酷、迷乱、贪占和内疚的混合感情。不像女子,要么是伤痛欲绝,不死不休;要么是快刀斩乱麻,永不回头。

　　我想天下的女子大概想嫁几个丈夫的不多,而想三妻四妾的男人比比皆是吧。有女性朋友问我,为什么男人多花心,而且能同时爱上几个女子?这个问题我也没有想明白。是的,是有这样的情况,记得《天龙八部》里的段正淳段王爷就是这样,金庸老爷子对段王爷的感情描写基本就是这类男人的真实写照。我自己觉得这里面如果硬要解释的话,以科学理论来说,就是雄性动物想尽可能多地将自己的遗传基因通过占有大量的雌性动物来传播出去。如果这个解释大家不接受的话,那只有一点,就是男人天生具有贪占心理。

　　因为男人的贪占,世上才有了那么多痴心女子的幽怨。能贪占的男子一般都是有这样那样的本钱,能吸引不少不明真相或飞蛾扑火的女子。最后,男人早晚都会回归家庭,遵守规则,因为男人始终是理智的,不遵守规则的话,他可能就再也不能满足更多的贪欲了。留下的只是那些等待着别人给幸福的女人了，而她们往往过得并不怎么幸福！

不能说这个男人看见离去的人瘦了憔悴了就不是真的心疼，他也绝望得很寒冷。大多数男人都想把自己喜欢的女子一直占有，可以给她自己能给的一切，除了名分。只要这个女子顺从，不要跳出男人给她画好的圈子，男人哪怕累一点，辛苦一点都愿意。可是当这个女子稍微把追求幸福的触角往圈外探出时，男人会果断地斩断这根触角，甚至不惜抛弃这个不懂事的女子。虽然心疼，心疼的只是不愿意在抛弃这个女子后，这个女子再有别的感情。因为，这个女子如果又开始一段感情，拉着另外一个男人的手，脸上露出和他在一起时一样的笑，用看他的眼神去看另外一个男人，才是这个男人永不能承受的。

贪占，就是你只能是我一个人的专宠，我就是抛弃你了，你也要在原地等我，等一个基本不可能的破镜重圆抱着你哭！

张学友的歌喉真的不错，低声吟唱，就把男女之间的那点事都挑明了。那些听歌的人，大多只是听了旋律或被某一句歌词映照了自己而迷醉，其实，第二天还在继续歌里都已经提醒且注定是失落和错误的爱情。

同桌的你

对同桌的记忆，总是停留在一个杂木桌面上，用铁皮小刀深深刻下的一道分界线。

在桌面的最上端，是我人生最失败的一个座右铭："早"字。回想起这么多年，我立过两个誓言，"早"是我在懵懂少年时，被一个大文豪影响后，盲从地确立的第一个人生誓言。除了在钓鱼活动中，我确实早早起过床，再就基本没有实现过。第二个誓言就是戒烟。这个誓言我倒是能常常遵守，戒烟不是很难，每年我都能戒几十遍。

少年情怀，老狼唱的是普罗大众的情感经历。在我，却不是这样。我的同桌，都是我前世的仇人，从小学到初中一直不间断地战斗。高中以后，我开始懂得珍惜女同学，所以少有争斗，涉及隐私，今不提及。

想一想我第一个同桌，本已经模糊得跟老照片一样，看不清想不起，却意外地在前一段时间小学同学发起的同学会上，醍醐灌顶般回忆起是哪个。今日此时，她早已为人妻。小学同桌四年，总记得和她没有好好并排坐过，上课都是彼此侧身背对背。她那时，最叫我想和她交流的是，她怎么能把一根铅笔削得那么尖，那么细，尤其在铅笔用到几近顶端橡皮处时，她都能拿在手里书写。为了学她，我削了一根又一根铅笔，技艺没有学成，造成的浪费被老师和家长狠狠地教训过几次。削铅笔，我佩服她。但是，我恨她看我削铅笔时不屑的眼神，很是叫我生气。后来，我才知道，她不是故意，小时候，她眼睛有点微微的斜视。呵呵，如果不是同学聚会，这个怨恨，我不知道还能不能释怀。

　　第二个同桌我记得最清楚，我转学到另一个学校，后来和她一直同桌到高一，各自成家后，在一个县城，也常常能见面，倒是一直都有联系。她是个女疯子，现在叫女汉子。说来都有点不好意思，那时的我，常常被她欺负得无地自容，可是少时的身单力薄，叫我无力去抗争，只能接受她每天给我的暗无天日。桌子上的界线，第一次是我刻的，第一次她胳膊过来时，我进行过英勇的还击。结果，分界线被修改得一塌糊涂，以至于我的一条胳膊长期悬吊在桌子外面，勉强用一半身体支撑学习。胳膊肘和胸腔，常常被她击打得跟敲鼓一样，还好，我忍住了眼泪。哪有什么小心地借半块橡皮，我的文具盒，就是她的玩具；我的英雄钢笔，笔尖是她磨坏的；我的圆规，被她用来练飞镖，最后不知道去了哪里；我的尺子，被她用来当打我手心的刑具；最可气啊，我的书本上，她画的图画比我画的多几倍，可是每次老师对我责打后，她不表示怜悯，幸灾乐祸的表情，叫人气得都能把后槽牙咬碎。

　　唉，她和我一样贪玩，但是，那时候，猜不出问题的永远是我，教室门口罚站的我，像一名训练有素的保安，硬是站成校园里的一道风景。同学和老师们，都看得习惯了，哪天我没有被罚站，总会有人关心地问人呢。人生最黑暗的事情就是遇的同桌不淑，这样的同桌，让我一直觉得毕业就像歌曲里唱的，真的遥遥无期。

　　苦大仇深啊，苦大仇深！我的小学和初中，在经历着家长的逼迫，老师威胁的同时，更比别的学生多了一层同桌的欺凌。都冤到如此地步，惨到已绝人寰，可是那些年，为什么不像今年，几近六月，为我飘一场雪？

　　以后，当然还有第三个，第四个同桌，慢慢地，都成长了。女汉子也多少收敛了，虽然不盘长发，但是对我的殴打和欺负，也是越来越少。而已经习惯被欺压的我，却在懵懂中，反而对她与我身体的接触有了隐隐的期盼，哪怕是暴力呢。人啊，越想发生什么，就越得不到。她慢慢地开始和别的班上的一个男生一起上下学，一起温习功课，课桌上

第三章　闲曲意

的分界线，已经失去了意义，往往在我独占桌面时，她只是不屑地让开，或者直接就到教室外看书了，一张无人争夺的课桌，慢慢开始酸酸的寂寞。记忆里，每张课桌上都有一个"早"字，那个"早"字一直见证了我们的青涩和缓慢的成长。

　　和一个个同桌有交集，也有分离。一起分享了各自在成长过程中的一段时光，多年后，能回忆起的，都是一起的快乐时光。相互打趣中，想不通那时相互之间为何水火不容，如有不共戴天的仇恨。而现在，这仇恨又是何时悄悄地湮灭。又为何，今日的相见，眉梢眼角都是对彼此的惦记。

　　和同学们酒酣耳热之际，必然会唱这首《同桌的你》，找不着调的嘶喊里，我看见，一个个都含着眼泪。我踉跄地寻找到我的同桌，站在她的面前：同桌啊，你能不能再像那时，给我发发脾气。

第三章 闲曲意

背包

借了东西为什么不还？！

借了东西为什么不还？！是失信吗？往往是涌来不可意料的牵绊。

曾经，在秋日的暖阳里，和你，和她，和他们，一起走进南谷。秋的燥气，蒸腾得满谷都是草木衰败时散发的苦香，并夹杂着散落道旁，越入秋越嚣张的野菊花，不经意间，竟然成了这一方水土的一道风景。"北岩净石耐寒霜，南谷黄花开晚节"是这个县城脍炙人口的自然奇景。

北岩净石，久已湮灭不可考。只是从父辈的言语里，知道那是一块奇大突兀的石头，就在县城北的河道边，一个背风的山坳里，许是由于风因地形总在那山坳里停留旋转，以至于那块石头上，寒冬里，无霜，也落不住雪。当天地之间银装素裹时，孤傲地裸立在那里，寄托着士人的风骨，承受着游人的惊奇。"文革"后期，改河造地，在人们改天换地的汹涌浪潮中，北岩净石永远地消失了。

好在，南谷还是荒地，在我们小的时候，还能手拉手，一起去那里撒野。提着小篮，也去捡拾一点农民散落在田间的瓜菜，贴补家里日常的伙食。好在，南谷的黄花毕竟是很卖力地开放，衰草连天的秋里，灿烂的金黄，让人欢欣不已。我们，崖上，土洞，沟壑里，没有一点杂念的欢笑里，积起这成年后最易触动回忆的情谊。

许多话，总觉得以后有的是时间，和你们慢慢地聊，甚至觉得就

- 141 -

是在垂老时，再到南谷，在花海里，提起，也是来得及啊。其实，到了今天，转眼之间，身边没有你，没有她，南谷已经住满了居民，漫溢的思念竟然把人憋屈得愁闷，心里无处言语的思念，压抑得人真的想把这陌生而又熟悉的土地翻个遍，找寻那些年我们的足迹。

多少事，经过了，就再也不愿提起。总是在回到自己的窝里，点一支烟，目光无处安放，空洞地看着烟在手里燃烧，手灼疼得人跳了起来，才知道，这根烟，根本没有吸。翻检曾在你那里拿走的东西，一扎捆绑整齐的糖果包装纸，许多已经停产的，我们一起捡拾的香烟盒，十几张火柴画片，几颗有花料的玻璃珠。拿起放下，这是唯一承载着你残留信息的一点东西。想起你说：先放在你那里哦，不要叫我爸妈知道，不要叫谁偷去了。你如此郑重地把人生第一笔财富交给了我，我一定珍惜，我把它们装在一个铁皮的茶叶盒里，藏在老墙的柱子缝隙里，很多年了，我走到哪里，都要把它们带在身边。

可是，一个模糊的日子，你去了哪里？我身边没有你其他的痕迹了，那时，没有条件留下照片，我们也没有学过写信。看着你留存在我这里的这些小物件，我替你保存了这么多年，可是，用什么方式能还给你。这份责任混杂着没边没沿的思念，都沉甸甸地背在我身上，成了负担。

今天，我行走间，早已没有那时的跳跃伶俐，步履总是瞻前顾后地缓慢。不是沉稳了，是见得太多的离散了，总怕走得太快，错过了一个又一个熟悉的笑脸。她走了，走得很远。他们都走了，都在各自选择的城市里，走着另一种历程。你呢，怎么不见你再回来，再在我家的门口，吆喝我一声：走啊，出去玩！其实，当年你把这些小玩件给我时，我贪婪地不想，真的不想再给你归还了。那时，天天侥幸地想着你能忘记，等到我都淡忘的时候，我再也见不上你的时候，才知道，那时你大概知道最终会分别，留给我一点点你能给予的纪念。

那时的我们，多么身不由己，随着父母，也许在早上一睁眼，就拔脚去了另一个陌生的地方。生活的紧迫，没有留给我们时间挥手告别。

可是，怎么你也应该知道，你只要回来，我必须等在原地。你和你们，怎么能忍心叫我一个人孤零零地看着南谷黄花开，黄花败，直到没有踪迹。

这份思念，我打包成了行囊，在身上背负了几个六年半，沉甸甸地把我从一个小小少年压成了一个世俗的成人。红尘流转中，我怎么都想不通，既然能在一起走过那段时间，为什么转眼就再也碰不见？那么多次在那么多的城市人流里，就没有一次的回眸，是你，是她，只有我自己。

拿了人家的东西，借了人家的情谊，为什么不还？！你，她，你们如果还在，不能只让我一想起就责备自己，能不能赶在我老去时，你们都回来，向我索取。别委屈我，及至老时，倚门张望你们可能回来的路口，浊泪满襟！

冬天里的一把火

还有谁记得，在1987年，因为一位海外华裔费翔在春节联欢晚会上的一首《冬天里的一把火》，那强劲明快的迪斯科节奏，一下燃起了中华大地的热情。大街小巷，到处是穿着红色衬衣的男人女人，嘴里哼唱这首歌。所有城市乡镇卖场街头的录音机喇叭里，都是一把火的炙热。

那年，开始流行霹雳舞。一种和当今的街舞十分接近的年轻人的舞蹈。比较早进入大陆的迪斯科更花哨，更劲爆。一个叫陶金的舞者，还拍了一部霹雳舞题材的电影，神奇的舞步，炫目的灯光，叫所有城市、乡村的年少者跟风模仿、喜之若狂。广场、街角、农村的麦场，都有模仿者的身影。

以后，再也没有哪首歌有像"一把火"那样神奇的高传唱率，也再也没有哪种衣衫像红色衬衣那样大家都要去模仿着穿。新鲜的事物不断地冲刷国人的眼界，慢慢地，我们都习惯了外面的世界，它精彩，我们也一样开始精彩。

前一段时间，因为父亲的生日，和堂兄堂弟欢聚。聊家常的时候，回想起那些年的情景，堂兄感慨地说，他那时最爱的就是我的红衬衫，每当我将红衬衫脱下洗涤时，他都要穿上试一试，那时的他，暗下决心，一定要拿衣服把我的红衬衫换走。好吧，他成功了，他拿一件外套换走了我的红衬衫。我记得之所以愿意交换，是又出现了黄衬衫。此后，再没有一件衣物能叫我们引起这么大的需求欲望，我们也再不会轻易地穿同样的衣服，我们知道了撞衫。

我们都进了中年。2012年春晚金美儿唱了《冬天里的一把火》，前一阵的一档选秀节目里面，有个选手也演唱《冬天里的一把火》，熟悉的旋律被改编，配器很是精致，但是，台下和电视前的我们，还是执拗地哼起了费翔的唱段。斗转星移，时光如电，多好多俗的句子，把一切都总结完了。什么都留不住时光，什么都阻止不了我们老去。回想起当年，睡觉都要哼唱的歌曲，却再也感觉不到那大眼睛的诱惑，再也没有激情的心跳。

一切，都变得从容；一切，都归于平淡。每天都有新的歌曲出现，每天都有新的娱乐。当我们再坐在一起时，就连畅饮的时候，大家也在把玩着手机，看着微信里的段子，谁也没有觉得这样有什么不好。

离得这么近，却又感觉那么远。貌似大家都在努力地交流，努力地希望被关注和了解。手机短信、微博、博客、QQ空间、微信，都是交流的平台，让我们能接触世界，让我们能被世界接触，可是，我们看不见眼前。

我们能随时知道世界发生的事件，能知道很远的地方有人在受难，我们能随时通过手机银行去资助远方的灾区。可是，我们视而不见邻居搬家时的窘迫，我们看不见街边年迈的拾荒者，我们看不见小区里家庭困难的孩子。

我们和亲人，也慢慢变成视频里的画面和电话里匆匆的交谈。节日里，本来欢闹的家里，一片寂静，有的只是沙发上默默看着荧屏的老人，电脑前骑着各种怪兽征战的孩子。大家在饭桌前，连眼神的交流都觉得烦，没有对食物的赞美，只有吞咽。

能不能不要电脑，不要电视，不要手机，不要让人无处可躲？连周日睡个懒觉都不得安生，不要让我们连一个拜访都变成一段热情洋溢却万分冷淡的短信。我们能不能打开窗子，对着楼下大喊，孩子，回来吃饭！让楼下奔跑的孩子们，欢乐地叫喊，眼前没有因为长期盯各类屏幕而不断加厚的镜片。让父母和我们在家里，说着家长里短，而我们不会眼睛随时溜到电视上，显得心不在焉。朋友聚会时，能倾心述说自己的经历，忽然抚掌大笑或者静静地感伤。

一切的一切，好像都是必然。科技带领我们加速地进化，每一天，都是新鲜的。人与人之间，却越来越淡。我们的世界，因为科技，进入了一个神奇的时代，物质的丰富和科技的发达，把我们变成虚拟世界的强汉，却叫我们连太阳都不敢直面。而我们的感情，也到了一个需要一把火的冬天。

多想，今年的冬天和以前一样地冷，在屋檐冰柱下，我们缩手缩脚地，哼唱着同样的歌谣，都回家过年！

外婆的澎湖湾

　　听着这首歌的时候，是从一个红灯牌收音机里，听成方圆用吉他在自弹自唱。我正围在外婆的身边，吃着她从集市上买回来的烧饼。

　　小小的屋子，弥漫着做晚饭的蒸汽，窗外，斜阳由窗棂间照入，屋里，一片慈爱的金黄。我坐在灶间的小凳上，无聊地抓着光线里飞舞的浮尘，外婆忙碌地准备着晚饭，外公这会一定走在从自留地归来的路上。

　　当户外，漫天的火烧云映红了院墙的时候，就听见柴门欢快的吱呀声，外公叫着我的名字，手里准拿着在地里现摘的果实，伸开双臂，迎着欢快奔跑的我。

　　晚饭后，是我们一家最幸福的时光，坐在院子里，看着横亘中天的银河，外公和外婆合用着一个在火上熬得都看不来本色的大搪瓷缸子喝着酽酽的茶，说着村里的家长里短，我在满院子追逐着流萤。一院的果树，果子压满枝头，像幸福一样，沉甸甸地，就在可以触摸到的范围。

　　还记得，入睡时，夹在外公外婆的中间，趴在炕上，缠着外婆，喜欢她用那经年劳作粗糙的手在我背上抚摸，在享受挠痒痒舒服的哼哼声中，沉沉地进入奇幻的梦境。

　　每日里，随外婆去生产队的田里劳作，挎个荆筐，努力地在田边揪着猪草，看着外婆和其他乡亲在地里做着农活，等着歇晌时那简单的田间餐，等着吃饭后，外婆领我去麻地沤麻的池子里抓青蛙。为了我晚餐能吃上肉，外婆忍着对青蛙的厌恶，用绳子把抓到的青蛙一个一个地

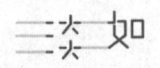

捆绑好，等着外公晚上清理。

　　日子一天一天地流逝，我慢慢知道了来自台湾的校园歌曲，开始和着收音机里的音乐，哼唱着，就坐在外婆的身边。外婆笑骂我很吵，我就越发故意地大声唱《外婆的澎湖湾》，跟外婆介绍那是歌颂她的歌曲，人家那里有椰子树，肯定有喝不完的椰果汁。外婆"啊……啊"地应付我，手里不停地盘着麻丝。外公在搓着麻绳，那才是一家人一年真实的收入。

　　回想起那时的时光，真的体会到了时光飞逝！时光飞逝啊，带走了我多少的欢乐和幸福。那征战一生解甲归田、刚硬的外公，那总是让我觉得闪耀着微黄的光芒，与人为善全心爱我疼我的外婆，都已浓缩收藏在我轻易不敢去触碰的脑海深处。依偎在外婆身边时，唱这首《外婆的澎湖湾》，很是向往那洁白沙滩上，斜阳椰风里，旖旎的景象。很是不满外公外婆为什么要住在这黄土高原的山沟里，地里只能出产麻和玉米，一点点的自留地里，也只是种满能越冬储存的大白菜。那满山的玉米秆为什么不是甘蔗田，叫我躺在那里，啃得饱饱的。那浓密的麻地，咋不是椰林，有西瓜大的椰子，叫我在喝饱后，随性地当球玩耍。

　　对我的怨言，外婆茫然地安慰我，从没有走出大山的她，想象不来外面的世界能有多诱人，她满心操持的是，怎么能多缠些麻线，等到过年前卖掉，给我做件新的棉衣。我在唱歌，外婆在缠线，日子每天都那样地过去，直到现在真的过去了，再也回不去了，再也不敢轻易去怀想那段时光了，才知道了，其实，只要有外婆、外公，麻地就比椰林熟悉，河边就比沙滩亲切，大白菜就比椰子真实，玉米秆就比甘蔗都来得甜！只要能叫我再依偎在他们身边，哪里不是澎湖湾呢！

　　幸福就这样，离我曾经这么近，又变得那么远。身在其中时，体会永远不是那么深彻，及至无法逆转时，只能在某首歌曲里，眼泪斑斑地，让人彻骨地思念！

第三章 闲曲意

味道

  这首歌是在一个茶餐厅听到的,当时身边有美女相陪。听着这首歌曲,没觉出有什么特别,还调笑说,这就是一首怨妇的轻叹。

  美女听我这样说,很不以为然,说你们男人根本体会不出一个失去爱人的女人的思念与怨叹。牛排上来了,大家都悻悻地结束这个话题,但是这首歌,我有了记忆,也第一次知道了辛晓琪。

  时间按部就班地过去了,这个秋天,我已经是独身一人了,爱过的都离我而去了。窗外秋雨绵绵,虽然是初秋,已经寒意入心了,电视上不合时宜地播放这首歌。心,一下子就软了,眼泪就势涌出。

  不知道在这样的雨天,这样的寒夜里,我爱过的人想起我没有,怀念我没有,还能挂念我好久没换的衣服上烟熏火燎的味道吗?

  只是,我独自看着窗外不断飘落的柳叶,自己陷落在无边的思念里面。思念的内容就像歌里唱的:

我想念你的笑

想念你的外套

想念你白色袜子

和你身上的味道

我想念你的吻

和手指淡淡烟草味道

记忆中曾被爱的味道

还有，想念的是被她收拾得一尘不染的我的书桌，干净的地面，舒适的床。原来，真的想念一个人，记忆里都是以前觉得再稀松平常不过的事，都是那么地淡。如果不是思念，怎么都品不出时间将这淡淡的东西冲泡成这样浓烈的味道。

这样的歌，在合适的场景，把心情放大得这样清晰，怎么也想不通自己当时在转身离去时，竟然都不回头看一眼，心里怎么还满是愤愤，竟然觉得自己很委屈。想着谁离了谁都能过得很好，彼此的思念绝对会很少。

谁知道，一想，才明白被爱的滋味。

谁知道，一想，才知道思念一直在心头环绕。

只是，思念像病灶没有显现，一发病，真的无药可治。

转动着手里的香烟，自己无聊地闻闻指头上余留的烟臭，实在想不通，那时她为什么说这种味道很好闻。

原来，人喜欢人的时候，缺点都觉得很好。

我不愿意

　　我就是不愿意，爱得这么不容易，这么需要突破阻碍的难，为什么我还要给自己宽心，说这是天意。

　　看世博，那么精美的房屋，我住不起，我愿意。

　　看世园，那么奇异的花草，栽不到我的盆里，我也愿意。

　　看商场，多少奢侈品，装点不到我身上，我没有不愿意。

　　可是，碰见你，爱你，还要这么辛苦，让我不能和你在一起，只能在彼岸，看着你，璀璨地开在别人怀里，我还自嘲说这是我上辈子欠你的，我无聊不。

　　你走了，肯定有你的理由，既然在路上遇到你，我们说过话了，拉过手了，再分开，也没有什么，这也许是上辈子定好的，只是在这辈子的轮回里因缘际会而已。当然，如果一直能走下去，真的，我苦一点真的愿意，痛一点也没什么。但是分离了，我就真的放手了，即使走在风雨里，我也不会让自己的心在雨里飘来飘去，我要坚持等着看雨后的彩虹。

　　我怎么都想不通，既然为了分离才和你相遇，那么，不如不遇上。

　　这首歌，我喜欢听，但是看不起。

　　我就是不愿意。

我的中国心

在传媒里，在生活中，常常能碰见一些所谓的"香蕉人"。明明是华人的脸庞，却说着异域的语言，和我们有着不一样的处世观念，不排斥但也不认同中国本土的文化，也不认为自己是中国人的后代。

黄的皮，白的心。

也是在传媒里，在生活中，有一些人，不是"香蕉人"。土生土长的中国人，不认同中国的文化，装着忘了自己是中国人，满嘴时不时夹杂几句外语，说着诋毁中国的话，做着损害中国的事。

黄的皮，黑的心。

作为一个中国人，我总是觉得没有比中国更好的地方了：没有比中国更源远的文化，没有比中国更美丽的风景，也没有比中国更美妙的吃食。自己也知道，大千世界，色彩缤纷，走出国门，有更强盛的文明，更奇异的人文。可就是，就是这么偏执，只觉得生活在中国的土地上，自己才能心安。

好吧，我知道我自己真的很狭隘，甚至都有点自大的封闭。可是，在我的心里，只对脚下这片大地，有深深的挚爱。我从没有想过，移民去国外，虽然，有时看到异域那些绝美的风景，也想去那里游玩观赏。虽然，我喜欢吃土豆和牛肉，但是我也不敢想，天天都是这样的饭食，没有油泼面、羊肉泡、火锅和炒菜的日子，该是多么地单调和无聊。套用《水浒传》的调调，那嘴里还不淡出个鸟啊！

见了张明敏，才知道电视的神奇。看过电视里风流倜傥的张明敏，怎么也不能相信眼前这个人，就是我一直崇拜和喜欢的明星。我就这样引导着他，走进宾馆的房间，连寒暄了什么都已经忘记了，只记得挥手道别时，回望张明敏，如普通人一样在水池边，用毛巾擦洗一路来的疲惫。回到家里，翻出自己收藏的张明敏的音乐磁带，仍然想不通，这磁带的照片上的怎么能是刚见过的那个人，心里怎么都不相信。

还好，毕竟是盛名之下无虚士，第二日演出时，近距离地听到《我的中国心》，一下发现，在舞台上，张明敏立即光彩照人，不再是台下的那种家常感觉。熟悉的旋律一响起，带着港台味的声音一发出，我就激动不已，一种悲壮、激动的爱国情感，一下就涌上心头。作为中国人的自豪在《我的中国心》歌声的调动下，令我眼眶都含满了泪水。这首歌，当年张明敏演唱时，既符合他的身份，也迎合了改革开放后国人的情感。听得人热血沸腾，听得人十分地挂牵在海外生活的华人游子。虽然后来知道，大部分华人生活得很幸福，心里还是为他们远离故国无根的漂泊而担心。

目送张明敏穿着白色的汗衫，登上开往远方的汽车，总是觉得，微驼的背，脚步有些飘浮的蹒跚，那从车窗伸出挥动的手，无力地摇摆。我坚信，他绝对有一颗中国心，他是黄的人，黄的心。也知道，他在海外，也生活得很幸福，一定是习惯了牛排和土豆的口味。

大中国

　　第一次也是最后一次见高枫，是 1997 年的 6 月 30 日晚上 11 点左右吧。

　　我和伙伴焦急地等在县宾馆的大厅里，等待在第二天将要在黄帝陵广场上为庆祝香港回归演出来表演的大腕们。据说下午 4 点就能到，可是，马上近午夜了，还是没有消息。总导演解冰也焦急地在大厅里团团转。因为，那时从西安到黄陵的公路还不是高速公路，而老国道并不是很畅通，时不时有各种状况发生。

　　终于，万幸地，一辆大巴缓缓地停在了宾馆的院里，直对大厅照射的灯光，叫人看不清车上下来的人。我们随着解导快步地迎了出去。在门口，走在第一个的，拉着一个超大行李箱的，就是高枫。我上前去接高枫的箱子，他犹豫了一下，看见我胸口的工作牌，将箱子给了我。我紧紧地跟在他的后面，一直到三楼他的房间。

　　高枫穿一身浅蓝色的牛仔服，戴一顶浅蓝和白色相间的帽子。人和在电视上看见的没有区别，个子有点低，人特别地白，以至于在宾馆暗黄的灯光下，他白得过分的皮肤好像发着微亮的银光，感觉就像成熟的蚕宝宝——透明。我敢说，这辈子活到现在，我再没见过像他这么白皙的男人。

　　高枫一脸的疲惫，我们简单寒暄了几句，我也不能多打扰，只是告诉他，有什么事，请打我房子的电话，我随时为他服务。朋友激动地挤进门，为我和高枫照了几张合影，我们就离开了。

第二天的演出，在热烈沸腾、欢欣鼓舞的气氛下，成功地结束了。高枫必然地唱了那首叫国人认识他的《大中国》。在他表演节目后，我拿了很多的首日封，请他签名留念，他默默地接过来，一封一封地按我的要求，把自己的名字签上。

之后的日子里，《大中国》，这首我谈不上很喜欢的歌，因为明快接地气的节奏和歌词，在神州大地芸芸众生的口里传唱至今。叫每一个中国人，都认同了国家这个词里家和国的理念。我们的国家就是一个大家庭，不管世界上有多少风吹雨打，我们都爱她，都要维护她，都要用生命去保卫她，永远永远都热爱她。

2012年的9月。天气炎热得叫人喘息都要出一身的汗。我躲在水库的树荫下，静静地从事着自己唯一的体育运动——垂钓。水面静得像玻璃，远处偶尔有野鱼跳出水面，击打出一圈一圈的涟漪。叫人在欲睡的情景下尚能有点存活弥留的意识，天气这么热，怎么活啊！一阵刺耳的手机铃声，将我彻底惊醒，手忙脚乱地接起朋友的电话，告诉我，高枫走了。据说因为肺炎，又一说是白血病。啊！都忘了这个歌手了，好多年再没有见他有什么脍炙人口的歌曲发行，据说到外国去当教授讲课了。怎么突然就没了，那么年轻俊秀，那么白皙。我突然打了一个冷战，刚还想着热得人都快活不成呢，这就走了一个。天哪，你热吧！我能受得了，至少我还能感受到热。那个冷冷的白皙干净的小伙，却什么都感觉不到了，躺在一个不知道怎么样的盛器里，听不见身边亲人和粉丝的悲泣，也再享受不到曾经围绕在身边的荣光。用不了几天，就将化成一缕青烟，飘飞在大气里，唯一愿他，能留在大中国的天上，每天能看见祖国的变化，在天堂再创作出更多的歌曲。我想，他一定会的，我知道他是热爱中国的，否则，不会有《我们的大中国》这样让所有中国人都认同的歌曲诞生，以至于井栏食肆，都传唱不息，直至今日。

2012年，酷暑过去了，霖雨频繁的秋季过去了，干燥的冬天也过去了。一切，都不由自主随着时间过去了。人都是善忘的，都是往前看的。过去的，轻易就不会再想起，爱过的也会随热情散尽而遗弃，就像我们正争相攀比着手里的诺基亚8810，却又开始热衷于苹果的产品。世界，就这样，加速度地在更新。

　　我也搬家了，搬离以前单位的旧平房，搬入新买的单元楼，抛弃了用旧的家具，换上了流行的布艺沙发。满身因搬家劳累的汗水，在迎新的喜悦里，干了湿，湿了干，欣喜里开始有一点点心理疲惫。

　　收拾完新家，开始整理自己的书柜和小东西。顺手打开一个铁盒子，发现里面有很厚的一沓明信片和首日封，都是1997香港回归的纪念封，每一封上面，都签着高枫的名字。耳畔瞬间想起了"我们都有一个家"的旋律，眼前灯光一下昏暗，昏暗的灯光里，有一个发着光的白皙男子，一如昨天。这瞬间一如昨天，已经过去那么久，却这么清晰，这个歌手，曾红极一时的歌手，如果今天不是这些留着他名字的首日封，可能，我真的再没有机会想起。

　　现在回忆起当时，我觉得，真的不可思议。唉！这么有才华的人，在那么好的年纪，就离开世界，虽然，在其后，相继离开的大人物比他更有名气，但是，就因为和高枫在人生轨迹上有短暂的交集，回忆起他，我更惋惜。无尽的可能，如果他在，应该都是演艺界的导师级人物了，也肯定能为我们中华民族伟大复兴的中国梦，创作出更多更好的歌曲。天不假年，有才华的人，如流星，都消失在天际。剩下我们这些凡俗的众生，还在红尘里漂泊，好在，我们能在有生之年，继续享受这些优秀的人们留下的音乐、科技。唉！高枫也罢，杰克逊也罢，乔布斯也罢，都在自己的人生里登上了一个后来人很久都没有办法达到的高度，虽然遗憾，但终是画圆了自己的句号。刚更换了新的住房，工作也才有点进步，心里已经有了倦怠的满足的我，前路到底能走多远，自己到底能登多高，哪一个时段是自己真的停歇的点？心里一下因回想起了高枫，满腔的感慨使得自己开始慢慢地鼓起干劲，想起了父亲的话，要努力，就像一棵树，不管能长多高，只要努力，一样能茁壮。收起签有高枫名字的首日封，收起倦怠的心情，舒张一下筋骨，就当自己是一棵在小年停顿了一下生长的树木，开始努力积累力量，期待丰厚的大年，葳蕤拔高，开枝散叶，长在大中国这片属于我们兄弟姐妹的美丽土地上。

双手合十，默默祈祷，祝福中国，祝福人民，祝福高枫，祝福我！

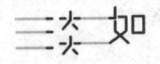

我是一只小小鸟

曾几何时，一位男歌手，鼓起了我对人生的勇气。那一年，因为身体弱小，不能胜任邮局当邮差每日骑自行车来回奔波五十公里的工作，在勉力做了四个月后，辞职在家。一时觉得百无一用，茫然四顾。

突然，就是突然，横空出世了一位歌手，叫赵传，唱了一首《我很丑，可是我很温柔》。整盘卡带里，每一首歌都切合了我当时的心境，尤其这一首《我是一只小小鸟》，激昂悲愤的旋律，叫人不由得热血上脑，躁动中产生了不向命运低头的冲动。

我是一只小小鸟，可我和歌里唱的想法不一样。我一直想飞得很高，总想一觉睡起，化作鲲鹏，扶摇直上九万里。让九天的罡风无法损伤我的羽毛，在五彩祥云中，自由地翱翔。偶尔飞临人间，我的身影，都叫蓬间雀目瞪口呆，无法仰望。

只是，每天，每天早上迷惘地睁开眼睛，身边除了熟悉的场景，就是窗外可能变幻的天气。我还是在床上，想着今后的出路。未来的样子，我估计谁都不会知道。但是我一直觉得，我的明天会更好，最起码会不错吧！

现实，是我已经走出了校门，也算是参加过了工作，体会到了劳作的辛苦，拿到的收入，远远不能保证我简单的需求，到此时，才知道人生不易，父母煎熬。一下子，不切实际的高傲，就像沸水泼雪，消融殆尽。也许，我根本就栖不上枝头，都够不上成为猎人的目标。

现在，回想起那一段灰暗的日子，连一点色彩都没有，如同十九世纪黑白默片一样，我就在那银幕上，焦虑不安地踯躅着。好在，天生一物，必有所得。再怎么样难熬的日子，都会因时间慢慢消弭，当我认定自己不是鲲鹏，真的是一只小小的乞食的鸟时，我开始在眼前能见的地方腾挪，不断地磨炼。又一次安心地去寻找一份工作，放弃了那些好高骛远的想法。开始低着头，不看天，任汗水打湿脚边的尘土，一步一步，咬着牙，我想，低头用力，证明我是在走上坡路。我沉下了身心，时时拿父辈教导我的话：在一个地方踏实干，就是长不高，也能长粗。我在现在的工作单位，默默地工作了二十年，成家立业，养儿育女，照顾家小。不去比上，过得刚好。没有压力，业余还能坚持自己的爱好，所有的理想都在单位的指引下燃烧，因为努力，也获得更多的尊严和骄傲。

好在那时候，听到了这首《我是一只小小鸟》，恍然明白自己先不要去想飞得多高，我需要的其实就是一个温暖的怀抱。当达到这个不高的要求时，其实就是一生的需要。

有空来坐坐

我喜欢收存各类酒品，总觉得家里有酒就是一种丰足。而自己一个人的时候，从来不会想起喝一口。以至于偶尔在过年的时候，象征性地打开一罐啤酒或倒一杯白酒，孩子们都笑我，问我能喝完不。因为，他们见多了我，一杯白酒或半罐啤酒下肚，就趔趔趄趄地扶着墙，醉得睡去。

而总是在有朋友来，或心情愉悦、苦闷时，纠集一大帮朋友，大呼小叫，猜拳行令，却又成了千杯不醉。这两种极端的反差，自己想不通，家人惊奇，朋友不信。到现在，我也琢磨不清自己，不知道到底是能喝酒呢还是不能喝酒。好在，问过许多人，也大多和我一样，知道了自己不是怪异，心就放下了。

唯有一种情况，我独自一人，是可以喝很多酒的。也不知道为什么，当窗外下起连绵不绝的雨时，站在被雨水冲刷得模糊发毛的窗前，看着楼下行人稀少的街道，我总是会开一瓶红酒，端在手里，小口地品着，因为雨诱发的忧郁和孤独，就像味美的下酒小菜，不知不觉地，就喝光了一瓶酒。往往，一瓶一瓶地喝下去，直到被酒精彻底地击倒，躺在摇椅上，沉沉地睡了。这一段喝酒的过程，是不同于喧嚣酒场的笑闹，是我直接独自和酒精的战斗。其实，当我打开酒瓶塞的时候，就已经向酒精缴械了，我想喝醉自己，不是往日那种一杯倒的急切，也不是和朋友在一起的无休无止的缠斗，就为一个人，看着看不透的阴云，看着下不尽的雨水，任酒精慢慢地在身体游走，直到一寸一寸地将神志麻醉得模糊不清，这时，心里才浮起一些事，想念几个人，才敢放纵地痛彻心扉！

每日，按部就班地去养家糊口的平台，为了生计，做那些本心不愿的事情。一早，就开始在浴室镜子前，用水润湿了一夜辗转凌乱的头发，一丝不苟地将所有的心猿意马都整理成老成的发型，穿上漂洗洁净的衬衣和工装，揉揉开始下垂的眼袋，无耐地看着因长期睡眠不足布满血丝的眼睛，用力地拍拍脸，努力挣扎着离开藏身的小家，关上家门的时候，脸上瞬间带上一副百毒不侵的面具，换上了职业性的微笑，开始一天穿梭不息的空虚。

随着年龄的增长和工作的不断变动，各种朋友是越来越多，但是，一直如影随形的寂寞，却不曾有一丝丝减少，大家都是忙碌地在世间，挤在熙熙攘攘的人群里，手忙脚乱地应对着，就是碰面，也来不及转换一下脸上职业的表情，"嗯""啊"几声寒暄，唯有擦肩而过潦草挥别的手，才稍微能感觉到一点点有别于他人之间的随意。

人过中年了，朋友更多的相聚，都是在特定的场所，常见的是，送别故去的亲人。这种事，越来越多，大家悲哀得都习以为常，总是在送别的队伍里，默默地互相紧握着对方的手，互道珍重，互相鼓励，心里都珍惜这一刻的相聚，因为眼前的送别，不知道哪天会无常地就降临在都停不住的脚步里，这一刻，也许就是永远。

经年累月的辛勤，个人的财富，都在不断地积累。每个人，都拥有了满意舒适的住房，有了娇妻和孩子，在装修得温馨适意的家里，亲情是修补职场创伤最好的场所。回到家，一切都能放下，人懒懒的，不用端着架子，东一只西一只乱扔的鞋子，随手摊放的西装，都彰显了不设防的心情。热而可口的饭菜，自己喜欢的书本，不为看故事、只为增加背景音乐的电视剧，妻子的唠叨和孩子的笑闹，都把一天的疲惫缓释成一身的烂软如泥。却每每在此时，会在舒服的沙发里，想起一些不能和家人诉说的心事。会看见，在这个叫家的小盒子里，竟然有容不下和避免不了的寂寞和空虚。总是想，就和那几个人，在一起聊一聊，每日，每年，这么多年，得到什么，失去什么，还在追求什么？

总有那么几个人，能和你在一起，赤裸裸的，不论是浓茶还是烈酒，都能开怀畅叙，在一起把对方的愁怀，剥离得条理清晰。说不完的梦想，不敢给外人和不能跟家人谈的伤心事，都如一场畅快的豪雨，在眉飞色舞和酣畅淋漓中挥洒，未来的答案和方向，就慢慢地在彼此心里浮现得更加清晰。每个人，在相聚后，不论时间会不会充裕，对起初的执着，都又开始新的坚持。

可是，烦恼事这么多，我们所追求的梦想抵不住承受的压力。大家都在忙着，都抽不出大块的时间，来彼此关怀和慰问一下。能知道朋友的一点点线索，也只是在微信朋友圈里，偶尔发的一个状态下，他匆匆点的那个赞了。再没有抑或很少在一起，任烈酒穿肠，任狂话喷溅，放浪形骸地彼此粗俗地不顾形象。大多时候悲哀地拿起手机，想给对方拨打一个电话，反复斟酌后，放下，怕影响他正忙碌的步伐和疲惫休息的时光。

朋友，烦恼事这么多，我们辛苦又为了什么？这样的日子，难道就是我们当年所追求的梦想？我们是不是都忘了，我们一起的执着。感觉你我，那一腔无人诉说的心事，憋得彼此都快炸了。你们，能不能放慢脚步，来我这里坐坐，让我们暂时放慢节奏，停下脚步，在相互掏心的调侃里，酒酣耳热的笑闹后，双手握一杯红茶，任心事流淌，任热泪洒落。

我端着红酒，看着窗外的街道，想着不久雨停之后，又是一街熙熙攘攘的人群，我和我的朋友，又将会在里面戴着面具穿梭不息地奔忙。因为酒精和雨天的原因，我心里的忧郁和孤独胀满了胸膛，看看满屋收藏的酒，就是想叫那么几个人来和我一起喝。我的朋友，来陪陪我。

真的，有空来坐坐！

第三章 闲曲意

又能怎样

好久不见，又能怎样。舍了，就得不到；错了，就真的过去了。

人有时候就是这样矛盾，既然知道舍不得、不想错过，当初为什么能决绝地转身？

直到若干年后，走到那个故事发生过的场景，总想再重温一下当日的旖旎。或者看新闻，听到一个想不起来的城市名字，才想起在那里有一个隐隐约约的故事发生过，才想起那里有一个差点与自己一生相伴的人。

那个人现在过得好不好，是不是每天还是那么精神地扎着马尾辫，一甩一甩地去上班？是不是手挽着一个你根本看不上眼，而她却笑语嫣然依偎的男人，用你早已淡忘但是很熟悉的眼神爱怜地看着那个男人，两个人走过你曾经熟悉的街道，根本不会进你和她常去的咖啡店？

也许，只是你在出差的火车上，夜晚路过一个城市，看着那些灯火，恍然想起，如果不是这样或者那样，这个城市就有一盏灯火属于我，那个很久以前的人就在那里等我。如此这般，就会想起以前好多尘封的往事，心里的惆怅啊，像黑海的波涛，淹没了后悔的思念。

唉！那个人如果突然出现在你的面前，你能不手足无措吗？人是不是还那样淡如菊，俏生生呢？眼边的肌肤、鬓边的发，有没有变化？彼此的表情，还能自然而不尴尬吗？

都知道，手里就是拿着她的照片，站在熟悉的街道上，有没有她，其实都回不到从前。那么，何必要再见一面，何必知道人家的改变。相忘于江湖，大家都看得淡一点。

既然这样，不如不见！

再回首

　　20 世纪 80 年代末期，港台流行歌曲随着改革开放的潮水，由南往北，风靡中华大地。一时间，有人的地方，就有各种音响设备在聒噪地播放着。对这些更有张力地宣泄和阐述个人私密情感的歌曲，人们欣喜不已，在不同的歌曲里找寻能表达自己情感的词句。那时除了部分校园歌曲外，流行的歌曲基本都是讲述男女的情感。极尽缠绵悱恻，一首一首地道尽了世间众生的那点小秘密。

　　1988 年，出现了一个歌手，一副金丝眼镜，文质彬彬的，沙哑的嗓音，唱了一首《再回首》。曲风委婉忧郁，歌词阐述的都是对往事的追忆和怀念，对前路的迷惘和内心的孤单。正是强说愁的年龄，少不更事的我一下迷恋上这首歌曲。常常一个人在镜子前，拿个刷子当话筒，模仿姜育恒唱歌时那种"脑梗发作"的样子，颤着头，压着自己尖锐的嗓音，陶醉不已。

　　那时的我，懂得什么再回首！能有什么可追忆的！至多想起的是一顿好的饭食或是某个老师的责罚。就是对朦朦胧胧的男女之情，也没有个具体爱慕的对象，只是本能地喜欢这首歌曲里面宣泄的淡淡的忧伤，总觉得这里面有我要说的情愫。

　　三十年一弹指间，就滑过去了，时光如锉，磨圆了少年的棱角，沧桑了红润的容颜。走在汉江边上，滔滔奔流的江水，叫人每每想起夫子在川上的感叹：逝者如斯夫！什么王霸之业，什么红尘贪恋，都敌不

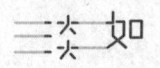

过永恒的时间，一丝一丝让人能看得见流逝的消减。心思多了，想的都是纷争烦扰；大腹便便，容的都是肮脏烂事。

是了，再回首，云遮了回去的路，连入夜，都因疲惫沉睡，没能做一个让人快乐的梦。到这个年龄，才最能咀嚼出这首歌曲的意境，才知道多年以前，每一句歌词，就是对今天的谶语。少年时代，唱着这首歌曲，就像不懂喝茶，在茶汤里又添加白糖，只是喜欢那个调调。到如今，真的会喝茶了，往往在清苦的茶汤于喉间回转时，就不由自主回望来时的路。恍然如梦啊！人生又何尝不是一场没有做好的梦。自己总是看不见自己做梦的样子，往往是关心自己的人，担心爱怜地坐在床边看着你在辗转反侧中深锁的眉头；看着你睡梦中脸上，时不时流露出的无尽惊恐。到这个年龄的人，都多少经历过迷惑，也落得一身的伤痛。但仍是每天晨起，强撑着酸软的躯体，继续在幽暗的长路上奔走。

噫——！再回首，时不时想起做过的错事，擦肩错失过的人，都已无力去挽回。争罢、斗罢、唱过、醉醒，痛都存在骨子里，悔都交予旧梦。

吁——！再回首，远去那么多的背影，恍恍惚惚地如抽丝般带走多少的挂牵，人走在江边的风里，身子空得如纸糊的人偶，单薄而又空洞。那么多的祝福，往往是中听不中用，就像许多事，往往越害怕就越发生。手捧江水，全力地将手指合得严丝合缝，不用一刻，水仍然不在意我的挽留，滴滴流逝，能做什么呢？只能默默地祈愿，尘归尘，土归土。

嚱——！再回首，已经学会反思过往的种种，再回首，为的是更好地看看前路，继续走，走得更从容。据说，鱼只有七秒的记忆，就马上有多少人都去羡慕鱼能少许多痛苦。我也在想，回首来时，不管是坦途还是荆棘密布，总如一杯茶，清苦之后，舌尖回甘，一种乐意，涌上心头。人不能时时都站在潮头，更要享受落入谷底的失重。休息一下已经僵硬的腿弯，卸去无谓的负担，平息不羁的狂心，蹲在路边，端一大碗油泼面，或是一大搪瓷缸子的茶，如少年时加糖，体味过往，归于平静！

第三章 闲曲意

一无所有

也许对于我来说，骨子里压根就不需要一个安定的家庭。

第一次听崔健的《一无所有》时，我真的是一个花骨朵般的少年，那时，我就想去乞讨！是的，是真的乞讨一口饭食，而不是流浪。不要钱，不要物，就想一个人背一个双肩包，装简单的洗漱用品和换洗内衣，再装一点怕误过人烟以备充饥的干粮。把双手解放出来，大摇大摆地走州过县，趾高气昂地去乞讨。

当后来，我因公出差或是携家带口地旅游时，看着车窗外沿途的风景和村舍集镇，乞讨的想法总是幽怨地冒个泡出来，时时叫我愧疚地看着家人，内心负罪感满涨，我怎么能想到离开这些爱我和我深爱的人呢？怎么能产生这种罪孽的想法？可是，我又如戒不了香烟的瘾一样戒不掉这不能诉说于人的念头。

挥之不去，就会不停地幻想，我一个人走在陌生的山间，远远的炊烟人家，晚餐他们吃什么？如果我把我的饭碗递入人家的门口，会是怎样一个场景？是一个慈祥的老婆婆给我分一份热的汤菜；还是一个妩媚的村姑，给我两个馒头；又或是劳作得粗手粗脚的大嫂，惊奇地看一个壮汉不去工作，低声乞食；还是如我邻居那样的一位大叔，嘟囔着倒给我半碗白饭？有没有一家人会把我叫进他们的堂屋，邀请我和他们一起吃一顿农家的晚餐；或者会有好客的主人拿出自酿的酒水，和我酣畅地痛饮？我想，那时，我一定会很快活地要求下厨，就地取材地用厨房

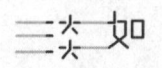

里现有的食材做两个小菜，和他们日常不一样的味道。喝醉，睡在柴房，醉眼蒙眬中，看天上的星月，听田间林里夜鸟的呜咽，不去发愁明天的早餐。

走在城市的街巷，往往能看见一个不俗的流浪汉，安之若素地躺在背风或是有暖阳的地方，无聊时看看路过的行人，有时那种表情，满足得都有点傲岸。我不是他，不懂他心里的想法，也不想去追究，很多事情，就留在表面吧，搞得太明白，不是伤了自己就是妨碍了别人。街边转角，我去买两个肉夹馍，坐在这个我看上去顺眼的流浪者身边，递给他一个，自顾自地吃一个。第一次，他略有迟疑，但看我开始吃，瞬间，他也大方地嚼着油香的饼子。我们谁也不看谁，两只手捧着肉夹馍，吞咽着，看看行人，看看天。吃完，兴尽了，我就站起拍拍屁股走人。一起共餐时日久了，有时一个肉夹馍吃完，他还流露意犹未尽的表情，我再去街的转角买两个肉夹馍，还是一人一个，双手捧起嚼，看看行人，看看天。总是西装革履的我和衣衫褴褛的他，吃着肉夹馍，被人看，看着人，直到意兴阑珊。

几年了，总是在几个固定的地方能遇到他那么几次，我们仪式般虔诚地坐在街边最低的地方，一起享用着肉夹馍，不想去换其他的食物，也不想交流，默契地捧着饼子，认真地一口一口地吞咽。时日愈久，吃得就越慢，一口饼都能在嘴里细细地咀嚼很多遍，麦子的甜香和肉的浓郁，在口腔里回绕，两个人，心里的事，也在肚里的柔肠转过了百遍。甚至，有时候在离去的时候，我们脸上竟然都流露出一丝羞涩。在他，可能是些许感激；在我，却有点占他便宜的感觉。好在，都是一转眼。

城市的熙熙攘攘，在别人眼里都是拥挤不堪，可是当我和他坐在街角，我眼里心里是如此地空旷，也只有当我眼里心里空得一无所有的时候，此刻，我才能整理更新自己被日常杂务、琐事、烦愁塞得满满的胸膛，清空那些该摈弃的垃圾，人在雾霾的城市里，无端地感觉光亮起来，迈开步子，继续日常应该的担当。

又一次，我和他分别，一如既往地他留，我走。依然没有任何语言和肢体的交流，我不想知道他来时的路，他也不想知道我去何处，我不会固执地要求他陪我一起走一走，我们谁都不会笑谁一无所有。而对谁，我也都不会问个不休，我只是自己在心里，放下了一切，背上自己的行囊，想着少年时的愿望，解放双手，甩开膀子，走州过县，沿途乞讨。

红日

同事的孩子，有了好消息。

他的孩子在十年寒窗苦读的奋斗后，终于考上了大学，一个很好的大学——中国传媒大学。同事的一颗心，终于落到了实处。而我记忆最深的是在他的孩子高考期间，他一反平日稳重严谨的样子，时时处在一种焦灼的情绪中。那些天，他在应对完日常繁忙的事务后，就在各种媒体上关注着各类学校招生的海量信息，有时我都担心，他瘦弱的身体，会因此支撑不住。

而他的孩子，却是一个很有主见的孩子。考完试后，从老家来她爸爸这里玩耍，见人不卑不亢，笑意盈盈。当同事整天焦灼地研究孩子应该报考哪所学校时，孩子也很懂事地顺应着爸爸的意愿，从不流露自己的想法。直到报志愿的最后一天，孩子才在表面充分尊重父母的意见下，上网填报了志愿。只是在报志愿的时候，把她爸爸看好的学校放在了第二志愿，而偷偷地把自己喜欢的学校，调到第一志愿。终于如孩子所愿，被中传录取。获知录取信息后的同事欣喜之余，感叹孩子大了，自己已经不能左右孩子的想法了。

同事欣喜地请我们喝酒。我们，也一起为孩子的成就高兴和祝福。更加开心的是，平日酒量颇好的同事，早早欢喜酣畅地醉了。唯一遗憾的是，孩子没来。

我的孩子，放暑假了，也来陪我。每天，看着动漫，睡着懒觉，百般赖皮还巧立名目为了不写暑期作业，也不按我的要求去学习苦练书法，只是应付地在纸上画符。我们父女，就像猫抓耗子，在追逐和吵闹中，欢乐地享受着温馨的日子。

其实，我不想给孩子那么多的压力。每个孩子，一出生，就有和别人不一样的特点；每个孩子，都是父母心里的天使。我们完全没有必要非要把孩子的天性压制住，努力地把孩子培养成我们希望的样子。顺着孩子的天性任他们自由地生长，我们只要关注孩子的心理健康和身体健康，就是父母最到位的关爱了。

每个孩子，都有与生俱来适应自己的天赋。我无意间看到我的孩子用橡皮泥捏的人偶，色彩鲜艳，造型逼真。我第一次看见，竟然以为是她买的玩具。惊叹之余，我看到了孩子独有的心灵手巧，看到了孩子对事物的观察能力是如此地细致。也想起了老人们常说的一句话：每一个家雀，必有养育和属于它的谷堆。我们总是自认为经过很多世故，而我们的干涉，其实往往束缚了孩子自然的天性。每个孩子，都要让他（她）自由地生长，我们只是在旁边仔细地呵护，偶尔，在他（她）成长的路上，告诉他（她）哪条是不能走的歧途，他们都会长成极具特色的参天大树。如果，完全按照我们的意愿，也许只能帮他们长成一盆貌似优美的盆景，当缺乏及时的修剪和养护时，就会在风吹雨打中，凋零。

同事在孩子自己做主填报志愿这件事上，就深有这样的体悟。而我，也因此有了我对孩子教育的感触。不能过度地干涉和设计孩子的生活和学习，要叫他们自由地伸展，要放手让他们去经历大雨的滂沱和道路的曲折。在行过千山，在挥汗如雨后，去品味和感受微风送来的花香。

每个做父母的，当小生命啼哭着，被捧在自己手里的时候，就开始全身心地把一腔的爱都倾注在孩子的身上，无日不担心孩子在成长的路上，会经受太多的磨难，更害怕孩子遇到颠沛流离和曲折离奇。每位父母，都想终生陪伴孩子，每日看红日升，享受清风吹，不想叫他们受一点的委屈和挫折，把他们一生之中兜兜转转都看清楚。

天下没有不散的筵席。这些长在我们家里的孩子，最终，要离开我们，去外面的世界经历风雨，去开创自己的世界。而我们，也终将老去，无力去干涉他们的生活。最后，离开他们，走完自己的路。怎么样能叫我们在离开世界的时候，能放心地看着孩子们，已经成长得能自己应付未来的所有艰难？我想，就是放手。

每一个孩子，本就是一轮灼热上升的红日，是无限热烈的红日。我们，不能以爱的名义，遮盖住他们的光芒。我们需要做的是，在有生之年和他们结伴行千山；在他们累时，一起感受晚风轻轻吹过，静静地一起看晚星轻轻划过；在他们遇到挫折时，送去清幽花香祝福，欢欣鼓舞地支持他们闪出的每个希冀浪花；挽住他们的小手，一起在风雨里，任衣服湿透，鼓励他们一程。

感谢每一个孩子，他们都是不一样的花朵。我们不是他们的主宰，他们却是上天送给我们的开心果。我们教不了他们多少，往往，是他们的相伴，叫我们感受到很多很多人间不一样的温情。

孩子，你们永远是一轮红日，照耀着我们前行的路，有你们相伴，我们才能在平淡的人生中，平添了那么多不一样的色彩。

存在

2013年，全世界欠一个敏感而单纯的老男人一个头条。这个人，是我一直喜欢的歌者，他叫汪峰。

汪峰的歌，我也不是都能耐心地听完，总是随众，听一些他传唱度高的歌曲。他的许多歌曲，我更喜欢听别人翻唱的版本。例如那首旭日阳刚在工地吼叫的《春天里》，比汪峰更接地气。更如邓紫棋翻唱的《存在》，比汪峰多了一些女性的哀愁。

原因，自己也琢磨不清，大概，受不了汪峰歌声里那份刺人的清醒吧。他的音乐作品总是透着浓郁的人文气息和文化内涵，又那么富有画面感，忧伤且动听，音乐旋律优美，配器一贯讲究，却又不因华丽而缺失了摇滚乐刚硬的特质，每一声都如见血封喉的毒针，直刺向人心灵的最深处，不毒死，不罢休。

每次听着他铿锵有力的歌声，无论是词，无论是曲，都感觉与我的心情那么地接近，让我总忍不住驻足回望，看看走过的路，想想当年奋斗的初衷，端详一下今时的自己，是否还认得出那原本的面目。他是一个时时强调梦想的歌者，是一个伤感的理想主义者，是一个敏感的诗人，是一个用歌唱来关注和审视现实的准知识分子，他总是背负了很多的理想奔忙在尘土飞扬的路上。

他敏锐地发现更多人的梦想在不断破灭后，委屈地选择先顾着现实的生活。他强调的是，叫这些灰心的人们要清醒地认识到，所有能为我们带来惊喜的、改变人类生活的、影响着每个时代生活的那些伟人与发明创造，无不是因为怀揣梦想、追逐梦想、坚持梦想、实现梦想而一路跌撞着走来。他提醒我们要静静地反思，一个不相信甚至嘲讽梦想的民族，前景真的很可悲！

汪峰是一个不懂得保护自己的人，他想到什么就做什么，以至于私生活的率性，每每被大众诟病。很多人都指责汪峰在历次婚姻中，没有责任感，表现得跟一个花花公子一样。所以，这就是我开篇所说的，世界欠汪峰一个头条的起因。汪峰在万人演唱会上，向一位自己心爱的女子表白自己无法控制的爱的心声，在第二日，却因一个国内球队夺冠，而没有登上新闻的头条，于是，汪峰以前和以后，都被好事者串联起来。他最早的婚变，被一个音乐天后抢了头条……他与心爱的女人领取结婚证，又被一个更具话题性的明星爆出的恋情占去了头条。如此种种，一连串的巧合，竟然成就了一个没有头条命的花边新闻，叫人总觉得世事这么捉弄人。

汪峰并不在乎，依旧活得这么不遮不掩，一切，都大白在众人面前，就像他所有的歌，直直地刺破你的尊严，揭开你的伤疤，让你流出眼泪，让你突然看清伪装的自己。但这一切，都和他好像没有关系，他就戴着墨镜，在街对面冷冷地看着你。有多少人，有多少名利场里的人，敢像汪峰那样，在万人面前，对着心爱的女子做长达八分钟的华丽告白。至今，我都记得，汪峰说的那些让所有女人都心神摇曳、头晕目眩的句子："我想象有一天，公众人物的爱也能得到你们的祝福，我们不用戴着墨镜出门，能像正常人一样手牵手购物；我想象有一天，我能抱着你，对你说出我的爱，我要让你成为世界上最幸福的女人……"许多人都说，这是矫情，我却真的懂他，他那一时刻，就是想有这么简单的一段爱情。

我终究看到汪峰也在年近不惑时，想将自己的青春如循环播放的唱片不断轮回，越来越愤怒、更加凌厉与敏锐的歌声与大众的生活变得切近，而他，也在原来从未放弃过的平凡生活中，虔诚地找寻着宁静的真谛。他用肉嗓完成了对摇滚的诠释，这些年来的起伏跌宕终究使他在所有歌迷心底化成榜样与灯塔式的人物。看着汪峰努力辛勤地在呐喊中默默坚持，我想我亦将与他同行，刻苦奋力。

喜欢随机播放他的某一首歌曲，总是会在自己营造的小小私密空间里，被感动得哽咽。他所有音乐的张力和大气，让我听得出生命的力量；他歌词里文字的朴素和犀利，又解释了生命根本的脆弱和对未来的渴望。听过他的歌曲后，让人更有泰然自若的安宁。歌如其人。汪峰的率真充满他的空间，他没有迷失在音乐的江湖里，始终保持着纯净的音乐心灵。有人说他近几年在回归，其实他从来就没有迷失，存在得依旧真实。

汪峰挑起了我深夜的思绪，总是叫我在这一刻，多少荣耀和伤心的往事，就如洪水漫延心头，让至少十年没有流泪的我，瞬间泪如雨下，莫名地开始哭泣。我的思绪，就在此刻，注定失眠的时候，变得敏锐和伤感。他是一个哲人，我至今不知道他是不是弄明白了人活着，生存在这个我们熟悉又陌生的空间的意义。而我总是被他指引，审视自己，看看一身的伤痕，冥想我是从哪里来的，打算去向哪里。

就这样，泡一杯绿茶，点一支烟，想着浑噩的从前，惊醒不能如死了般苟活，牢记明日依然要愤怒地展翅。不再去感怀梦想最终流落到何处，要弯腰将跌落的尊严，郑重地捡拾起来，弹掉沾满的尘土，挣脱已经固化的牢笼，在汪峰至少能给我安慰的十几首歌曲里，满怀信心，勇敢前进。

鲁冰花

　　最不喜欢孩子痴迷地看芒果台热播的脑残亲子节目《爸爸去哪儿》，看着节目中那些人中龙凤，身家千万，在挣大钱的路上稍息的爸爸，带着自己的孩子，仍然四处游戏玩乐挣着钱。节目做完后，又借着节目的热播，继续代言各种商品的广告。一个广告，可能就是我一生都无法挣到的财富。只是，这次，他们的孩子也成了挣钱的主角，年纪小小，就让我的孩子输在了起跑线上。

　　我是一个到孩子跟前爱心重的父亲，别的孩子有的，能享受到的，我都想给我的孩子，让他们拥有。可是，这次，我和国内多少父母，只能恨恨地看着电视里富翁父子，在风景如画里，因能承受一次泥土沾身的侵扰，就自豪得如同完成了一件难度很高的任务。我只能惭愧地看着痴迷观看节目的孩子，心里默默地有泪水在滴落：自己怎么给不了孩子这样的生活？连一次较远的出游，都要在家庭未来几年的开支计划里精打细算。出门时，总是大包小包地携带旅途所需的吃喝，因为我们没有办法过多地承受旅游路上昂贵的消费。

　　《爸爸去哪儿》不是我们应该知道的生活。这个节目，给了人们太多神话般的幻想，多少少男少女也在追这个节目，都沉迷于人家孩子的萌和天真中。可想不到的是，等有一天，自己有了孩子，面对现实时，可否会想起这个节目里的富二代，看看自己孩子连一个好的学校都无法进入的现状，才会痛恨不已。

今天，在微信里看到一组照片，在小雨里，一对母女，在路边看见一包碾碎零散在地的方便面，停住破烂的自行车，认真地捡拾所有散落的面渣。看了这组照片，我知道，她们捡拾不是为了喂宠物或是珍惜粮食——看她们的穿着，应该不像有宠物的人，而她们珍重的表情，我明白她们是捡回去，自己食用。

我想起了小时候，和奶奶在每次集市人散之后，提一个小筐，在别人扔掉的果菜堆里，捡拾我们能够吃的东西。我的童年，在奶奶那里：记忆里所有吃到的果子，都是奶奶精心剜去腐烂部分后洗净的样子；记忆里所有的蔬菜，都是蔫头耷脑的。

和单位的一个小同事聊，她也述说她小时候，父母成家不久时，经济十分拮据。家门口工人干完工作，吃剩的西瓜皮，她的奶奶捡回家喂猪。在奶奶看不见的时候，很少能吃到西瓜的她，蹒跚地趴在猪圈旁，和猪一起啃吃瓜皮上残留的果肉。她的妈妈回来看见，心里的疼一下迸发成满脸的泪，搜尽家里的钱，去给她买了一个完整的西瓜。她眼睛里湿润地说，她那时很小，应该不记事，可是这一段，她彻骨地记着，还记得她妈妈当时的话："妈妈以后再不缺我娃的嘴了！"她述说着，我一样泪在流，因为我也有捡西瓜皮啃食的经历，比她更多。我的妈妈也是知道后，尽力地补偿我。时间过去这么久，我不觉得我多可怜，但是，当我当了爸爸，我知道了父母的心在觉得对不起孩子的时候，那是一种坠落深海、冰凉刺骨的疼。

如今，我已为人父了，更加懂得当年父母的艰难，也更加知道父母对孩子那种无私的爱，就如前面所说的，如果可能，我愿倾尽所有，给我的孩子和别人一样的东西和环境。因为懂得了，所以，对父母的感激之情，就越发深远。到了今日，很后悔当年怎么会有在一个玩具或者一本小人书前撒泼哭闹，最后泪眼婆娑地被大人强行拉走时的怨恨呢。那一刻，硬着心肠拉走孩子的父母，心里是何种割裂般的难受。

直到有一年，一首歌曲，醍醐灌顶般叫我一下懂了父母的艰难。

虽然那首歌,并没有吟唱贫穷,却叫我第一次深深地自责因为父母不能满足自己要求的那种愤懑情绪。我对父母深深地鞠躬,我是个贪心的孩子,我要的超过了你们的所有,给你们添了不该有的烦恼。

就是这首《鲁冰花》,催开了我心里孝敬的善芽。好在父母还在,还能在家门口迎接我的归来,给我做热乎乎的饭菜,还能指点我在工作上遇到的困扰,还能接受我在今日给他们的孝心。看着日益老去的他们,我还庆幸,当我的青春已经成了记忆时,当父母青丝已经发白时,我还能不用看着天上的星星,在这繁华世界里,心情不会变得荒芜。只要有时间,夜夜,夜夜,我还能和母亲絮叨絮叨家长里短,天上的星星眨眨眼,调皮地告诉我,我还是有妈妈的娃娃。

鲁冰花,是台湾高山族语言里路边的花的意思。路边,是不会有娇嫩、娇贵的名贵花朵的。它必须能承受缺肥少水的生存环境,也要在经历雨打风吹后,继续承受路过的脚步和车轮碾轧的伤害。它本就是穷人孩子幼年的伙伴,陪伴着物资匮乏的孩子们,坚强地成长。

这首歌曲的原唱,不是我们熟知的甄妮,是一个叫曾淑勤的台湾原住民女歌手。因为曾淑勤的身世也如路边的小花一样,孤单地长大。这歌里有她对妈妈的呼唤,多么真切而又伤感无奈。不管是曾淑勤,还是甄妮的演绎,这首歌曲里的悲情,都如同闪电,在一出现,就击打开了我蒙昧的心扉,叫我懂了世上最无私、最伟大的父母之爱。

鲁冰花,在我们心里盛开的繁花。每当我在远离父母的异地,在夜晚心里空虚的时候,抬头看着黑色天幕上眨着眼调皮的星星,我就一遍一遍地吟唱着《鲁冰花》,想起过去妈妈给我说的话,在心里不断地反刍,汲取亲情的营养。

鹿港小镇

西安不是我的家！

安康也不是我的家！

当我随着潮流，跟着风，也硬挺着在这十三朝古都——西安的郊区勉力置办下一套据说能属于自己七十年的房产。当房子简单地装修完毕，当四处奔波于各大卖场，比质比价，捉襟见肘地淘了一屋能满足基本需要的家具后，坐在逼仄的阳台上，望着远处的南山，心里突觉得不自在，一身的不自在。可哪里不舒服呢？一点也找不出缘由。

当我工作变迁，身不由己地由北方来到陕南。一江的清水，满眼的绿山，不一样的风土人情和出产，着实叫我愉悦了很久。可在激情慢慢消散后，总是在江堤散步时，发出如此好的江水，怎么不在家乡门前的感叹。

还是说我的家乡吧，这个话题总能叫我心情好转起来，就像西安人久伏在雾霾的笼罩下，突然一天看见晴朗的天一样，身心自毛孔都欣欣然。在我离开家乡前的四十年，在 1972 年后的四十年，我一直如鱼得水地浪荡在家乡的小镇上，旁观或参与着这个镇子的发展。幼年的嬉戏、学龄的努力、参加工作的拼搏和成家的安然，都能在这个小镇一街一巷，一木一石间，随意地翻检出几个片段。

眼看着青山树木因人口的增加而稀拉了，眼看着清澈见底的河水混浊不堪，眼看着下雨泥水狼藉晴天扬灰遮天的街路整洁了，眼看着低矮的瓦屋换成了林立的高楼，更眼看着身边不断出现的新面孔熙熙攘攘地利来利往，心酸地看着许多的老面孔化作黄土间的一堆坟茔。

这个小镇，这样到底好不好，我没有办法去评断，只是，它变与不变，我都只是眼里客观地看见，而自己，从来没有觉得哪里有什么不便，就像我在小镇上，就是身上不装一分钱，光靠刷脸，也能生活几年。

这个小镇，不管怎么变迁，有铁路，有煤矿，有电厂，有化工厂。有南方人，有更北的北方汉，时不时还有外国人。有了酒楼，有了饭店，还有唱歌嬉戏的勾栏瓦舍。有了奇花和异草，有了广场和喷泉，更有了眼睛都能看得见的污染。徜徉在镇上，我是如鱼在水，如花在土，不觉得哪里有什么不便。

当我坐在西安这个属于我的房子时，我怎么就觉得这么地惴惴不安。我怎么就不信，这个房子真的能让我住七十年。虽然，我活不到那一天，可就在我活过的这四十年，我还没有见过哪栋房子能不拆且安然地挺三十年。以前在小镇的时候，总想着住到西安了，能见天地去钟楼、东大街游逛，可是，住在这里三年了，方知道真的要从郊区去那里，很艰难。

在小镇工作时，最想的就是能够出差，能到各种有不一样风光的城市去体验。调到安康了，几乎每周都要在陕南的三地穿梭。身子乏了，心生厌了，加之工作推进不力的挫败感，时时地回想家乡的那个镇子，寻找那自在的感觉，在安全的场景里，解解乏，舔舔伤。

小镇的清晨，小镇的黄昏，穿梭其间正在享受工业文明的人们，得到他们想要的富足，却感觉不到失去了曾经拥有的什么，只是偶然，有人想起在这片大楼下，曾是一片父辈耕作过的麻地和麦田。

西安的熙攘和不夜的灯火，繁华后面是不容人的冷漠。安康的清秀和静谧，一样安稳不了小镇里我的心。这里都不是我的家，这里没有我熟悉的空气，这里没有我的酒肉朋友，这里的土里，没有埋着我逝去的家人。家乡的瓦房就是被拆尽，街道都变成柏油路，夜里就是再没有啼叫的布谷和明净的星空，那里的玉皇庙顶，还到处有我对亲人的思念和回忆。如果没有离开，那里只是养活我的小镇。只有在都市里迷失，找寻不见想象中美好的梦想时，发现那回不去的地方，才真的可以用上故乡这个词语，才叫人夜夜魂归，唏嘘不已。

罗大佑，你这个善于揭开旅人已经凝结伤疤的歌者，这一首《鹿港小镇》，怎么就能入微地唱尽多少年后我的心境？让我在濒临崩溃的境地里，想给故乡小镇诉说，我在不是家乡的地方，活得并不是那么畅意！

泡沫

幻影如电,一切都是泡沫!

总在雷雨天气,期盼地看着布满乌云的天边,总喜欢看闪亮的雷电。刹那间的霹雳,根在云端,撕裂空间,斩向大地。如金刚怒目的法相,总有震慑的威德,总有慈悲的缘由,总有生的阵痛,总有毁灭的静寂!闪电,每次都产生大量的氮,融入土地,肥沃着土地,生发着万物。那最剧烈的雷电过后,也总涤荡久积的尘埃和罪孽的丑物,虹出现时,慈悲的力量催生着良善的因缘。

河塘、路边、田间,一切能盛满水的低洼,在仍未飘尽的雨点击打处,泛起一个又一个的水泡,那泡沫的生命,瞬间!那泡沫映照的虹的色彩,又那么地让人在刹那间惊艳!佛经有喻:一弹指六十刹那,一刹那九百生灭。这些奇诡的泡沫,生到死也就一刹那,眼睛的一眨,泯灭得无影无声。正因如此,那留于观者眼里心里的喜爱,使得人如此地迷恋并久久地感叹!

世间万物,须弥芥子,全都是泡沫,只是各自停留的时间空间在变换。朝生暮死的蜉蝣,挺立万年的松杉,都是泡沫在一次一次地改头换面。瞬间的湮灭和久长的留存,都敌不过没有起源没有去处的时间。

一切都是泡沫!不论是拈在指间的,还是飘浮在云端的,就是在深海之底抑或是火山喷流的熔岩,世间有形无形的一切,都努力地走完自己的过程,彰显特立的表现。

每当我路过一棵路边独生的大树时，我总要取一片树叶，总是认为我和它应该在泡沫般生命流转的过程里，能结这一点入怀的缘。树长在路边，毕竟不是在等我，我的生命，对于它而言，太短，它不会有耐心陪我，它能遇到我，也会珍惜遇见我这个在它眼里如泡沫般的过客。一片叶子，存一春一秋的生命，就是它觉得我能感知到的最好的爱抚。

我坐在庭院里，坐在自己栽满花草的地畔。路过的蝴蝶和采蜜的蜂，我一样不会给它们我的等待，只有绽放的花朵，让它们停留，已经是我们之间此生的善缘。

目前，我肯定是在等你，等得我真的有点不耐烦了。就是迷了路，怎么你能走得那么久那么远。我此生的时间，就像我无聊时扬起的肥皂泡沫，瞬生瞬灭，不要在我幻出万般色彩时，你却看不见！等你找来，只听见秋风庭院，只看见霉烂的摇椅，只看见一地落英斑斓。

全都是泡沫，一刹那花火！你来不来，我都知道你的存在，这个生死过程的轮回间，不一定就那么巧地能等待到你笑盈盈地站在我面前，轻声地叹息：找得好久！但也真的不必，让我的泡沫生灭千百次，好难地挣扎成你必经路上的一棵孤树，我清楚我长在那里，就是等你！哪怕你在我眼里，是一个飘过的泡沫，请你真的不要只采撷一片青叶，你要懂啊，这一树的繁华，全是留与你的！都是在我无尽的泡沫生灭历程后，为你积累的，在大地最深处我根系的期待之痛！

青苹果乐园

　　为什么苹果总是和青涩有千丝万缕的联系呢？在很久很久以前，亚当和夏娃，如果不吃那一口代价惨重的苹果，我们现在应该活得多么单纯和欢乐。不去想怎么样努力工作，把自己的腰包撑得鼓鼓的；不用去想如何奋斗，在更好的地段买更大的房子；甚至不用去想如何努力，让老婆今天能买她早已心仪的衣服，穿得花枝招展，给除自己以外的所有人看。

　　小虎队的这首歌，是他们歌曲中我唯一喜欢的一首。在20世纪80年代末台湾歌曲大量进入大陆时，新成立的小虎队也不甘落后，被媒介推入大陆市场。一直听那些大人斥之为靡靡之音的男女情爱歌曲的我们，终于找到一个即能发泄青春郁闷和骚动，并且是家长老师要求的健康功效的代言人。巧的是，这首歌曲正在热播时，家乡苹果园引进的新品种红星已经进入盛果期，我从没有见过长得那么大，颜色那么红，果形那么漂亮的苹果，我一直坚定地认为，这种苹果，就适合小虎队的三个成员吃，虽然，我已经翻墙进去，偷摘了好多次了。

　　开始要求理发师，照着我带去的印有小虎队的图片，给自己剪乖乖虎的发型；也与相好的两个朋友，模仿小虎队的舞蹈，在操场的角落里，汗流浃背地练着，满足于每日在对面观看的几个女生欣赏的眼光；每日里在课堂上、书桌前，下着比学习努力百倍的功夫，在歌本上奋笔抄着小虎队所有歌曲的歌词。

吴奇隆有一个经典的动作，就是跳着跳着，一个前空翻。现在还记得，我的朋友在练习此高难度的动作时，头朝下摔倒在地上，脖子扭了。一个多月，当我们在他背后逗他时，看他艰难地整个身子回转来应对我们，每次，都能叫大家开怀大笑。

不久前，兄弟回家整理旧物，意外地找见我那时的照片。翻拍后，传给我，看着手机里，自己曾经的青春年少，虽不是五花马、千金裘，却也是一副烦恼忧愁都与我无关的没心没肺。照片上，明朗的笑容，几时就变得如今这般的世故和沧桑。那曾青春飞扬的头发，已经所剩无几，只能勉强遮掩着头皮。一至如斯，何至如斯啊！太阳下去明早依旧能爬上来，我的青春，去了就只能在旧影像里回忆了。

也因为小虎队，因为青苹果，结识了你，在连天遍野的玉米地中，那条小道上，我骑着"二八"大飞鸽，瘦骨嶙峋的胸脯刻意地露在不扣扣子的衬衣外面，发狂地蹬着车子，喘得跟狗一样飞快地上坡下沟，全只为了车后座上，你的欢笑和尖叫。

多年后，想起那时的张扬和轻狂，嘴角不禁微微地上扬，细想，自己没有辜负年轻的时光。音乐、星光、劣质刺鼻烟草和辛辣上头的酒，逃课、出走、苹果一样青涩的姑娘和打架不要命的朋友，我们的不安、烦恼、忧愁、笑闹。在山顶，在河水里，我们翻滚嬉闹，徘徊流连，大把的时间，着急却挥洒不掉。一身的精力，充盈得随时都要弹跳起来，没有一刻，愿意静静地去思考，都是顺着本性，无休止地摇摆着。当日所忧所虑，今日，可不都是永失的浪漫吗？

2010年的春节，几经离散的小虎队，出现在了春节联欢晚会的舞台上，演唱了他们的三首经典歌曲：《爱》《蝴蝶飞呀》《青苹果乐园》。元宵晚会上，又演唱了《星光依旧灿烂》。我和很多朋友，都激动地收看，不由自主地哼唱那熟悉的旋律，心里的激动，翻江倒海。看着台上容颜保养得依旧青春，其实都已经不年轻的三个歌手，再看看同龄的我们，悠闲地坐在沙发上，看着节目，喝着香茶，我，比他们显得苍老，但是我幸福！

一年一年地过去了，曾经诱惑我的红星苹果，都被淘汰了，被更加优良的红富士取代了。我再也不会翻过高墙，躲避恶犬，去偷吃苹果了。屋里，随着音乐扭动的，是我的女儿，听的是最近流行的神曲：《小苹果》。苹果，就这样，换个面目在一代人一代人之间更迭。

如今回看，还是旧日的小虎队顺眼，想起走过路过没有错过的过错，我有那样的一段日子，当时，竟然不知道，那时，处处都是青涩的乐园！

机器灵 砍菜刀

那些年，我们一起听过的歌曲里，没有这首！

可是，无意间，在微信朋友圈里，看到了这首歌的链接，信手点开，立即就被感染得一塌糊涂。在描述20世纪70年代至20世纪80年代中期中国儿童的生活情境中，渲染出的那种对回不去的过去，见不到的情景，看不见的人的怀念，最是能勾起人心中不敢轻易触动的柔弱。听着这首说唱歌曲，牙有点酸了，眼开始湿了，鸡皮疙瘩都冒出来了！

"二八二五六，二八二五七，二八二九三十一。三八三五六，三八三五七，三八三九四十一。"这首儿歌，瞬间把我拉回20世纪70年代末，那个连阴天都纯净的时光里。

我出生在中国西部的一个矿区里，自懂事，就和来自天南海北的矿工们一起，住在矿区家属院一排排青砖垒就的二层窑洞里。每一个窑洞，也就是十几平方米大，窑洞里都有一个隔好的小灶间，不管全家多少人，每户就分一间。所以，因为居住局促，本来门口留下就不大的一小块空地，大家又都搭建了油毛毡小棚屋，每家都想办法延展自己的居住空间。于是，在一排排窑洞前，又出现了一排排低矮的小棚屋，中间窄窄的过道，仅供两个人并排走过。就这样，大家挤在一起，热热闹闹，鸡飞狗跳，却都不觉得有什么困扰。

没有计划生育，家家都是几个孩子，一排窑洞的孩子，自然地在最大的孩子带领下，形成一个团伙。然后，在各排窑洞的孩子间，展开游戏和战争。如果，在下午放学后，你站在一个高处观望，总是会看见一群小屁孩，举着棍棒，打着纸做的旗帜，在一排又一排的屋间窄巷里，呼啸着来去。尖叫声、嘶喊声，伴着大人偶尔的责骂，整个家属区，都这么鲜活着。

我自然在其间，和我相熟要好的玩伴，身上披着不知谁家的门帘，头上戴着大人帮着折好的报纸帽子，挥舞着从大食堂竹扫帚上抽取的竹枝，忽地冲到巷口，把别的窑洞的孩子挑逗一下，然后等着人家反击，又惊慌失措地回到自己的窑洞巷子里，乐此不疲，一身臭汗。如果不是大人催促叫睡觉，都能玩得累趴倒在地上。

冬天来了的时候，最喜欢的是每天早上，一睁眼，爬起，就看着对面小棚屋檐下，有没有结出冰溜。那些年，冬天总是那么冷，屋檐下，也总是挂着长长的晶莹剔透的冰溜。这是我们最喜欢的吃食，背着大人，孩子从家里偷些大人积攒的劳保白糖，撒在冰溜上，开始用嘴在寒冷的室外，嘬着，吃着吃着，就开始咳嗽，冬天，总有一批孩子，吃冰溜吃到得肺炎。但是，辛苦工作的大人都顾不上去看管这些孩子，每个孩子，也都抵挡不住这种天赐美食的诱惑，那个年代，孩子们缺嘴啊。

"白糖冰棍，五分一根"的叫卖声响起时，我们的节日就来临了。五分一根的清水加白糖冻结的冰棍，真的是冰一样坚硬的棍子。在那个年月里，没有冰箱，我们对探究冰棍能在炎热的天气形成的原理反比想吃的欲望来得更强烈。一个有四个轮子的推车，一个刷白油漆的箱子，在我们眼里，就是魔术师的盒子，我们怎么都想不明白，那里面有什么魔法，能变出在寒冷冬季才会有的冰块。总是一个老奶奶，推着这样的车子，在每排窑洞前驻足几分钟，用河南口音吆喝几遍。家家的孩子，就顾不上吃饭，屁股开始在板凳上拧嗒，父母们，心情好了，摸出五分钱，撒给孩子："去，买一根，拿回来，先别吃，叫恁奶先吃一口，然后和恁弟弟妹妹一起吃。"更多的是，孩子刚开始心神不安地看着门口时，头上就挨一筷子："赶紧吃饭，还想吃冰棍，饭都吃不起了。"孩子委屈地低头，大口地吞咽碗里的饭，眼泪就在眼眶里转啊转地不敢滴落。

矿区的孩子，总有自己的办法。自力更生，也是我们最早理解的成语。每排窑洞的孩子，都会在玩耍时，在自己老大的带领下，偷偷溜进生产区，贼兮兮地去捡拾矿工遗落的道钉和扒钉。大多时候，都是在钉好的坑木上，用预先准备好的榔头，撬取扒钉和在钢轨上起道钉。我们掩耳盗铃地认为这不是偷，是自力更生，但是也知道被发现的后果，因为不用被抓住，当有远远的一声吼："那谁家孩，你等着，晚上你爸熟你的皮。"就知道今晚上，屁股如果不被扇肿，那就是赚了。冒险了，总会成功，一个扒钉两毛钱，一个道钉三毛钱，大家都不贪，一人挣够一根冰棍钱，就心满意足。在一个大人瞅不见的墙角，一群吸溜着鼻涕的孩子，以更大的声音吸溜着冰棍，互相之间，传递着欢喜万分又不敢放纵的笑，一天的生活，就因此而美好。吃完冰棍，就开始玩冰棍棒，每个人把自己吃的或捡的冰棍棒拿出来，剪刀石头布，然后汇集在一起，摔在地上，谁先猜赢了，谁先用一个冰棍棒挑其余散落在一起的冰棍棒，规则是挑动走的冰棍棒归自己，但是不能将大堆上的触动，否则就轮下一个人来继续。最后，总有几个人输光了冰棍棒，就跟在赢家的屁股后面，恳求能退还几根，当赢家无情地拒绝后，就叫着对方大人的名字，狂奔而走，被叫喊自己大人名字的孩子，就开始追打，新的一轮游戏就这样又开始，直到夜深。孩子们，开始喊着：各回各家，大米开花。明天，还要继续。

矿上，每到星期六，晚上都会在小广场放一场电影，那是孩子和大人们都期盼的最好的娱乐。不论是寒冷的冬季还是炎热的夏季，每到放电影的日子，各家早早地吃了饭，为的是能早早到广场占最佳的位置。就这样，还有心切的人家，派出家里最闲的老人或者孩子，搬着椅子板凳，早早地在严寒或烈日下，在还没有挂银幕的电杆下，将占位的板凳或砖头排列得整整齐齐，饭都是家人后来送到广场上吃。电影开始，总会有一段加演的《新闻简报》。其实，都是半年前的旧闻，大人们就通过这些，和国家的政治生活接轨，而加演，却是孩子们最不喜欢的节目。于是，电影银幕下，就是窜来窜去的孩子们的天堂。也有好学的，就围在放电影的叔叔跟前，一丝不苟地观察，看着人家操作。直到正片开始，才大喊一声，回到自家的位置。孩子们爱看的是《小兵张嘎》《地道战》等战争片，百看不厌，都能背下每段情节，但是每次依然为电影里的英雄人物揪心或欢畅。最激动的是，冲锋号响起，孩子们都跟着银幕上的战士，一起呐喊：冲啊！期待了一周的时间，对于孩子们，就等这一下冲锋的高潮。往往在演出戏剧片或爱情片时，孩子们都觉得没有意思，慢慢地，就都睡着了，每次散场后，地上总是横七竖八地躺些睡实了的娃娃，家长回到家后，一数，少了两三个，就到电影场里喊叫，然后捡起睡得跟小猪一样的娃娃，骂着抱回家。在我记忆里，只有一场不是战争片的电影，在演完后，绝对没有睡觉的孩子，并且，在那场电影演完后，一周内，天一麻麻黑，户外就再不见以往搅闹欢笑的孩子群了，处处弥漫着惊恐的气氛。那个有这样功效的电影，就是恐怖片！

没有电脑，没有电视，没有电子游戏和各类动漫书籍，并没有影响到那时孩子们的生活乐趣。你看，只要有一块平地，上面准被孩子们掏几个拳头大的洞，那是用来赌玻璃球的，玩法类似后来高贵的高尔夫球运动，不过，没有干净的运动服和精美的球杆，有的只是一群穿着缝补或接茬衣服的孩子，不管不顾地坐在土地上，聚精会神地用脏兮兮的手，把一个个玻璃球准确地弹进球洞，并击中前面别人弹入的玻璃球，是为赢。女孩们能矜持一些，总在边上，采些花朵、树叶，找些瓷片，开始认真地扮演家家酒，时不时地叫输光玻璃球的男孩过去，或当爸爸，或当儿子。有时候，能获得大人的支持，在矿上废旧的轮胎内胎上，剪下细长的皮筋，于是，一段时间，男孩女孩就都开始跳皮筋，二八二五六的歌唱起来。如今想起，那唱着歌谣，上下翻腾灵巧的跳过越升越高的皮筋的孩子，都是五线谱上那最优美的音符。

在矿区，到紧靠子午岭的山地，采摘野果和野菜，是孩子们必修的课程。春天到了，孩子们都从家里拿来小筐和小铲，结伴到最近的山地，挖取荠菜、蒲公英、苦菜等，拿回家，交给勤俭灵巧的妈妈们，调剂生活。随着山里的四月红开始熟透，野樱桃杏子、野桃、山核桃、橡子慢慢地甜美，漫山大呼小叫的孩子们，互相召唤，告知自己又发现一树丰美的果实，大家一起采摘。吃得肚子实在饱胀后，把能装东西的盛器装满，汗淋淋地回家，向家人展示自己的收获。岁月就是这样，在孩子们的眼里，每日都无忧无虑地度过。

一晃，就已中年，对那些时光，竟然越来越想念，怎么如今这么充足富裕的生活，叫人无法提起精神，就像哮喘病人，总觉得少了一口气。我一直搞不明白，也不想去搞明白。也许，这种空虚的感觉，纯是我个人的矫情吧。听这首《机器灵 砍菜刀》，勾起了我对那时的回忆，想起那时无忧无虑的美好。许多儿时的玩伴，早已被社会污染得面目全非，有时见面了，相互间竟然有些不好意思，好像觉得对方如今怎么这副面目，互相间，寒暄着寒暄着，就都觉得有点累了，只好吞咽一下口水，挥别对方。都知道，是想起了过去，但谁都不愿意再提起了。当然，在没人的时候，这首歌，将有多少人听着听着就哭了，而还有多少我们思念的人，只能在天堂听着！

机器灵，砍菜刀，恁那边哩紧俺挑。

挑谁吧？挑！挑的那个人已经不见了！

唉！还挑啥，没得挑了，许多人已经迷失了自己，回不去那时的心境了！又有许多人，人间蒸发，不见了！

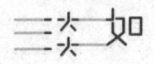

水手

一天中午午休，听见楼道里一个同事在大声唱：我的口袋里有三十三块！来来回回，就是这一句。心情十分烦躁，打开宿舍门，大吼："都有这么多钱，瞎显摆啥！有种请我喝酒。"同事的声音戛然而止，一会儿，弱弱地回复："这是现在最流行的歌曲，好听着呢。"

1992年，我们刚参加工作。每月的工资也就一百元左右。都是年轻力壮的小伙子，加上不会计划用度，基本是在发工资的第一周，就花光了。三十三块，是我们工资的三分之一，是一笔小巨款了。谁这么无聊，都有三十三块了，还唱得这么郁闷，叫人直发饱汉不知道饿汉饥的感慨。

找来录有这首歌的磁带，演唱者是一个台湾的残疾人歌手，叫郑智化。一播放，一下就深陷进去。忧伤而又励志的腔调，传达出的另类、反叛、孤傲，怎么听都是在唱着我这个年龄的心情。最喜欢的是一首叫《水手》的歌曲，直到今日，在无人时仍能完整地吟唱。歌词的一些句子，在今日仍是我在遇到挫折和困难时，自我疗伤的圣药。总是自己给自己壮胆，擦干泪不要怕，在风雨中，这点痛，算什么！

是的，幼年时骑竹马，少年时滚铁环，青年时意气风发，总觉得要快点长大，外面的世界，需要我去伸腰展翅，扶摇直上九万里。可每每现实的骨感，刺得自己一身的伤疤。痛定思痛的结果，总因自己对自己的期望过高，在实现目标的路上，对困难了解得太少，在一些虚与委蛇的场合，自己总是说着实在的话，做着实在的事，一点都不会变通，不知道该找一副面具戴在脸上，保护好自己。所以，总是有被狂风乱沙击打脸面的时候，感觉到那根本不像父亲的责骂，却总是叫我有面对母亲的哭泣时那种悲愤忧伤的自责。

我不是水手，没有真实地经历过大洋里的风浪，只是切实地在成长的路上，在一条条通往未来的路上，用力地想踩下自己的脚印。成长的阅历，遇到的挫折，取得的成绩，都叫郑智化这个"妖魔"在《水手》里面唱尽了。在拿已经离最初目标越来越远的小成绩欺骗自己时，心里真的很虚，莫名地空虚。怎么我的一生，就这么庸庸碌碌地过去了一半，到了今日此时，得到的远没有失落的多，还正在失去一点点奋起力争的勇气。开始满足于酒后迷惘的快感，开始学着演戏，不敢去张扬自己的个性，脑子里也没有年轻时随时都喷涌的创意。

前一天，看见少年时同学王钢的一首《蝶恋花》：

柳绿花红又一春
落英缤纷
夕阳映黄昏
微风斜雨叹轮回
回首征途和所为

遥记风华正茂时
书生意气
壮志欲凌云
岁月蹉跎终渐悔
将军白发垂髻泪

不懂得怎么填词，但是，能懂得他要表达的意思。他和我一样，在这人生走到近半的时候，迷失了方向，找不见最初的理想，都是在心里暗暗地恐惧，擦干了泪，也皮糙肉厚地觉不出伤痛时，我们都是失梦的人，都是模糊地记得，有过风华正茂、书生意气。可那时为什么昂扬，真的，都被时间和世故磨砺得迷迷糊糊，如今再怎样地寻觅都成了徒劳无功。人，最怕的是忘了不该忘记的东西，而又天天被一些不想去经历的事情折磨得纠结不已。

郑智化的歌曲里，好像对这个问题已经有了答案：寻寻觅觅寻不到活着的证据，都市的柏油路太硬踩不出足迹，骄傲无知的现代人不知道珍惜，那一片被文明糟蹋过的海洋和天地，只有远离人群才能找回我自己，在带着咸味的空气中自由地呼吸。我在以前的一篇小文章里也写到这种意境，我多想能抛开现在的一切，正确的和不正确的，只背上必须的行囊，去陌生的地方乞讨，自由自在地放纵自己。唉！总是在冒出这个念头时，就有无尽剪不断、理还乱的牵挂，收紧约束自己的网，然后无奈地困在这个网里，局促地活着，压抑地呼吸。

我懂郑智化的耳畔传来那汽笛声和水手的笑语的意境，我也想在咸咸的空气里，自由自在，随着我的性子，唱着，跳着，不在乎一切的规矩和礼法，让那些死板教条都滚到一边去，让我的心情和春花夏风秋月冬雪一样灿烂。让我生活的每一日都是好日子，让我不必去听《水手》高唱，这点痛算什么！

1992年听《水手》，唱《水手》，只是觉得这首歌很好听，隐隐地能将自己一些无法用语言形容的担忧表达得很清楚。其实，真的没有懂这首歌里每一个字的意思。整天都哼唧着水手的旋律，觉得自己就像更上层楼的毛头少年，强自说愁。可是，一直能保持这种傻傻的心态多好，也强于现在。真的懂《水手》了，却越来越装着迷糊，不敢再去播放这首歌曲，只怕，再想起风雨中，自己曾经有过的梦。

越来越喜欢，每天叫一两个狐朋狗友，喝几口小酒，胡吹乱谝，在一点点酒精的麻醉里，说着狂话呓语，流着口水，知足地睡过去！

玉器就可能毁于一旦。

缓盘也叫文盘。一件玉器放在一个小布袋里面，贴身而藏，用人体较为恒定的温度养，一年以后再在手上摩挲盘玩，直到玉器恢复本来面目。文盘耗时费力，往往三五年不能奏效，若入土时间太长，盘玩时间往往十来年，甚至数十年，清代历史上曾有父子两代盘一件玉器的佳话，穷其一生盘玩一件玉器的事，史不绝载。南京博物馆藏有一件清代出土的玉器，被盘玩得包浆锃亮，润泽无比，专家估计这一件玉器已经被盘玩了一个甲子（六十年）以上。而刘大同在《古玉辨》一书里介绍，有一家祖孙三代，世代流传盘养一件古玉方得以盘出，可见一件古玉的盘出，是多么地费时费工，盘之不易。

意盘是指玉器收藏家将玉器持于手上，一边盘玩，一边想着玉的美德，不断地从玉的美德中汲取精华，养自身之气质，久而久之，可以达到人玉合一的高尚境界，玉器得到了养护，盘玉者的精神也得到升华。意盘是一种极高境界，需要面壁的精神，与其说是人盘玉，不如说是玉盘人，人玉合一，精神通灵，历史上极少能够有人达到这样的精神境界，遑论浮躁的现代人了。唉，就像刘禹锡《陋室铭》里所说的调素琴，其实就是在一张没有琴弦的琴前呆坐。现代人不懂这里面的玄奥，就是古人，又能有几个人看懂呢！

第四章
玩心起

在这几种盘玉方法里，意盘精神境界要求太高，武盘须请人日夜不断地盘，成本太大，当前的玉器收藏家大多采取文盘结合武盘的方法，既贴身佩戴，又时时拿在手中盘玩。不过无论采取什么样的盘玉方式，新坑玉器不可立马盘玩，须贴身藏一年后，等硬度恢复了方可。笔者见过刚出土的古玉，灰白软烂一如泥膏，需用平铲慢慢铲离土壤，小心翼翼放置。经三日后，方能用手拿起，但仍然如石灰墙皮，指甲轻划即留痕。这样的古玉，须妥善保存，不经久久陈放，是不能上手的。又有博物馆展出的玉璧等古玉件，许多都出现扭曲现象，也是出土时玉质软烂，敢送不小心，使玉器变形。很多人搞不懂，玉这么坚硬的质地，怎

美玉是怎样炼成的

中国人的基因里，生就对美玉有天生的爱好。

有专家认为：探讨史前古玉玉质及玉料的来源对研究中国玉器起源与发展有着十分重要的意义。在中国，颇具影响的远古新石器文化遗迹有红山文化、良渚文化、凌家滩文化、仰韶文化、齐家文化、石家文化等，这些文化主要是通过玉石及其玉料来表现的，其来源是中国玉文化研究的重要内容。

通观中国古代玉器，各地的先民无不以其地质、地貌的不同条件，以各自原始的审美标准就地采集漂亮的石材，制作工具、礼器和装饰品。进入奴隶社会后，玉被赋予象征伦理道德观念中高尚的品德，随后儒家有"君子比德于玉"的用玉观。东汉关于"玉，石之美者，有五德"的说法，就是将玉石的五种物理性质比喻为人的五种品德：仁、义、智、勇、洁。所以，古玉器的礼仪功能一直占中国古玉器的主流。"六器"是封建社会礼仪用玉的主干，即用六种不同形制的玉器作为祭祀、朝拜、交聘、军旅的礼仪活动的玉器，这就是《周礼·大宗伯》所说的"以玉作六器，以礼天地四方，以苍璧礼天，以黄琮礼地，以青圭礼东方，以赤璋礼南方，以白琥礼西方，以玄璜礼北方"。

随着时代的发展和变迁及生产力水平的不断提高，采玉的技术越来越高超，范围越来越大，人们对玉的认识越来越深。先民们在昆仑山北坡，找到了世界公认的美玉——中国新疆和田玉。随后，和田玉以其优良的品质和精美的呈现，成为中国用玉的主要品种。可以说，新疆和田玉文化丰富了中华文明。现在根据出土玉器能确定的是仰韶文化透闪石玉来自新疆，齐家文化包括龙山文化的透闪石玉也来自新疆和田。不管是从历史发展来说，还是从文化的角度，或是当今社会和田玉在玉器的地位来讲，它不但是中国玉材中的精品，更是中国玉文化的重要组成部分。和田玉在我国至少已有三千年的悠久历史，是我国玉文化的主体内容部分，是中华民族文化宝库中的珍贵遗产和艺术瑰宝，具有极其深厚的文化底蕴。我国是世界上唯一将玉与人性化相共融的国家。

和田玉是一种由微晶体集合体构成的单矿物岩，含极少的杂质矿物，主要成分为透闪石。其著名产地是号称"万山之祖"的昆仑山，今新疆维吾尔自治区和田地区。和田玉产于整个昆仑山北坡长约一千三百公里，是以和田为中心的狭长地带的昆仑山上与河中之玉璞，故又把昆山玉称为"和田玉"。和田玉是玉石中的高档玉石，而且是我国国石的候选玉石之一。

现今和田玉的名称在国家标准中不具备产地意义，我国现在的宝玉石标准里把透闪石成分占95%以上的石头都命名为和田玉，也可以称为软玉、透闪石、透闪石加软玉、透闪石加和田玉。即无论产于新疆、青海、辽宁、贵州，还是俄罗斯、加拿大、韩国，其主要成分为透闪石即可称为和田玉。和田玉本身已经不是地域概念，也并非特指新疆和田地区出产的玉，而是一类产品的名称。这几个名字都不违法，都在国标范围内。

目前市面上的和田玉料主要有以下几种：

新疆和田料：主要出产在新疆和田地区，细分又可以分为山料、山流水、籽料。质地以新疆和田玉籽料最为上乘，山流水次之，最后是山料。籽料和山流水料矿源基本已尽。特别是最近几年基本就没出过好料了。很多朋友问我，既然都是和田玉，为什么要分籽料、山流水和山料。这里，因为我是煤炭行业的职工，就用煤炭来做一个比喻，可能会更直观地让大家弄懂这几个概念。玉料在地下埋藏时，由于恒温恒压，是没有什么变化的。当经过开采或因地质变化自然脱落，暴露在天地间，玉料在脱离地下的环境后，没有恒压和恒温的保护，应力释放，会出现崩裂和疏松，散落掉硬度不够的部分，就像刚开采出的煤块，看上去很大，其实内部绺裂崩口很严重，而且杂质、石花很多，不精纯，此时的玉料，称之为山料。山料在人力搬运或自然搬运过程，主要是自然搬运过程中，经过摩擦、碰撞，就如同煤块在运输到煤场以及随后的运输过程中，疏松的部分会掉落和磨损，剩下的就是较为精纯和裂痕少的料子，这时就基本是山流水了。而籽料，就是玉矿在崩落掉入山谷河流，经过千百年的流水冲刷，最后，剩余的已经没有棱角的玉料最精纯的部分。如在产煤区的河里，捡拾到已经成为卵石状的煤块一样，坚硬程度明显高于刚出矿的煤炭，这就是籽料。籽料，是和田玉独有的状态，是和田玉最优的玉质，籽料不一定白，但是绝对都是玉料里最精纯的。所以，世人都以得一籽料为宝。

俄料：产自俄罗斯的和田玉，圈内行内称为俄料，产出形态也可以分为山料、山流水料、籽料。但俄料的籽料很少，大多为山流水和山料。俄料的白玉价值仅低于新疆和田玉羊脂玉，因此其价值极高，目前市场上的高端白玉，90%以上都是俄料。

青海料：青海料又称青海玉或昆仑玉，是市场上常见的广义和田玉种类之一，产自昆仑山脉东缘入青海省部分，与新疆和田玉同处于一个成矿带上。业内把昆仑山之东出产的玉料称为昆仑玉，山之北称为和田玉，两者直线距离约300公里。所以昆仑玉与和田玉在物质组合、产地状况、结构构造几个主要的特征上基本相同，可谓大自然中的孪生同胞。老坑的青海料质地细腻，可与新疆和田玉山料相媲美，传世的古玉里，多有昆仑玉。但近些年新矿出产的玉质地差些，容易走色泛黄，因此最近几年行情不好。

韩料：韩料是广义和田玉青玉山料。它的主产地是朝鲜半岛南部的春川，产于当地的蛇纹岩中，多呈青黄色和棕色，脂粉不是很好。韩料的化学成分与和田玉基本相似，硬度和密度接近和田玉，稍微小一点，硬度为5.5左右。韩料是和田玉中价格最低的，和高端的羊脂玉能差上万倍。

至于产自辽宁、贵州及美国、加拿大等地的透闪石类玉石，由于品质不精，产量不大，一直不能大量采用，所以，此文就不介绍了。

我在本文说需盘养的玉石，是专指产自昆仑山系的和田玉。再局限性地说，就是产自新疆的和田玉。当然，其他属于透闪石类的玉石的盘玩，也适用本文介绍的盘玩之法。

依据亚洲宝石协会（GIG）的研究，和田玉分布于塔里木盆地之南的昆仑山。西起喀什地区塔什库尔干县之东的安大力塔格及阿拉孜山，中经和田地区南部的桑株塔格、铁克里克塔格、柳什塔格，东至且末县南阿尔金山北翼的肃拉穆宁塔格。玉龙喀什河，即古代著名的白玉河。这条河源于昆仑山，流入塔里木盆地后，与喀拉喀什河汇成和田河，河流长325公里，有不少支流，流域面积1.45万平方公里，河里盛产白玉、青玉和墨玉，自古以来是出产和田玉的主要河流。玉龙喀什河和喀拉喀什河两条河中玉龙喀什河产玉最多，产出的玉石是和田玉中的上品与极品。喀拉喀什河产出的玉多为青玉、青白玉、青花和墨玉，也产少量的碧玉，产出的白玉很少，玉的质地和价格远不如玉龙喀什河产出的白玉。

其实，文玩行业的行话盘养一词，自古就是专指玉而言的。当今文玩行业，把对一切玩物的保养玩耍都叫盘，是借鉴了古人对玉盘养的概念。而盘玉，分盘养古玉和新玉件两种方法。因为古玉的盘养从出土到传世都有严格的方法，所以我们在研究古玉的盘养时，顺便将新玉的盘养简单介绍一下。

古玉的盘出，自古就有介绍。《玉说》中介绍："盘旧玉法，以布袋囊之，杂以麸屑，终日揉搓抚摩，累月经年，将玉之原质盘出为成功。"一块玉料在开采之后，暴露在地表的常温常压下，没有地下各类地质因素的影响，是十分稳定的。但是一旦遇上酸、碱、高温、强氧化环境，玉分子就会分解成常温常压下的小分子，从而生成新的稳定矿物。玉的受沁，推其原理，是这种化学变化及外源物质介入双重作用的结果。玉的化学结构发生了变化，要使其重新还原到原来的分子结构是一件不可能的事，因为玉已经失去了原来成矿时的条件，所以从这一层意义上来说，玉的盘出不可能是简单的还原，而是另有其理！

玉的盘出究竟是什么道理呢？首先要肯定一点，就是玉确实能够盘出，或盘出后确实能使玉的色泽、润度得到改善。在当今许多专著中也有多项介绍。但是诸多专著中均未从化学、物理、矿物转化、有机物参与、物质转化的角度加以论述，所以对盘玉机理没有现成的资料可以查到。通过我在盘玉实践中的理解，古玉能被盘出，基本是以下几个原因：

一、受沁浅的皮壳，在人体和物件长期地盘摩下，表皮吃土，积垢和氧化物被磨去，下面玉质得以透露。

二、干坑、潮坑玉在盘摩的过程中，没有完成的化学变化，受到外源物质、水分氧气、酸碱的参与，进一步完成和稳定。

三、湿坑、钙化土沁较深的玉，其变质的皮壳受到盘摩之后，光滑程度得到改善，外源水分、有机油脂渗入皮壳，使原来一点不透的皮壳，在透光折射方面得到加强，相对原来的状态，显得圆滑润熟。

四、人体的作用是盘摩汗沁，分泌的油脂又会氧化变质，衣饰与玉件长期摩擦生电，吸附空气中或附近微小尘埃，使外源物质得以渗入。玉件随人入浴会受到水浸、泡洗……总之，挂在身上的玉器，会随人得到物理及化学的作用，久而久之改变了原来的面貌。

五、一些色彩不显的沁纹，盘玩之后随外源物质的加入，会形成令人视觉愉悦的色彩，使得沁色更加美丽。

六、水坑玉本来皮壳透润，加上盘功就会去掉沉垢，水头、油头自然重返当初。

　　大凡出土的旧玉，多遭土的侵蚀，带有各种色沁，收存后需以盘功使之恢复本性。前人认为，古玉器温润纯厚，晶莹光洁，尤其各种色沁之妙，如同浮云遮日，舞鹤游天，富有无穷的奇致异趣，不仅悦人之目，且能悦人之心。但古玉纵然具有最美的色沁，如不加盘功，则将隐而不彰，玉理之色更不易见，玉性不还复，形同顽石，而古玉一经盘出，往往古香异彩，神韵毕露，逸趣横生，妙不可言。

　　故前人十分重视和讲究盘玉之法。清代刘大同在《古玉辨》中论之颇详，其将盘玉分为急盘、缓盘、意盘三种，曰："急盘须佩于身边，以人气养之，数月质稍硬，然后用旧布擦之，稍苏，再用新布擦之，带色之布切不可用，以白布粗布为相宜，愈擦则玉愈热，不宜间断，若昼夜擦之，灰土浊气，燥性自然退去，受色之处自能凝结，色愈敛而愈艳，玉可复原，此急盘之法也；缓盘须常系腰中，借人气养之，二三年色微变，再养数年，色即鲜明，佩至十余年后，或可复原，此言秦汉之旧玉，若三代古玉，非六七十年不易奏效，诚以玉入土年愈久，而盘愈难，因其所受地气深入玉骨，非常年佩之，而精光未易露出也，此缓盘之法也；意盘之法，人多不解，必须持在手内，把玩之，珍爱之，时时摩挲，意想玉之美德，足以化我之气质，养我之性情，使我一生纯正而无私欲之蒙蔽，至诚所感，金石为开，而玉自能复原矣，此意盘之法与急盘、缓盘之法不同，面壁功夫，能者鲜矣！"

　　我将以上文字翻译成现代白话文。文中所说的急盘也叫武盘，就是通过人为的力量，不断地盘玩，以祈尽快达到玩熟的目的。这种盘法玉器商人采用较多。玉器经过一年的佩戴以后，硬度逐渐恢复，就用旧白布（切忌有颜色的布）包裹后，雇请专人日夜不断地摩擦，玉器摩擦升温，越擦越热，过了一段时期，就换上新白布，仍不断摩擦，玉器摩擦受热的高温可以将玉器中的灰土快速地逼出来，色沁不断凝结，玉的颜色也越来越鲜亮，大约一年就可以恢复玉器的原状。但武盘稍有不慎，玉器就可能毁于一旦。

缓盘也叫文盘。一件玉器放在一个小布袋里面，贴身而藏，用人体较为恒定的温度养，一年以后再在手上摩挲盘玩，直到玉器恢复本来面目。文盘耗时费力，往往三五年不能奏效，若入土时间太长，盘玩时间往往十来年，甚至数十年，清代历史上曾有父子两代盘一件玉器的佳话，穷其一生盘玩一件玉器的事，史不绝载。南京博物馆藏有一件清代出土的玉器，被盘玩得包浆锃亮，润泽无比。专家估计这一件玉器已经被盘玩了一个甲子（六十年）以上。而刘大同在《古玉辨》一书里介绍，有一家祖孙三代，世代流传盘养一件古玉方得以盘出，可见一件古玉的盘出，是多么地费时费工，盘之不易。

意盘是指玉器收藏家将玉器持于手上，一边盘玩，一边想着玉的美德，不断地从玉的美德中汲取精华，养自身之气质，久而久之，可以达到人玉合一的高尚境界，玉器得到了养护，盘玉人的精神也得到了升华。意盘是一种极高境界，需要面壁的精神，与其说是人盘玉，不如说是玉盘人，人玉合一，精神通灵，历史上极少能够有人达到这样的精神境界，遑论浮躁的现代人了。唉，就像刘禹锡《陋室铭》里所说的调素琴，其实就是在一张没有琴弦的琴前呆坐。现代人不懂这里面的玄奥，就是古人，又能有几个人看懂呢！

在这几种盘玉方法里，意盘精神境界要求太高，武盘须请人日夜不断地盘，成本太大，当前的玉器收藏家大多采取文盘结合武盘的方法，既贴身佩戴，又时时拿在手中盘玩。不过无论采取什么样的盘玉方式，新坑玉器不可立马盘玩，须贴身藏一年后，等硬度恢复了方可。笔者见过刚出土的古玉，灰白软烂一如泥膏，需用平铲慢慢铲离土壤，小心翼翼放置。经三日后，方能用手拿起，但仍然如石灰墙皮，指甲轻划即留痕。这样的古玉，须妥善保存，不经久久陈放，是不能上手的。又有博物馆展出的玉璧等古玉件，许多都出现扭曲现象，也是在出土时玉质软烂，取送不小心，使玉器变形。很多人搞不懂，玉这么坚硬的质地，怎么看上去会出现这样的扭曲变形呢？其实，就是这样发生的。

　　盘玩古玉有三忌：一忌油。有人爱玉，常用油脂涂擦玉表，其实这样反而损害玉质。真正爱玉的方法是使用柔软的白布轻轻擦拭。二忌腥。"玉与腥物相连，既含腥味，且伤玉质。"玉不仅会受到沁色，味道也同样可以渗入玉中。因而要注意选择适当的地方存放古玉。三忌污秽。满手污秽的时候不能盘玉，古玉本身对污秽很敏感，长时间这样盘玩，玉里的灰土就难以被逼出，古玉会受到很大的伤害。

　　而新玉的盘养，就相对简单得多。一件玉器到手，先用常温清水浸泡二至三个小时（待表面附着物软化）；然后用牙刷刷洗干净，再放入滚水中浸泡，浸泡几十分钟后，把热水与玉离火慢慢自然冷却，主要是借此让玉的毛孔得到充分舒张，同时将内部污垢泡出；最后给玉抹上油蜡，既便于以后盘养时，人的油脂滋润玉器，去蜡后，也能清楚看到因为蜡质遮掩玉件上的绺裂和杂质。

　　第二天开始盘玩，闲暇时可拿在手上盘玩，但记得手必须是干净的。将玉搓热后，可以把玉器放在脸上和鼻子上去抹油，因为透闪石类玉器内部的物理结构是毛毡状的，在热胀冷缩的过程中，受热后，毛细孔张开，能把人皮肤上的油脂包容吸纳在微细的结构上，天长日久，玉和油脂结合，会使玉件光润可人。有的盘玉理论不赞成这样，但是，一个玉件在盘养过程中，尤其传世古玉，哪个不是接受了人的润泽才绽放光芒的。但是不要用猪鬃刷，因为刷出来的包浆感觉带有贼光。在此建议平常可用柔软的白色纯棉长毛巾盘，也可用棕丝做的刷子清理，不宜使用染色布或化纤性质的硬布料擦拭。

　　在夏季经一个星期（冬季两三个星期）盘玩后，每天晚上洗澡时用温清水（约40℃），先浸泡一段时间再刷洗干净，请注意千万避免与肥皂直接接触，因为肥皂的碱性对玉质损害极大。之后就只要常保持玉件的清洁即可，如方便也可常洗刷。众所周知，汗液带有盐分、挥发性脂肪酸及尿素等，玉件接触太多的汗，佩戴后又不即刻清理干净，时间一长玉件便会受到侵蚀，外层受损，影响原有的光泽度。尤其是白玉，更忌汗和油脂。白玉若过多接触汗液则容易变成淡黄色，不再纯白如脂。当然，也有喜欢白玉经过天长日久贴身佩戴而转成油黄色的朋友。大致玩玉，有喜好皮色的，有喜好油润的，有喜好白度的，都是根据个人爱好来选择，也没有什么统一的标准，没必要过分认真。

我在盘玉的时候，由于所藏极多，自己佩戴不过来，许多玉件，我都分类，适合在脖子挂的，就每隔几个月换一件。而一些把件、牌子、烟嘴之类的，就挂在腰间裤子内部，但是不要把玉件直接贴身，就放在裤子与内衬裤之间，时时拿出把玩，不出三年，就会小有成就。

其实，中国人爱玉、佩玉、盘玉，并不是一味看重玉石的精美和珍贵。在古代，讲究的是非礼勿听，君子之风。那个时代的人们，身上环佩叮当，走起路来，远远就闻琳琅之声。就是告诉别人，我来了，如果想说坏话的话，就停止，我不想听墙脚，我是君子。而在如今，身上佩玉，因为每一块美玉都价值不菲，所以，在佩戴时总会小心翼翼，这样就养成了谨小慎微的习惯。笔者以前没佩玉的时候，回家更换衣服，都是脱下随手乱扔，等到身上挂着玉件，因为这个毛糙的坏习惯损坏了几件价值不菲的玉件后，现在，每次更换衣服时，都是细心地脱衣，整理放好，一个良好的生活习惯就这样养成了，也让自己在对事对人中，潜移默化地养成了温厚谨慎的作风。

一件美玉，不经过长时间地盘玩，是炼不出无上的光华的。而一个人的修养，也需要如盘玉一样，时时拂拭，最终，修身修心，成为君子。

文玩核桃

看过一对故宫旧藏的乾隆皇帝把玩的核桃，经久盘玩得已经没有了核桃本来纹路，油润厚实的包浆下赤红的颜色，如同上好的南红玛瑙雕刻成型的一样。心里一下被震撼了，原以为是八旗子弟提笼架鸟无所事事手里攥的核桃，以为是贩夫走卒无聊揉搓的核桃，以为是赳赳武夫霸气侧漏的核桃，竟然能玩出这样的效果，心里一下改变了对盘玩核桃的认识，继而入迷，开始搜集各种文玩核桃。那是2010年的事了，当时，西安还没有一家专门卖文玩核桃的店铺。

文玩核桃也叫手疗核桃、健身核桃，又称掌珠。追溯起来，它起源于汉隋，流行于唐宋，盛行于明清。在两千多年的历史长河中盛传不衰，形成了世界独有的中国核桃文化。古往今来，上至帝王将相、才子佳人，下至官宦小吏、平民百姓，无不为有一对玲珑剔透、光亮如鉴的核桃而自豪。特别是到了明清两朝，玩核桃达到鼎盛时期。明天启皇帝朱由校不仅把玩核桃不离手，而且亲自操刀雕刻核桃，故有"玩核桃遗忘国事，朱由校御案操刀"的野史流传民间。到了清末，宫内玩赏核桃之风更甚，手中有一对好的核桃竟成了身价和品位的象征。当时京城曾传言："贝勒手上有三宝，扳指、核桃、笼中鸟。"每逢皇上或皇后的生日，大臣们会将挑选出来的精品核桃作为祝寿贺礼贡奉，揉手核桃的价值由此可见一斑。前面说的清乾隆皇帝不仅是鉴赏盘玩核桃的大家，他还曾赋诗赞美核桃："掌上旋日月，时光欲倒流。周身气血涌，何年是白头？"上有所好，下必甚焉。宫内揉核桃之风，自然也影响到了社会。民间将玩玩意的人分为几类，把玩核桃者排在首位，即：文人玩核桃，武人转铁球，富人揣葫芦，闲人去遛狗。时至今日，人们把揉手核桃称为文玩核桃，即源于此。

文玩核桃和我们日常吃的干果核桃是有很大区别的。文玩核桃多取自于野生山核桃，要的是材质坚硬，纹路深，形状奇特。从20世纪90年代起随着收藏把玩核桃人群的增加，一部分人工嫁接的山核桃也出现在了市面上，但其质地和品相相对较差。文玩核桃的产地和种类各异。按产地，传统文玩核桃主要产地是河北、山西、陕西、河南和东北等地。品种大致分为麻核桃、楸子核桃、铁核桃三大类。在文玩核桃中麻核桃属于高档次种类，文玩核桃中一些传统名贵品种如狮子头、虎头、罗汉头、鸡心、公子帽、官帽等，皆属于麻核桃，其一般市价在一百元至四千元之间。楸子核桃、铁核桃相对平民化，虽然价钱便宜，但也不乏一些好的品种。各种文玩核桃有一百多种。只要皮厚，个大，皱褶多，造型奇特和纹路优美的核桃，都可做"手疗核桃"，又可做雕刻核桃，既能供人们观赏，又可作为收藏，因此受到各个层次喜爱文玩核桃的人们青睐。

当我开始着迷文玩核桃时，我走山西，下河南，在各个文物市场去搜求。很快，从东北的楸子到河北的狮子头，陕西的铁核桃到公子帽，林林总总，短时间就搞了上百对。随后，向行家请教，在书籍里查询，慢慢地，也总结出一套自己对文玩核桃盘玩的心得了。

文玩核桃，我认为首先是配对。不论是珍稀品种还是大众玩物，核桃最讲究的是大小纹路的相同，当然，世界上没有绝对一样的两个核桃，但是，在挑选核桃时，还是要努力挑一对大小和纹路尽量相似的核桃。谁手里拿一对大小不一，品种各异的核桃揉，心里都会不舒服。其次，就是不要有黄尖白皮，那是核桃没有完全成熟的样子，那样的核桃，无论盘多久，黄尖和白皮都会出现颜色不均，也让人不舒服。接着，就要看看质地坚硬度了。许多品种，质地疏松，玩不了几年，就会穿孔或磕损，也是须放弃的。最后，就是选取纹路深、花纹精美的品种。纹路越深，在揉搓过程中，会更好地按摩手掌；花纹越精美，让人在盘玩中能赏心悦目，浮想联翩。至于现在要求的大边、不漏底、长偏等等，我觉得都是其次，毕竟，文玩核桃首要的功能是保健。

一对核桃入手后，我一般先审视把玩一会儿，看看核桃表面有没有磕损，这个程序本来在抓核桃时就应该做，可是每次在核桃摊上，大量的精力都用在海量的核桃里挑拣配对了，有时候看上一对核桃，根本来不及细看，只怕被别人抓走。所以，一般核桃，没有大的裂痕和残缺，一些小纹路的瑕疵，无伤大雅。毕竟，在以后的盘玩中，还会被磨损。下来就是清理工作。核桃在收获剥皮时，外表附着的青皮，会有些许丝络残留在核桃表面，有的核桃成熟期不到，青皮留得更多，一经氧化，就会呈现黑色残存，这个一定要清理掉。不然在以后玩的时候，会脏手和影响品相。只有一对或几个核桃时，就把核桃用加过洗洁精的温水浸泡一会儿，等附着物软化，用废旧牙刷进行清理，深嵌在纹路里的丝络，就用缝被子的针，细心挑出。如果核桃多的话，有时间就放着慢慢清理，没时间又急着盘的话，可以用稀释后的84消毒水把核桃浸泡，不能超过半个小时。时间久了，对核桃的材质会有损伤。这个法子是急性子和商贩使用的，单纯为了自己玩的朋友们，还是不要去尝试了。同理，当你在现在的核桃店铺里见到清理干净、色泽白亮的核桃，基本都被这样清理过，那也是没办法的事了。

清理完核桃的表皮，接下来就是给核桃上油，首选是核桃油。现在市场上，核桃油是一种高档的食用油，到处都能买到。但最好是选择一些核桃产区的特产核桃油，对于一些品牌产量大的核桃油，我总是怕掺其他材料。如果没有核桃油，也可以上橄榄油。水炼不加调料的猪油，也能上。

把喜爱的核桃上油以后，用保鲜膜包好，放入冰箱的冷冻箱里。

这道工序为的是杀掉可能存在于核桃里的虫卵。冻二十四小时就行了。接下来，就是用卫生纸将核桃表面的油脂吸净，开始上手盘玩。盘核桃，分文盘和武盘两种手法。文盘，就是在盘玩核桃的过程中，尽力别让两个核桃相撞，只是靠双手灵巧地转动核桃于掌心，天长日久地靠水磨功夫，将核桃盘玩出光泽和上色。武盘就是跟卖大力丸的那样，把手里的核桃揉得山响，远远走来，人未至，气势先扑面而来。这样的盘玩，核桃会很快磨光挂瓷，但是，对纹路的伤害很大，而且双手间核桃的响声，很是烦人。我有时候，心里发闷时，就会控制不住自己，把一对核桃恨不得捏烂，那时觉得核桃的响声更增加心里的烦躁，不由得心火就会高涨。唉，这就是入魔了，背离了盘玩的雅致了。

一对核桃，在盘玩过程中，要不断地清理刷洗。最好在市场上买几个现成的鬃刷，玩几天，就把核桃表面和花纹里面积的污垢清理掉，核桃干净了，人也就清爽了。见过有的朋友，搞一对核桃，嘴里喊着三分盘、七分刷。整天拿着刷子，不停地把核桃在手里刷刷。我认为，这也是魔道，是心里着急的表现。新核桃，盘玩一段时间，就要给核桃表面上油。我是三个月上一次，将核桃油充分地涂在核桃的表面，用保鲜膜把核桃包好，放置两天，让核桃接受滋养和休息，我也得到休息。这样的上油，第一年做完后，就再不用做了。玩过一年的核桃，内部的果仁已经干脱，果仁包含的油脂也由里往外开始慢慢地渗出，整个核桃就进入了一个自我保养的过程。经过人手油汗的天天浸淫，不出三年，一对红如玛瑙的核桃就基本盘出来了。

核桃的盘玩，其实很简单。但是，不是所有的核桃品种都能短时间上红，比如楸子，东北的就容易出红，而秦岭的，玩几年都不会红。这和材质、盘玩的时间长短有关。其实，所有的核桃，只要你坚持盘养，最后都会变得油润光亮，黑里泛红。不要去迷信网络上那些红亮的核桃照片，那都调过色，就像网络上的美女图片一样，哪张不是用了美颜相机。木质的籽实，无论采取哪种方法盘玩，最后都会氧化碳化，碳化后呈现的颜色就是黑里透红。如果你说你手里的核桃现在是红的，我信，那是因为你只玩了几年。文玩核桃泛滥也就几年，谁手里能有一对盘过五十年的核桃呢？想知道核桃最终会变成什么样子，去故宫看看那些百年以上的核桃就知道我说的不虚了。

说到核桃泛滥和普及，20世纪90年代中期，一些注重养生的人群，开始慢慢地把玩核桃，锻炼手的灵活性，都不成气候。2012年，突然，核桃市场开始火爆。记得2010年，我抓一对楸子，也只要五元，上好的狮子头，不过四百。我把玩不过来的核桃，和朋友交换其他物品。正自得其乐呢，一夜之间，就发现大街小巷，陡然冒出了许多的文玩核桃店铺。随之，一对很普通的楸子，就卖到几百。以前只是当补个品类收集的异型枣核核桃，都被起了奇怪的名字，卖价上千了。而传统名品狮子头、公子帽等，就让我们这些工薪阶层问都不敢问了。继而开始发展出来的赌青皮，一堆没有剥掉果皮的核桃，一对几百，供人们选择，被窝里抓猫，最终，能买到心仪核桃的寥寥无几。核桃开始越来越神秘，越来越被炒作得远离大众，成了疯狂的核桃。一个本来是年年生长，大量存世的东西，因为资本的炒作，就这样被推上了神坛。

其实，不光是核桃，以前五元一簸箕的星月、金刚菩提子，都在全民盘玩的热潮下，登上了被膜拜炒作的神坛。我就想不通，这些年年树上生长，并且新的树林还在不停地种植的果木籽实，为什么就能这么有市场。这大致也就是资本市场的一种炒作方式吧。不过，也从另一个方面反映出，我们国家是富强了，人民生活富裕了，温饱之余，大家开始有闲心闲钱玩了。只要不把这些玩物当投资项目去搞，不要因为玩影响了正常的工作和生活，就是单纯为了锻炼身体，排遣烦忧的话，买一对两对好的核桃，不伤筋动骨，能喜悦快乐地跟上流行的步伐，也不算脱离了文玩核桃本来承载的儒雅味道。毕竟，现在人们手里大量的揉手核桃，百年以后总会多少留存世间一些乌黑红亮的老核桃，让以后喜爱文玩核桃的人们，不像现在我们想见到一对百年以上的老核桃，还要买票去故宫。多好。

最怕，一些已经深陷在被商家炒作的圈套里的玩友迷信一些核桃升值的炒作故事，把本不丰裕的身家，都压在核桃的投资上，成千上万地去追逐一些所谓的珍稀品种，爱若珍宝地藏在手里，期待未来能获得大利。更有已经上头的朋友，沉迷在暴富的梦里，在一堆青皮核桃前，一次一次地砸进钞票，剥出一次又一次的失望。玩友们，出去走走，看看现在山西、河北、陕西等核桃产地。近些年嫁接种植的文玩核桃树林，已经成陌连片，年年都结出大量的果实，如果想投资发财，你手里有限的金钱怎么能买得起年年不断、量产无限的核桃呢？物以稀为贵的市场原则必将使文玩核桃回归它本来应有的面目。

一种应该是很悠闲儒雅的玩物，最后成了不良商家牟利的手段，甚至演变成败家的行当。文玩核桃，长久不了。

且谈国学

20世纪90年代后期,经历了改革开放后,国门打开,外来思想在神州大地神采飞扬,国人面对种种思潮冲击,在吸收消化过程中,发现时有"肠梗阻"的现象。一些有识之士开始对中华固有的传统文化进行反思,并且大力弘扬,进而上升到国家层面。于是,近年来开始流行谈国学,茶楼酒肆,楼堂馆所,巍巍庙堂,似乎不谈国学就不能称之为国人,似乎不谈国学,面前的钟鼓馔玉都不值得面对。

可是,大多谈国学的人,只知道说儒家之学,以为这才是真正的国学。按《说文解字》的解释:"儒,柔也,术士之称。"徐灏注笺:"人之柔者曰儒,因以为学人之称。"如此看来,"儒"本是鄙称,而儒家这一称号也不是孔子自家封号,大概是墨家对孔子这一学派的称呼。因此古代通常以"儒"称学者。如《字汇·人部》:"儒,学者之称。"以"儒"称谓儒家,只是古代的一种用法。如《汉书·艺文志》:"儒家者流,盖出于司徒之官,助人君顺阴阳明教化者也。游文于六经之中,留意于仁义之际,祖述尧舜,宪章文武,宗师仲尼,以重其言。"

也就是说,儒家学说是古代服务于帝王统治的教化学说,并不是站在老百姓的立场而为老百姓服务的学说。因此,如果以儒家文化来代表中国传统文化,实际上是将中国传统文化完全看作古代专制主义或为古代专制主义服务的思想的代名词。所以单纯地将中国传统文化全部或是主要看作是儒家文化,不仅全盘否定了中国传统文化的优良传统,而且也将儒家文化中积极的因素给否定了。这显然不符合中国传统文化的本来面目,更不是当代弘扬中国传统文化的主旨所在。

何谓国学？这个词的含义有不同的解读,社会上尚未有统一的认识。中国历史上"国学"是指以"国子监"为首的官学。现"国学"概念产生于19世纪,主要是针对当时"西学东渐"改良之风正值炽热,张之洞、魏源等人为了与西学相对,提出"中学"（中国之学）这一概念,并主张"中学为体,西学为用",一方面学习西方文明,同时又恢复两汉经学。

当代有学者认为国学无论是古代的还是现代的,凡是中国的文化学术都属于国学；亦有学者认为国学是专对治国理政而言的,国学特指"治国理政"之学。但无论怎样,有两点是可以确定的：一是国学的基本定义是针对"西学东渐"后相对"西学"而言的,所以国学无可争议是"中国固有的文化学术"。二是国学门类宽泛复杂,没有什么主从之分。它是以先秦诸子百家为根基的,它涵盖了两汉经学、魏晋玄学、隋唐道学、宋明理学、明清实学和同时期的先秦诗文、汉赋、六朝骈文、唐宋诗词、元曲与明清小说及历代史学等一套完整的文化、学术体系。

所以说"国学"也可以叫"汉学"或"中国学",泛指传统的中华文化与学术。国学包括中国古代的哲学、史学、宗教学、文学、礼俗学、考据学、伦理学以及中医学、农学、术数、地理、政治、经济及书画、音乐、建筑等诸多方面。

也有人按《四库全书》的分类方法把国学分为经、史、子、集四大类。例如经是指古籍经典。如《易经》《诗经》《孝经》《论语》《孟子》等,后来又增加一点语言训诂学方面的著作,如《尔雅》。

史是指史学著作,包括通史。如司马迁的《史记》、郑樵的《通志》；断代史,如班固的《汉书》、陈寿的《三国志》、欧阳修等的《新五代史》等；政事史,如司马光的《资治通鉴》、李焘《续资治通鉴长编》等；专详文物典章的制度史,如杜佑的《通典》、马端临的《文献通考》

等；以地域为记载中心的方志等。

子涵盖了中国历史上创立一个学说或学派的人物的文集。如儒家的《荀子》，法家的《韩非子》《商君书》，兵家的《孙子》，道家的《老子》《庄子》，以及释家、农家、医家、天文算法、术数、艺术、谱录、杂家、类书、小说家等。

集汇总了历史上诸位文人学者的总集和个人的文集。个人文集称为"别集"，如《李太白集》《杜工部集》《王荆公集》等；总集如《昭明文选》《文苑英华》《玉台新咏》等。四库未列入的一些古代戏剧作品如《长生殿》《西厢记》《牡丹亭》也属集类。

林林总总，看得人眼花缭乱，头昏脑涨。说句玩笑话，一个人一头扑入国学的海洋，穷尽一生，如果不被淹死，得以上岸，在任何时代都能称之为国学大师。可是现实往往如此悲哀，国学的此岸铺满了迷惘的尸体，能登上彼岸的寥若晨星——当然都在青史上留有姓名。读到这里，是不是有点沮丧，如同到了珠穆朗玛峰脚下才知道登山比登天还难呢。

好吧，是时候表演真正的技术了！我来跟你说什么是国学！国学，就是中国人一切一切的学问：你吃饭用筷子，涮菜用火锅，过节的粽子年糕和好吃不过的饺子，打太极穿的唐装，跳广场舞拿的大红扇子，谈恋爱还是不习惯说"我爱你"，过生日必吃的那碗长寿面条……是的，这些都是国学，实际你就生活在国学的海洋里，自由地呼吸和汲取养分，只是你没有觉得这些习以为常的东西能换个高大上的名称而已。我们每天睁眼闭眼都在践行国学，从降生起剃掉胎毛到周岁抓周的仪式，从父母的疼爱到开始学会孝敬老人，从学前教育的长幼有序到上学诵读的诗歌文章，从成人后努力工作热爱国家到扶老携幼养家糊口，无时无刻不受中华传统文化的影响！而中华独有的这些传统就是我们要继承和弘扬的国学。

想起前一段时间，几个"80后"的小姑娘，利用网络新媒体，做了一个叫"霹雳妈妈讲故事"的公众号，在坚持免费为孩子们讲故事的同时，穿插开办一个叫《羊羊诵经典，宝贝读国学》的栏目。我听了几期，常常感叹，这才是真正抓住了国学的脉络，不去贪大求全，就是在传统文化里挑选小朋友能够理解和朗朗上口的小故事和诗歌，没有形而上的理论研究和说教，潜移默化地宣扬了中华的国学，这种形式必然在孩子们心里播下国学的种子并且萌芽生发。这么好的形式果然获得了大家的认可，这个公众号粉丝稳定地增长，受益的孩子越来越多，功德无量啊！

恰好，这几个小姑娘我认识，她们并不是无所事事的人，都是在陕煤集团工作的员工。以前，我认为她们都是温室里的花朵，家庭稳定，收入可观，应该是崇尚物质的颓废一代，可是，当这个公众号推出后，我觉得我要改变一下自己的看法并为她们点赞。我觉得她们选取的方式更适合当下人们的生活方式，这种传播方式要比我一直坚持的利用书本学习能更有效地吸引孩子的兴趣关注，传播的受众更广，速度更快！

她们坚持得很好，每天都有新的推送。我了解到她们的工作很繁重，生活中也都是人妻人母，一篇推送往往是在夜深人静，处理完工作、家务，抚慰好孩子后精细打磨而成的。这种长期不图回报的辛苦让我佩服，我要感谢她们每天努力的推文点亮了孩子们的生活。

这个团队的主要成员是王琦、杨文莉两位姑娘，我们相识是在朋友聚会的饭局上。她们都是美女，我也没敢多搭讪，甚至连人家的面容都不敢细看，只是觉得都很活泼开朗，吃火锅也很是稳准狠，筷子使得跟佛山无影脚一样。咋能想到，她们诵读文章和古诗时，声音那么甜美，那么达意。

中国女人的多面性，也是国学！

悟空

月溅星河长路漫漫
风烟残尽独影阑珊
谁叫我身手不凡谁让我爱恨两难
到后来肝肠寸断
……
我要这铁棒有何用
我有这变化又如何
还是不安还是氐惘
金箍当头欲说还休
我要这铁棒醉舞魔
我有这变化乱迷浊
踏碎灵霄放肆桀骜
世恶道险终究难逃
世恶道险终究难逃
梦醒太晚
这一棒叫你灰飞烟灭

一声无奈凄厉的喝喊：我要这铁棒有何用！我有这变化又如何！借猴子的口，喊出多少人心中的愤懑！

"我要这天，再遮不住我眼；要这地，再埋不了我心；要这众生，都明白我意；要那诸佛，都烟消云散！"今何在在他的网络小说《悟空传》里依然是这般狂吼。是的，都是张狂！

读《西游记》，是我在年少时就已经做完的功课。满眼都是引我好奇的文字，浅显地以为孙悟空的经历其实蛮好，从一个妖怪最后修成斗战胜佛，终被正道接纳，皆大欢喜。成人以前，都只是看了这本书的表面。那只石猴，一路走来，风霜雪雨，披荆斩棘，可不就是一部励志奋斗的教材嘛！

也是年少，只隐隐地觉得大闹天宫热闹解闷，使人痛快，却往往忽视了五行山下，五百年荒废的深深寂寞。只看到灵山上斗战胜佛加持的荣光，却疏忽了取经路上紧箍咒的收敛。想那一路的风刀霜剑，对一个神猴，本不算磨砺。却体会不到一个自由自在的心，在一个金箍里，无人处的伤叹！

撇开猴子，年少时读《西游记》，对唐三藏，着眼不多，这个遇事胆怯、毫无主见的主，我一直看不上眼。至如今，细思那江流儿，貌似从出生到灵山，一路虔诚，无怨无悔，不惧艰险，貌似一生只为了取经这一个执念。可直到现在方觉得在他面静如水、端严的容貌下，心里也是不甘的委屈。是的，本就是因质疑佛祖而犯戒的金蝉子，哪能甘心就以取经传道摧毁自己的初心！

我最觉得亲近的八戒，曾经风流倜傥的天蓬元帅。真的就是一个好色贪吃的呆子吗？那一身腌臜皮囊下，多少回无人处仰望天宇，把深藏于心的思念，都化成蠢笨不堪的放浪。哪怕天下美食都允其净坛，没有最好的人陪伴，都味同嚼蜡。

勤恳木讷的悟净、桀骜不驯的白龙，一个挑担，一个甘为代步工具，被佛法收服时，都是满心欢喜地礼赞。恰正是，想挣脱藩篱，重获自由自在的生命。哪承想，灵山受封后，一切的一切，不如己愿。

读懂一本书，少年人只能看见热闹，不谙世事，几曾懂得登高楼，拍栏杆的无奈。看得懂《西游记》的，哪个身上不是伤痕累累，或无言

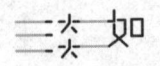

瞑目，或不屈现状。就是那已修成正果的，垂首合十后，酒醉歌狂时，回望一路的艰辛，莫不是泪眼模糊。

　　人生少年，总想仗剑天涯，以一己之力，博无限声名，莺飞草长，跨白马携美眷，狂狷之气万丈，扫尽一切不平。人入暮年，方知茶比酒浓，一切的狂心，只在万斤铁棒画出的圈子里局促，出圈，终究难逃世恶道险！

　　现如今，再回头，把《西游记》翻开，已不像多年前，看西游，就是西游。多少事，都在西游里面讲透，多想回到少年时，能看得懂字里行间隐藏的酸楚，指导一个懵懂少年，绕过取经的路。哪怕，在无法回避的征途上，躲不过流落的山精水怪，也能避开那些人造的灾难。哪怕知道安排的结果，也会选择进入或者逃避，不用一切一切都强出头。

　　现如今，再回头，又看《西游记》，越读越觉得滋味深厚。一本书，就写尽了世间百态，一切的密码都深埋在征战与降服之中。打败了十万天兵，搅动了四海风云，如何？还不是跳跃在别人掌中，压在一纸真言之下，吃土喝风，满面尘土遮盖了本来面目。最后，灰溜溜地拜一人为师，收闲云野鹤之心，想着那万佛朝宗！多亏《西游记》，少年人看不懂，看懂了，误多少少年子弟，于狂热躁动之时，做多少无用之功。

　　看透又如何？终是不安，终是氐惆。躲得开佛赐的金箍，也躲不开世事的禁锢。《西游记》里，唐僧师徒遇到乌巢禅师，早已把答案给了三藏，提醒过悟空，一部《心经》解释了一切。睿智的唐僧应该已经明白，早已懂禅机的悟空应该早已明白，毕竟，蠢笨的八戒都看透了一切。我觉得，在那一刻，一切取经的路，都是甘愿的安排；一干取经的人，都是在努力演编好的剧本。只有演员明白，心悟则空，若心舍悟离迷，不在乎六尘不改，一念起处，但凭初心，让所有的世恶道险，终究难逃一棒，灰飞烟灭！

养壶即为养命

农业技术发达了，各种珍稀的茶种都能无性繁殖，成规模生产了。交通运输便利了，我们也能及时喝上天南地北出产的茶叶了。

喝茶工具的材质不胜枚举，但是，最好的还是数宜兴出产的紫砂壶。宜兴紫砂壶是中国特有的手工制造的陶土工艺品，制作原料为紫砂泥，原产地在江苏宜兴。

有史可考，宜兴自明武宗正德年间以来，用紫砂泥开始烧制成壶，据说紫砂壶的创始人是明朝的一个叫供春的书童。因为紫砂壶甫一出现，就和文人无缝对接了，所以历代制壶师傅，大都有文化修养很高的文人交往圈子。师傅制作每一把壶都独具匠心，在壶的欣赏性上下功夫。也正是因为有了艺术性和实用性的完美结合，紫砂壶才别样地珍贵，赏玩起来令人回味无穷。更加上紫砂壶在泡茶上独特的功效以及茶禅一味的汉族文化内涵，这就又增加了紫砂壶高贵不俗的雅韵。

一把紫砂壶，从入手到开始使用，是有特殊要求的。怎样清洗和保养，经过历代茶人的不断探索，已经形成了一套独有的方法。当然，在大的规则里，各人还有各人使用和养壶的技巧。此文所谈，是我和身边茶友们在养壶中总结出的一套方法，不管你信不信，反正我们是信了。

每次，得到一把新壶时，总是先小心翼翼地展玩。在桌子上，铺上茶巾，以防失手碰碎茶壶。仔细观察，这把壶是手工的，还是半手工的，或者是一般的量产机制商品壶。其实，如果除掉对名家的追捧和收藏因素，单为了泡茶，只要是真的宜兴紫砂壶，不用在意是手工还是机制的。手工壶不见得就能把普通茶叶泡成名贵品种，而机制壶也不见得能把茶叶泡成酱油。

玩赏一番后，用一个没有做过饭的净锅，注入能淹没茶壶盖的水，把已经用凉水冲洗过的茶壶放入，开火烧煮。水开以后，小心地把茶壶捞出，在冰水里过一遍，然后继续放在开水锅里煮，屡次三番，要过十几遍，拿出来用干净茶巾把壶内外擦净，壶去盖，壶口向下放置，阴干，开壶程序就大功告成了。此程序的关键点是不能用做过饭的锅，因为紫砂成陶后，内部结构存在细密的气孔，具有一定的吸附性，如果被油腻污染，会影响以后的茶汤味道，经久不散，甚是苦恼。而有的朋友说把滚烫的茶壶不断地在冷水里激，会不会使茶壶热胀冷缩炸裂，告诉你，如果炸裂，那就是假壶。真的紫砂壶是不会炸裂的，反而在不断地热冷交替中，紫砂壶壶体烧结密闭的小空间会产生炸裂，层层打通，这样的紫砂壶具有了良好的透气性，会比一般没有经过热冷交替处理的壶存茶时保鲜时间更久，使用效果更佳。

开好了壶，随时就能用其泡饮茶汤了。很多人都知道紫砂壶是需要养的，可是怎么养，没有个概念，其实，"泡养"字面意思已经告诉你方法了，只有泡茶，才能做到养壶。有的人买了壶后，真心喜欢，束之高阁，只是远远地欣赏，虽然做到了收藏，但是千百年后，壶还是一身火气，不会因为时间久而出现包浆和宝光。总的来说，一把茶壶，首先是看实用功能，单纯地为了集藏，茶壶就是一个死物。不过，许多大名家的珍贵作品，能不用还是不用，因为将军难免阵前亡，再怎么小心翼翼，在使用过程中，总会出现磕碰，大师制作的壶，动辄上万甚至几十万、几百万，不是土豪，就小心地收藏吧，因为那是真金白银。

更有人，喜欢喝茶，也想养壶，可是把壶买了后，往往是寄养在某个相熟的茶馆，委托卖茶的帮忙养壶。我称这样的人是伪茶人。先不说在茶馆里依靠别人养壶养得精心不精心,单是一把壶,每天被泡多种茶就很不科学。原则上,有条件的话,一把壶,只泡饮同类的茶种。不要红茶、青茶、黑茶混泡。尤其是铁观音、花茶这样高香的茶叶,会因紫砂壶的高度吸附性,影响其他茶叶的品饮。另外,自己的茶壶还是自己养,不要觉得养壶需要很多器具,其实,就是简单地冲水泡饮就行了,茶台、公道杯、闻香杯之类的,那是作秀。我见过寄养在各个茶馆、茶叶店的茶壶,被茶馆人员装满各种茶渣甚至烟头,心里很是心酸,就像看着自己的孩子在别人家被虐待一样。

　　茶壶就是用来泡茶的,泡茶的过程就是养壶。现在网上有很多养壶的知识,有的用茶汤长期泡养,有的拿泡过的废茶渣经年累月地埋养,这都是想用茶叶所含的物质给茶壶上色上光,和盘玩其他物件走捷径一样。可是,茶壶,是一件壶里日月长的事,确实不适合这样作弊。紫砂壶具有保鲜性,也是只说剩茶水在紫砂壶里保存可以盛夏不腐,那也是有时间限制的。我见过最好的壶,能做到茶水一周不变质,可是,留存了一周的茶汤,你还愿意喝吗?更不用说用陈旧的茶汤和废茶渣养的壶,想想就影响心情。在市面上,还有一种专门做旧的茶壶,把茶壶埋入废弃的茶叶里,在三伏天暴晒几月,等茶壶里积满茶垢,又给茶壶用凡士林、煤油、鞋油之类的上光,冒充老壶牟利。这样的茶壶不但不能用,而且对人身体会有一定的伤害,一定要注意分辨,在选购老壶时,最好闻闻或注入开水后,看看壶的表面会不会沾手沾油。如果有条件,在购入老壶,最好叫行家帮忙掌掌眼。

　　怎么泡茶,不用给大家多说,我就养壶的一些必须程序,和大家交流一下。前面说了,养壶就是泡饮,如果有茶台的话,在第一遍开水注入壶后,先做个洗茶,把第一泡茶汤,快速地注入闲置的杯子,或用来涮自己用的茶杯,然后在壶内注入第二遍热水。把第一遍的茶汤均匀地淋在壶身上,让壶身和壶内的温度保持一致,更利于发挥茶性,同时,因为壶内的高温,瞬间蒸干壶外的茶汤,茶汤内所含的物质,多少就保留一点在壶体，日久，茶壶自然就发生色变。喝完茶后，要用喝过的茶渣，把茶壶内外擦洗一下，然后用热水把壶冲洗干净，用一块专门的茶巾把茶壶内外擦干，壶盖单放，壶口向下，放置在合适的地方阴干，一次养壶泡饮的过程就结束了。看，养壶是不是很简单呢。

当然，单纯泡饮，壶体出现包浆是很慢的。这就需要我们开始对壶进行盘玩，和盘其他物件没有什么两样，就是把壶拿在手里，用手对壶体进行抛光。这个过程，会加速壶体出光，加上每次泡饮留积在壶上茶叶中的物质，一把壶，会在天长日久的泡饮和盘玩中，不断滋生温润的光泽，最终，呈现出红铜一般的宝光。但是，一定要洗净手，不能有油污污染了壶体。

养壶不光是养壶外，壶内同样需要养护。许多朋友认为壶内经过长期泡茶，积累厚厚的茶垢，就是养出了茶山，养出了好壶，甚至得意地说，他的壶就是不放茶叶，只需注入开水，倒出来就有茶香。对不起，茶山不是茶垢，而茶垢，往往是茶叶中的不良物质，是对人体有害的。壶内是要有茶山方好，但是茶山的形成，是在每次泡饮后，及时地清理掉残茶，用干净的茶巾擦净壶内，时日一久，壶内自然地形成因茶叶泡饮留下的痕迹，如云如山，让人浮想联翩，增加了赏壶的乐趣。茶山的形成，是日积月累的使用痕迹，而不是不及时清洁而沉积的茶垢。一把壶，使用日久后，壶体的细微毛孔里，自然会留存茶叶的香味，有没有茶垢，注入开水，都会有茶叶的香味，那是茶叶的灵魂，而不是茶垢的尸体。

养壶不神秘，也不麻烦，不要为了养而去养。喝茶本就是一件轻松愉悦的事情，如果因为养壶而去喝茶，加上按照现在社会上流传的一些烦琐的技巧，每次养壶，搞得自己手忙脚乱，徒添烦恼，壶也许能养好，可是，劳心费力，只是炫技，违背了中国千年文化赋予饮茶的简单禅机。这样的喝茶养壶，不做也罢。

其实，每次养壶的过程，都是对生命的一次滋养。浓浓的一壶香茶，或一人独品,或二人对饮,或三五好友聚饮,风清气正,花前月下,都会把我们生命中遇到的沉疴克化,让我们一身轻松地继续未来的生活。

得"礼"不饶人

这个世间,万物运行所遵循的规律叫作理。而万物之灵人类生活所遵守的理,其中升华的境界叫作礼。人类在数百万年的进化生活中,在普通的理中总结出了生活中的种种礼仪用以区别动物,人是以为人!在人的生活中,各种应该讲究和遵循的礼仪里,最清爽和最迷人的莫过于茶礼。茶礼在中国传统文化中被称为茶道。

茶道最早起源于中国。中国人至迟在唐或唐以前,就在世界上首先将茶饮作为一种修身养性之道,唐朝《封氏闻见记》中就有这样的记载:"茶道大行,王公朝士无不饮者。"这是现存文献中对茶道的最早记载。所以说,"茶道"是纯正的东方文化,而东方文化与西方文化的不同之处在于东方文化往往没有一个科学的、准确的定义,要靠个人凭借自己的悟性去贴近它、理解它。

唐朝时,寺院僧众念经坐禅,皆以茶为饮,清心养神。当时社会上茶宴已很流行,宾主在以茶代酒、文明高雅的社交活动中,品茗赏景,各抒胸襟。唐吕温在《三月三茶宴序》中对茶宴的优雅气氛和品茶的美妙韵味,做了非常生动的描绘。唐宋年间,人们对饮茶的环境、礼节、操作方式等饮茶仪程都已很讲究,有了一些约定俗成的规矩和仪式,茶宴已有宫廷茶宴、寺院茶宴、文人茶宴之分。对茶饮在修身养性中的作用也有了相当深刻的认识,宋徽宗赵佶就是一个茶饮的爱好者,他认为茶的芬芳品味,能使人闲和宁静,趣味无穷。

在南宋绍熙二年（1191年），日本僧人荣西首次将茶种从中国带回日本，从此日本才开始遍种茶树。在南宋末期（1259年），日本南浦昭明禅师来到我国浙江省余杭县的经山寺求学取经，学习了该寺院的茶宴仪程，首次将中国的茶道引进日本，成为中国茶道在日本的最早传播者。到日本丰臣秀吉时代（1536—1598，相当于我国明朝中后期），千利休成为日本茶道高僧后，才高高举起了"茶道"这面旗帜，并总结出茶道四规：和、敬、清、寂。显然这个基本理论是受到了中国茶道精髓的影响而形成的，其主要的仪程框架规范仍源于中国。

中国的茶道精神是将儒、道、佛三家的思想融在一起，给人们留下了选择和发挥的余地，各层面的人可以从不同角度根据自己的情况和爱好选择不同的茶艺形式和思想内容，不断加以发挥创造，因而也就没有严格的组织形式和清规戒律。但遗憾的是中国虽然最早提出了"茶道"的概念，也在该领域中不断实践探索，并取得了很大的成就，却没有能够旗帜鲜明地以"茶道"的名义来发展这项事业，也没有形成具有传统意义的茶道礼仪，以至于使不少人误以为茶道来源于他邦。事实上，中国茶道并没有仅仅满足于以茶修身养性的发明和仪式的规范，而是更加大胆地去探索茶饮对人类健康的真谛，创造性地将茶与中药等多种天然原料有机地结合，使茶饮在医疗保健中的作用得以大大地增强，并使之获得了一个更大的发展空间。泡茶本是一件很简单的事情，简单得只要两个动作就可以了：放茶叶、倒水。但是在茶道中，那一套仪式又过于复杂或是过于讲究了，一般的老百姓肯定不会把日常的这件小事搞得如此复杂。这就是中国茶道最具实际价值的方面，也是千百年来一直受到人们重视和喜爱的魅力所在。

不过，中国茶道还是有一些必须遵循的法则。古人品茶讲究六境：择茶、选水、佳人、配具、环境和品饮者的修养。其一招一式都有极严格的要求和相应的规范，有"十三宜"和"七禁忌"。"十三宜"：一无事，二佳客，三独坐，四吟诗，五挥翰，六徜徉，七睡起，八宿醒，九清供，十精舍，十一会心，十二赏鉴，十三文僮。"七禁忌"：一不如法，烹点不得法；二恶具，茶具不清洁；三主客不韵，主人、客人举止粗俗；四冠裳苛礼，过于拘束礼仪；五荤肴杂陈，茶贵清，一案荤腥，不能辨味；六忙，没有品茶的工夫；七壁间案头多恶趣，环境布置俗不可耐。因此，品茶有"一人得神，二人得趣，三人得味"的说法。

现代人认为：茶道是一种通过饮茶的方式，对人民进行礼法教育、道德修养的一种仪式。就是通过茶事过程，引导个体在美的享受过程中走向完成品格修养以实现全人类和谐安乐之道。用通俗的话来说，可以称作忙里偷闲，苦中作乐，在不完全现实中享受一点美与和谐，在刹那间体会永久。由此得出中国茶道的基本精神：廉、美、和、敬。也就是"廉俭育德、美真廉乐、和诚处世、敬爱为人"。

我赞成周作人的说法：茶道是表现茶赋予人的一种生活方向或方法，也是指明人们在品茶过程中懂得的道理或理由。

自古到今，茶之所以能适应各种阶层，众多场合，就是因为茶的情操、茶的本性符合中华民族平凡实在、和诚相处、重情好客、勤俭育德、尊老爱幼的民族精神。继承与发扬茶文化的优良传统，弘扬中国茶道，对促进我国的精神文明建设无疑是十分有益的。

1982年，台湾的国学大师林荆南教授将茶道精神概括为"美律、健康、养性、明伦"，称之为"茶道四义"。他认为：茶是美的事物，喝茶有喝茶的秩序。但治茶事，必先洁其身，而正其心，必敬必诚，才能建茶功立茶德。洁身的基本要求是衣履整洁，正心的基本要求是仪容气度从容大方。而品茶的环境和器具，都必须美观，而且要与时间地点调和。洁身、正心加之环境优雅、器具精美洁净，才会使品茗有层次，从层次而见其升华，否则就是一场失败的茶事。最关键的是每次品味的茶叶必精选，劣茶不宜用，变质不可饮，不洁的水不可用。水温要讲究，冲和注均须把握时间。治茶当事人，本身必健康，轻如风邪感冒，亦不可泡茶待客，权宜之法，只好由第三者代劳。茶是目前我认为最健康的饮料，其有益于人身健康是毫无疑问的。推广饮茶，应该从家庭开始，拜茶之赐，一家大小健康，家家健康，一国健康，再到全体人类健康。而中国茶道精神的核心就是一个"和"字。"和"意味着天和、地和、人和。它意味着宇宙万物的有机统一与和谐，并因此产生实现天人合一之后的和谐之美。

所以，现在喝茶可以不拘泥于烦琐的方式，但需要注意几个基本的规矩，约束自己，礼敬别人，不能轻易舍去，如果知道茶礼却怠慢"饶"人，就失去了喝茶的意义，远离了喝茶的礼仪，这个切记切记：

一、酒满敬人，茶满欺人

因为酒是冷的，客人接手时不会被烫，而茶是热的，倒满了接手时茶杯很热，这就会让客人之手被烫，有时还会因受烫致茶杯掉地上打破了，给客人造成难堪。

二、先尊后卑，先老后幼

到人家跟前说声"请喝茶"，对方回以"莫拘礼""莫客气""谢谢"。如果是人较多的场合，杯不便收回，放在各人面前桌上。在第一次斟茶时，要先尊老后卑幼，第二遍时就可按序斟上去。对方在接受斟茶时，要有回敬反应：喝茶者是长辈，用中指在桌上轻弹两下，表示感谢；喝茶者是平辈小辈，用食指中指在桌面轻弹两次表示感谢。

三、先客后主，司炉最末

在敬茶时除了论资排辈、按部就班之外，还得先敬客人来宾然后自家人。在场的人全都喝过茶之后，这个司炉的，俗称"柜长"（煮茶冲茶者）才可以饮喝，否则就是对客人不敬，叫"蛮主欺客""待人不恭"。

四、强宾压主，响杯擦盘

客人喝茶提盅时不能任意把盅脚在茶盘沿上擦，茶喝完放盅要轻手，不能让盅发出声响，否则是"强宾压主"或"有意挑衅"。

五、喝茶皱眉，表示弃嫌

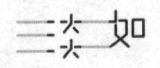

客人喝茶时不能皱眉，这是对主人示警的动作，主人发现客人皱眉，就会认为客人嫌弃自己茶不好，不合口味。

六、头冲脚惜（音同），二冲茶叶

主人冲茶时，头泡必须冲后倒掉不可喝。因为里面有杂质不宜喝饮，本地有"头冲脚惜（音同），二冲茶叶"之称，要是让客人喝头冲茶就是欺侮人家。

七、无茶色

主人待茶，茶水从浓到淡，数冲之后便要更换茶叶，如不更换茶叶会被人认为"无茶色"。"无茶色"其意有二，一是茶已无色还在冲，是对客人冷淡，不尽地主之谊；二是由上一点引申，无茶色即主人对人不恭，办事不认真，效果不显著，欲有"某人无茶色"。

八、茶三酒四秃桃二

人们习惯于在茶盘上放三个杯，是由俗语"茶三酒四秃桃二"而来，总认为茶必三人同喝，酒必须四人为伍，便于猜拳行酒令。而外出看风景游玩就以二人为宜，二人便于统一意见，满足游兴。

浅说喝茶

一、历史

在中国有句古话"开门七件事,柴米油盐酱醋茶"。对中国人来说,茶是生活中不可或缺的饮用品。

据《神农本草经》记载:神农尝百草,日遇十二毒,得荼而解之。荼即茶。这说明原始人已经知道了茶有解毒之性。到两千多年前的汉代,茶已经作为很普及的饮料进入人们的生活。汉人王褒《僮约》载:"烹茶净具,武阳买茶。"(武阳:四川彭山县古称,中国最古老的茶市)。在成书大概是秦汉时期的古词典《尔雅》里也有注释:"今呼早采者为茶,晚取者为茗。"这表明最晚在汉代,对茶在品质上已经有所细分,这也算是中国茶文化的滥觞吧!关于茶,全国各地茶叶产区都有很多民间传说,这里就不一一叙说。

魏晋南北朝时期,道教佛教兴盛,茶开始与宗教产生了联系,在道家看来,茶是助炼内丹、升清降浊、轻身换骨,能修成长生不老身的好饮品。在佛家眼里,茶是能清心寡欲,借以禅定入境的有效之物。由此,茶叶已经脱离了单纯的饮料功能,开始具有明显的社会功能、文化功能等精神层面的内涵,茶文化开始初步地系统形成。

其后,文人开始关注茶,茶先苦后甘的自然属性,暗合了士阶层追求理想所走的人生道路,故而在魏晋时期,文人饮茶之风也在兴起,饮茶成了引发思维以助清兴的手段。于是,开始大量出现有关茶的诗歌

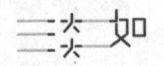

和文章。如晋代杜育的《荈赋》就专门歌咏茶食，完整地叙述了茶叶的生长、采摘、用水、茶具以及功效等，奠定了中国古代早期茶文化的基础，也为随后唐宋茶道开了先声。

晋以降，茶文化不断地完善，及至唐，茶文化基本到了顶峰。陆羽的《茶经》系统地把茶叶的起源、种类、特征、制法、烹煮、茶具、饮茶风俗、名茶产地等做了论述，更为重要的是把儒释道诸家的精华以及诗人的气质和艺术思想渗透其中，创造了中国茶道精神，也奠定了中国茶文化的理论基础。这套理论基础，被后世一直继承和发扬，现在日本本土的茶道，就是完整地继承唐代的喝茶技艺，且少有创新。茶叶在唐代时，各个阶层的人都喜爱，而当时社会的白领士大夫阶层，更是茶文化的倡导者和实践者，如颜真卿、刘禹锡、白居易、李德裕、皮日休等均是茶道中人。白居易还亲自开园种茶，并经常举办茶会，以茶会友。由于茶叶既有兴奋功能，又不至于乱性，茶叶注定成为社会交往的媒介之物。也是唐代，开始了贡茶制度，每年新茶下来，各州郡通过驿道，快马兼程，赶在清明节前贡奉到京城。而宫廷也要举行盛大的清明茶宴。由于唐代宫廷对茶道的重视，促进了唐代茶道的发展。由于唐代喝茶有一套斗茶的程序，需要成套的茶具配合，所以，在唐代，茶具的制作得到了极大地发展。从陕西扶风法门寺地宫出土的一批金质茶具就可窥一斑。详情请网上查图或去实地参观。

进入宋代，由于都市商业繁荣，文化艺术异常活跃，茶文化更是进入鼎盛时期。王安石说："夫茶之为民用，等于米盐，不可一日以无。"由此可见茶叶在宋代已经成了日常必需的生活用品。宋太祖赵匡胤本人就十分嗜茶，上行下效，朝廷建立了专门的事茶机构，茶叶开始有了明显的等级，其中龙茶和凤茶，专供帝王享用。宋代文人茶道炽盛更甚于前朝，出现了专门的茶会社团"汤社"，当时的文化大佬范仲淹、欧阳修、王安石、苏轼、黄庭坚等，这些在中国文化史中闪闪发光的巨星，都是茶友。宋代茶学大兴，茶文化的内涵得到充实完善。自宋以后，茶文化基本停滞了。

元代，北方民族虽好茶，但根植游牧生活的民族性格使其对宋以前形成的烦琐茶艺颇不耐烦，茶文化在这种思潮中，越来越趋于简约，开始返璞归真，直到明代，简约的风格其实等于没有茶道。所以现在宋代以前的饮茶茶道，只在日本或在福建沿海一些地区还有所保留。清代，精细的茶文化一度有所回光返照，但由于茶叶的饮用方式已经改为流行的撮泡法，人们在喝茶时，更在乎的是茶叶细腻的味觉享受，而不在乎制作和泡饮的繁复技艺。

茶文化是中国独有的，是华夏文明的重要组成部分，对世界都产生了深远的影响，放眼全球，只要是茶叶，追本溯源都是由神州大地外传的。茶叶现在是风靡世界的三大无酒精饮料之一，也是目前所知的健康饮品之一。世界各地的茶叶产业方兴未艾，茶叶产业是一个朝阳产业。

二、茶叶的种类

茶叶按制作方式的不同以及呈现的色泽等因素，一般分绿茶、黄茶、白茶、青茶、红茶、黑茶六大类。这里我简单介绍一下。

（一）绿茶

按制作方法分为炒青、烘青、晒青和蒸青几大类。

炒青茶一般都是嫩茶，大部分都是春茶，例如龙井茶、碧螺春、雨花茶、秀眉等。一般都是取清明、谷雨前后的嫩芽，经轻微杀青，揉捻，在炒锅内炒制而成，各地因制茶的手法和茶树品种的不同，做出的茶型和味道不尽相同，但有一点，必须新鲜、嫩香。有一个共同的特点大都是取一芽（眉），一芽一叶（旗枪），两叶一芽（雀舌）。这类茶主要是占一个新鲜的好处，缺点是因为嫩，叶片单薄，不耐久泡，一般在洗茶后，冲泡两遍就需换茶。此类茶因为嫩，冲泡时在投放茶叶和水温控制上，有很多需注意的，特别嫩的叶子，需采用上投法，即在杯中注入沸水后，再放入茶叶。而旗枪类，就要在水加一半时放入茶叶，再继续冲水。雀舌类就可以在杯中先放入茶叶再冲水。前一段时间和朋友在一起喝茶时,有朋友问我为什么在泡茶时没有等水温稍低一点再冲茶。这个也是因茶叶产地以及水质来具体区别对待的。当时我们冲泡的是安康平利茶和杭州雨后龙井茶,安康茶因为产地处秦巴南麓,比真正的南方昼夜温差大得多,该产地的茶叶一般偏肥厚,耐冲泡。而雨后龙井由于是茶农自饮茶,采摘方式不讲究,壮年叶片较多,加之我们用的是陕南的优质矿泉水,水分子因为饱含矿物质,渗透力慢,是可以直接用沸水冲泡的。如果在黄土高原等一些海拔较高的地方,水温沸点本来就达不到100℃,所以不用拘泥书本上的知识,要根据茶、水、地三要素共同掌握。

链接:

1. 绿茶由于制作方法最大限度地保留了茶叶里各类维生素和有益物质,最适合女士和长期在办公室工作的人士饮用。

2. 泡饮绿茶,不能用市面上的纯净水,因为纯净水水分子比一般水细小,会很快和茶叶里的物质发生替换,拔出茶叶里的各种有益和有害的物质,会让茶叶显得不耐冲泡,也影响茶叶的香气,茶叶会没有韵味甚至有害。

3. 陕南三市出产的茶叶,多为20世纪70年代以后引进的品种,种植和制作多不得法,一直上不了档次,但是因为陕南地域昼夜温差比南方大,茶叶肥厚滋润,所以陕南的绿茶要比南方绿茶耐泡,各类茶均比南方同类茶能多冲泡两道,在冲泡陕南茶时,不必只泡饮两道就更换。

烘青类绿茶,细嫩的代表茶叶有黄山毛峰、太平猴魁,普通的是闽烘青、浙烘青、苏烘青等。所谓烘青,也就是小火干制茶叶,最大限度地保留茶叶的本性。此类茶叶味道淡,多是观形、看色。

晒青类绿茶,此类茶叶主要是滇青、川青、陕青。我们重点说说陕青。其实,陕南三市历史上产的茶叶,就是陕青。陕青是川、陕、鄂大部分地域出产的原产地茶种，制作方法简单，茶叶采摘时段不细分，在采摘工艺上，没有南方那样标准严格，采摘的时间也是从清明前后到秋天，都有出产。茶叶味道浓烈，耐久泡，因为茶叶过火较少或不过火，极大保留了茶鞣酸的涩苦味道。由于富含营养和耐久泡，一直是川陕甘藏蒙疆这些地方人民的喜爱茶类。在历史上，茶马古道运输的茶叶，大部分是陕、鄂、川的此类茶叶。

陕青身子沉，见水不浮，可冲泡，可熬煮，味道厚重，叶形肥嫩青绿，可与多种食物搭配共饮，蒙藏疆地区多用于奶茶制作。现在大家看到蒙藏等地区用茶砖等冲泡奶茶，其实是因为陕青在清代已经减产，当地人只能选取黑茶类耐保存、产量大的茶种替代的结果。

链接：

1. 在公元 2000 年以前，我们许多单位配发的劳保降温茶，就多是陕青，许多人因为不习惯陕青的涩苦，多是加降温糖一起饮用。

2. 陕青、川青类晒青茶，因茶性猛烈，对于减肥、降血脂都有很好的功效，但是对失眠人士和肠胃不佳的人群，要慎用。家里泡饮时，建议与奶同煮。

3. 陕青在各类茶里面，可解烟草的毒，所以吸烟人士可以选择适合自己的大量饮用。

（二）黄茶

黄茶类茶叶，其代表茶种有君山银针、霍山黄芽、温州黄汤、沩山毛尖等。黄茶是人们在炒青绿茶的过程中，由于杀青、揉捻后干燥不足或不及时，叶色即变黄，于是产生了新的品类——黄茶。黄茶的品质特点是"黄叶黄汤"。这种黄色是制茶过程中进行闷堆渥黄的结果。所以大家只要知道黄茶是绿茶的一种，只是轻微发酵过而已。和红茶一样，都是在制作绿茶时出现误差而产生的一个新品种。黄茶类茶兼有绿茶和红茶的滋味，在冲泡方法上和绿茶一样。在中国茶种里，黄茶属于小众茶。

由于有了渥黄的工艺，黄茶对于既想观绿茶形又想兼得红茶滋养的人们来说，是一个不错的选择。

链接：

1. 黄茶中富含茶多酚、氨基酸、可溶糖、维生素等营养物质，对防治食道癌有明显功效。

2. 此外，黄茶鲜叶中天然物质保留有85%以上，而这些物质对防癌、抗癌、杀菌、消炎均有特殊效果，为其他茶叶所不及。

（三）白茶

白茶分白芽茶和白叶茶。白芽茶代表茶为白毫银针。白叶茶代表茶是白牡丹、贡眉等。白茶是中国最古老、最健康的茶类，被称为茶类中的"贵族"。顾名思义，这种茶是因其茶色、汤色均如银似雪而得名。

中国福建福鼎是白茶的主要产地，此外政和、建阳、松溪等地也是白茶的产地。据了解，全国60%以上的白茶产量都来自福建福鼎，固有福鼎白茶一说。由于白茶大部分都是外销，很少量的白茶才内销，导致很多中国茶客都不知道白茶是什么茶。近几年由于国内饮茶的风潮，白茶渐渐进入人们的视野。其实，白茶有另一个功效，就是它是一种耐久存的茶种，在久存后，因氧化等，造成其具有独特的香气和药用功效，在民间用它治疗麻疹，并且具有保肝护肝、平抑血糖的功效。

其冲泡方法和绿茶一样。

链接：

1. 白茶的自由基含量最低，喝红葡萄酒饮白茶，一红一白结合，福鼎白茶可以解决饮用红葡萄酒容易上火的难题，可以说是现代成功人士社交应酬的好伴侣。

2. 安吉白茶属于绿茶。

（四）青茶

这里说的青茶，就不是我们前面提到的陕青了，也不是绿茶。青茶的另一个名字，大家肯定熟悉——乌龙茶。青茶分闽北乌龙、闽南乌龙、广东乌龙和台湾乌龙。

下面我把这几类乌龙茶详细地给大家介绍一下，因为在改革开放以后，南方经济发展较快，造成了南方的一些生活习惯成为引领时尚的潮流，在这一时期，茶叶的饮用也不可避免地成了一种流行趋势。潮州功夫茶的饮用方式，基本改变了全国人民的喝茶方式，相信许多人只要是喝茶的，都受到了这种风潮的影响，在家里，可能都有一个茶海，买几个茶壶、滤茶器、闻香杯、小茶盅，这些就是典型的乌龙茶泡饮方式。

首先，说说闽北乌龙。其实，可能大家都或多或少地喝过闽北乌龙，我们常常见到的武夷岩茶里的大红袍、铁罗汉、白鸡冠、水仙、肉桂，就是闽北乌龙。闽北乌龙在制作时，特点是焙火重，品质独特，它未经窨花，茶汤却有浓郁的鲜花香，饮时甘馨可口，回味无穷。绿叶红镶边，形态艳丽；深橙黄亮，汤色如玛瑙；岩韵醇厚，花香怡人；清鲜甘爽，回味悠悠。它既有红茶的甘醇，又有绿茶的清香。武夷岩茶的一个特点是能久存，当然存储方式相当讲究，首先要挑选优质的精制茶密封储藏。在武夷山一般从第二年起，年年焙火后再密封储存（也有根据不同情况两三年一复焙的），以去除其水分及表面的杂味，五年后则隔年焙火，二十年后不复焙火，在阴凉通风，干燥无异味的环境下密封保存即可。如有条件，每次焙火后最好用两层内膜的木箱装箱以蜡封口，再放入米仓内储存。而如果是在北方较干燥的地方存放，则完全可以不复焙（密封得当的情况下），这样存放的陈年岩茶会更具风味！这是许多茶叶不具备的特点。武夷岩茶具有绿茶和红茶的共同优点，性温健胃，适合长期饮用。武夷岩茶滋味深厚，耐久泡，最适宜冲泡功夫茶，好的岩茶，可反复冲泡十几道而茶香不变。武夷岩茶著名的品种是大红袍，这种传奇的茶种，在古代因为农业技术的欠缺，山上只有几株茶树，寻常人家是享受不上的。现在由于无性繁殖的技术成熟，在武夷山大量种植，所以，慢慢地推广到全国人民的茶桌上了。

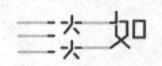

链接：

1. 武夷山产的正山小种和金骏眉，不是青茶，属于红茶。

2. 金骏眉属于正山小种的一个新开发品种，2005年研制出来，后来经旅游产业带动炒作，其根本是小茶种，和滇红、宁红、金陕红等红茶无区别。很多人觉得它的红薯干味很特别，其实红茶类都具有这样的味道，这是炒作的卖点。

闽南乌龙是在20世纪80年代以后的一种潮流饮品，在北方能被推广，其实和当时人们学习南方的先进生产方式有关。主要茶种有铁观音、奇兰、水仙、黄金桂。关于闽南乌龙，我不多介绍，因为大家坐在茶店里，就能知道关于铁观音这类茶叶的知识，虽然被夸大了很多。其实，要告诉大家的是，高等级铁观音和低等级铁观音其实是一种茶，只是在茶叶后期多了一道人工分拣的手续。每年的铁观音下来后，都是粗枝大叶地制作后装袋出售，由分销商开始雇人将茶枝按各类等级进行分拣，芽头紧密的作为一等茶，粗叶作为低等级，茶梗和垃圾打碎成末装袋，就是我们在酒店喝到的袋泡茶。一麻袋茶，能分拣的一等品越精细越少，价钱越高，往往是一等品就把成本卖回来了，剩下的二等以下都是纯利润。

在这里，我给大家重点推荐闽南乌龙里面一个品种——黄金桂。闽南人喝茶时，日常饮用的多为黄金桂，黄金桂就像我们陕西苹果里面的黄元帅，铁观音就是红富士。黄金桂具有比铁观音更高的香气，也更耐冲泡。价钱合理的话，价钱最高的黄金桂都不会超过150元/斤，是品尝闽南乌龙性价比很好的一种饮品，甚至，有时候你买的上千一斤的铁观音其实就是黄金桂。当然，穿衣吃饭亮家当，喝茶也是看个人的经济能力。但是，当你在茶叶店里要求店主给你出售黄金桂的时候，店主会惊奇你怎么知道他们福建人自己喜爱的茶叶。

链接：

1. 铁观音具有典型的兰花香气，黄金桂在兰香里有涩苦味。

2.闽南乌龙入手要看茶形紧密,有打手感,绿色上要有油光,如果呈现草绿,就可能有假。

广东乌龙和台湾乌龙其实没有多大区别。广东乌龙总体来说,条索肥壮匀整,色泽褐中带灰,油润有光,汤色黄而带红亮,叶底非常肥厚;最突出的是广东乌龙的香气,独树一帜,芬芳馥郁;较为常见的香型有类似栀子花的黄枝香、桂花香、蜜兰香、芝兰香等。

台湾乌龙里有一款蜜香茶,俗名"东方美人",跟大家分享一下,这个倒是一个别处没有的品种,外观与一般半球形的乌龙茶差不多,只是,茶叶在生长过程中,常常被一种叫"茶叶小绿蝉"的昆虫咬食之后,因植物本身的自愈能力会使叶片的多元酚类活性增强和茶单宁含量增加,使茶叶产生一种特别的蜜香味。这种特殊的风味丰富了乌龙茶的品类,加之只有台湾当地才有这种昆虫,茶叶产量低,就成为乌龙茶里一个珍贵的品种。这就像沉香和猫屎咖啡的形成一样,是大自然带来的非人力创造的精品。一般去台湾旅游的人都将东方美人茶作为纪念品带回来,但大多不是真品。

链接:

1.目前国内,尤其秦岭以南,所谓的冻顶乌龙基本不是台湾原产。

2.台湾的高山茶,发酵度轻,不适宜久存,保存时间、保鲜时间和绿茶无异。

(五)红茶

红茶是在世界范围内比其他茶种知名度高的一个茶种。代表茶有正山小种、滇红、安徽祁红、川红、闽红(金骏眉)、红碎茶。红茶的鼻祖在中国,它大约产生于中国明朝后期,确切的时期至今没有得到考证。世界上最早的红茶由中国明朝时期福建武夷山茶区的汉族茶农发明,名为"正山小种"。属于全发酵茶类,是以茶树的芽叶为原料,经过萎凋、揉捻(切)、发酵、干燥等典型工艺过程精制而成。因其干茶色泽和冲泡的茶汤以红色为主调,故名红茶。

目前世界上印度、斯里兰卡、英国等都有红茶出产，但是都是自中国母株传播过去的。红茶有很好的养胃功能，而且红茶色香都较为独特，对睡眠影响也较轻，是受到世界人民喜欢的一种饮品。红茶的包容性强，可以搭配的食材较多，是制作许多饮料首选的茶叶。

链接：

1.红茶的发明和臭豆腐一样，是在制作茶叶时出了意外产生的一类新茶种。

2.安康的红茶和其他地区的红茶品质没有大的区别，只要价位合适，可以长期饮用。

3.冬秋季节，胃寒体寒的人，可用红茶加奶熬制，对驱寒养胃有奇效。

4.红茶加柠檬，等于补充了缺失的维生素C，饮用更科学。

（六）黑茶

黑茶是一种较为神奇的茶种，有湖南黑茶，代表茶是安化黑茶；有湖北老青茶、四川边茶、陕西茯砖、滇桂黑茶（六堡茶、广西）、普洱茶。

黑茶类大多是紧压茶种，原料比较粗老，制造过程中往往要堆积发酵较长时间，所以叶片大多呈现暗褐色，因此被人们称为黑茶，其年代可追溯到唐宋时茶马交易中早期。其实，茶马交易的茶是从绿茶开始的。当时茶马交易茶的集散地为四川雅安和陕西的汉中，由雅安出发抵达西藏至少有二至三个月的路程，当时由于没有遮阳避雨的工具，雨天茶叶常被淋湿，天晴时茶又被晒干，这种干、湿互变过程使茶叶在微生物的作用下导致了发酵，产生了品质完全不同于起运时的茶品，因此"黑茶是马背上形成的"说法是有其道理的。久之，人们就在初制或精制过程中增加一道渥堆工序，于是就产生了黑茶。黑茶在中国的云南、湖南、陕西、广西、四川，湖北等地有加工生产。黑茶类产品普遍能够长期保存，并且有越陈越香的品质。

我们重点说说陕西茯茶，它出产于陕西泾阳，距今已有近千年历史，兴于宋，盛于明清和民国时期。茯茶茶体紧结，色泽黑褐油润，金花茂盛，菌香四溢，茶汤橙红透亮，滋味醇厚悠长，适合高寒地带及高脂饮食地区的人群饮用，特别适合居住在沙漠、戈壁、高原等地区，主食牛肉、羊肉、奶酪的游牧民族饮用，可以去油排腻。因而，在我国西北地区有"一日无茶则滞，三日无茶则痛""宁可一日无粮，不可一日无茶"之说。

茯茶主要采用湖南安化黑毛茶为原料，也用陕南各地的青叶，手工筑制，因原料送到泾阳筑制，称"泾阳砖"。茯砖早期称"湖茶"，因在伏天加工，故又称"伏茶"。因其药效似土茯苓，就由"伏茶"美称为"茯茶"或"福砖"。由于系用官引制造，清代前期须在兰州府缴纳三成至五成砖茶作为税金，这批茶交给官府销售，又叫"官茶""府茶"。其余的砖茶由茶商按照政府指令在指定的地区销售，故称为"附茶"。在清道光年间，将安化黑毛茶中色黄叶粗的茶叶用篾篓踩成大包，包重九十公斤，运往陕西泾阳压制成砖。为什么当时不在湖南直接制作茯茶，是因为泾阳的水里面碱性重，制作的茶砖紧致、耐保存、助消化、克积食。所以，当时砖茶主要在泾阳进行二次加工。在20世纪70年代末期，由于各地追求经济增长，大力发展茶叶经济，安化、汉中等地为了本地的经济，开始减少给泾阳的茶青供给，加之泾阳当地制作茯茶的工艺后继无人，20世纪90年代，泾阳已经不出产茯茶。近几年，当地有识之士，开始投资恢复生产，并且在科技手段的辅助下，能快速地将茶砖产生金花银花，品质也得到了很大的提升，已经逐渐恢复茯茶的市场份额并成为陕西的名特优产品。

对于喝惯了清淡绿茶的人来说，初尝黑茶往往难以入口，但是只要坚持长时间饮用，人们就会喜欢上它独特的浓醇风味。黑茶流行于云南、四川、广西、山东等地，同时也受到藏族、蒙古族和维吾尔族同胞的喜爱，黑茶已经成为他们日常生活中的必需品。

链接：

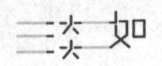

1. 黑茶类一般不讲究饮用新茶，成品茶叶都需要存放三年以上。

2. 安化黑茶和陕西茯砖都讲究在存放最少三年后，茶里面产生一种对人体有益的菌丝，呈现黄色或白色，叫金花和银花。近年来，研究人工种植菌丝，能当年就产生金花，但是，总是不对味。

3. 1970年以前，普洱产的茶都是生茶，要在厂里存放三年后才出厂，经存放十年以后，才能熟化。20世纪70年代以后，为了满足日益增大的需求市场，研究出高温渥堆的技术，在潮湿和高温的环境里催成熟茶。2000年左右，大多在猪圈和厕所催熟，以致普洱茶名声扫地。

4. 黑茶用铁皮罐熬制，喝起来风味更佳。

5. 黑茶类不要求含芽率。现在制茶的为了迎合消费者，宣称自己的茶饼含芽率高，是错误的。

6. 黑茶降血脂，对心脏病患者有益处，软化血管有奇效，常吃肉类可多喝黑茶。

7. 熟普洱饮用不影响睡眠。生普洱有胃病和低血糖的人慎用。如果有闲散资金，建议每年存五十公斤安化黑茶，几十饼普洱，以后你会发现比炒股收益大。

三、关于茶叶的其他知识

1. 中国十大名茶由1959年全国"十大名茶"评比会评选产生，包括西湖龙井、洞庭碧螺春、黄山毛峰、庐山云雾茶、六安瓜片、君山银针、信阳毛尖、武夷岩茶、安溪铁观音、祁门红茶。

此外曾出现在非官方评选的"十大名茶"中的系列名茶包括涌溪火青、太平猴魁、湖南蒙洱茶、云南普洱茶、采花毛尖、恩施玉露、苏州茉莉花茶、峨眉竹叶青、蒙顶甘露、屯溪绿茶、雨花茶、滇红、金奖惠明茶、白毫银针等。

2. 历史上各产茶地都盛传自己的茶叶是贡茶，其实，在古代，只有很少的紧压茶类作为贡品贡奉帝王。明以后，新鲜绿茶基本不会贡奉给帝王，所谓贡茶都是被上级高官自己享用，帝王不可能喝上。宫廷里管事的害怕帝王随时想喝新茶，而自己提供不出来，所以，一般有时效限制的鲜品，基本不会供给帝王。

3. 泡茶用水最好是矿物质水，自来水和纯净水不适宜泡茶。古代传雪水泡茶最好，其实雪水就是在古代，其污染程度也不低。有的笔记里面说把雪水陈放经年，纯属噱头，水不流动就会腐败，根本不适合泡茶。在古代讲究用扬子江心水泡茶，现在无法考证，因为已经污染得不能直接饮用了。

4. 不要去学习南方人喝茶置办茶海、功夫茶具。其实真正喝茶，各种茶有各种器皿。绿茶就最好用高等级的透明杯或白瓷杯，可以欣赏茶形，观茶色。红茶就用功夫茶具，洁白的瓷杯，能闷泡到位，能观赏艳丽的红色汤水。黑茶就用洋铁罐熬制，汤汁浓稠拉丝，用粗瓷杯更能增加意趣。总之，根据茶的脾性来选择适合自己的用具，能愉悦身心，就是喝茶的真谛。

5. 可以多学习关于茶叶的知识，但是不能人云亦云，最好根据自己的经济实力来选择适合自己的茶。一般绿茶，每斤卖价超过三百就是虚的。普洱茶饼每斤四十元以上的就是佳品，这是指当年的茶饼，在存放过程中，普洱茶逐年升值，前五年以每年五至十元递增。存过十年，就翻番了。

6. 一年四季喝茶应该是，春天喝白茶、花茶、普洱、红茶，夏天喝绿茶、黄茶和普洱，秋天喝青茶、花茶，冬天喝黑茶、青茶。当年新下来的绿茶最好存放一两个月再喝。

7. 许多茶叶并不适合用宜兴紫砂壶闷泡，比如绿茶、铁观音、普洱。绿茶用紫砂壶闷泡，有熟汤气，俗称闷死。铁观音、普洱、黑茶需要高温，紫砂壶散热快，不如用瓷或玻璃器皿泡。

8. 由于采茶和制作过程中，茶叶受到污染，加之现在农药、催长素的残留，所以在冲泡茶叶前，最好用沸水将茶叶洗一遍。

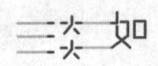

9. 第一天没有喝完的陈茶不能再喝，但是用来漱口，对牙齿有绝佳的保护作用。茶叶有解毒功能，喝中药时最好不要喝茶，但是，茶叶能化解和平衡许多西药的有害成分。

10. 用茶水洗脸，能补充面部需要的维生素，有美容功效。用茶水泡脚能软化血管，很有疗效。积攒泡过的茶叶装枕头，有明目清神的功效。